琼 瑶

作品大全集

星河

琼瑶 著

作家出版社

琼瑶，本名陈喆，作家、编剧、作词人、影视制作人。原籍湖南衡阳，1938年生于四川成都，1949年随父母由大陆赴台生活。16岁时以笔名心如发表小说《云影》，25岁时出版首部长篇小说《窗外》。多年来笔耕不辍，代表作包括《烟雨蒙蒙》《几度夕阳红》《彩云飞》《海鸥飞处》《心有千千结》《一帘幽梦》《在水一方》《我是一片云》《庭院深深》等。

多部作品先后改编成为电影及电视剧，琼瑶也因此步入影视产业。《六个梦》系列、《梅花三弄》系列、《还珠格格》系列等，影响至深，成为几代读者与观众共同的记忆。

琼瑶以流畅优美的文笔，编织了众多曲折动人的故事。其作品以对于梦的憧憬和爱的执着，与大众流行文化紧密结合，风靡半个多世纪，成为华文世界中极重要的文学经典。

我为爱而生，我为爱而写

文字里度过多少春夏秋冬

文字里留下多少青春浪漫

人世间虽然没有天长地久

故事里火花燃烧爱也依旧

覆禄

第一章

心虹依稀又来到那条走廊里。

那条走廊好长好长，黝黑，寒冷，巨大的廊柱在墙壁上投下了幢幢黑影，处处都弥漫着一份阴森森的、瑟瑟逼人的气息。心虹赤裸的小脚踩在那冷冰冰的地板上，手里颤巍巍地擎着一支蜡烛，小小的身子在那白色的睡袍中颤抖。她畏怯地、瑟缩地向前迈着步子。恐惧、惊惶和强烈的渴望压迫着她。她茫然四顾，走廊边一扇扇的门，那么多的房间，那么多！

但是，他们把母亲藏到哪儿去了？妈妈！她的心在呼号着：妈妈！妈妈！四周那样安静，那样窒息地安静，妈妈！妈妈！一滴滚热的蜡烛油滴落在她手上，她惊跳起来，哦，妈妈！妈妈！她站定，发着抖倾听，然后，从一扇门里传出一声那样恐怖的、裂人心魂的惨号。哦，妈妈！妈妈！她冲过去，扑打着那扇门，哭泣着狂喊："妈妈！妈妈！妈妈！"

门开了，出现的是父亲那高大的身影，她小小的身子被抱了起来，父亲的声音疲倦而苍凉地响着："噢，心虹，你不能进去，好孩子，你的母亲，刚刚去世了！"

"妈妈！妈妈！"她哭喊着，在父亲的肩上挣扎，"我要妈妈！我要妈妈！我要妈妈！"

哦，妈妈！妈妈！她的头痛苦地辗转着，妈妈！妈妈！走廊里响起了空洞的回音：妈妈！妈妈！她像掉在一个冰凉的大海里，柔弱、孤独而无依。妈妈！妈妈！她不住地狂喊、挣扎。她要离开那走廊，离开那廊，她挣扎，挣扎，挣扎……"心虹！心虹！醒一醒，怎么又做噩梦了？心虹！"

一只温暖的手突然落在她的额上，摇撼着，抚摩着。她一惊，陡地清醒了过来，长长地吐出一口气，她在惊悸中睁大了眼睛，屋子里的灯光明亮，那裱着玫瑰花壁纸的房间绝不是什么阴森的长廊，那深红的窗帘静悄悄地掩着，天花板上垂下来的玻璃吊灯，明亮地放射着一屋子柔和的光线。她躺在床上，蜷缩在那温软的锦缎和棉被之中，手上绝没有烛油烫伤的痕迹，她也绝不是一个四岁的、找不着母亲的小女孩！是的，母亲！她的母亲正坐在床沿上，带着那样混合着安慰的笑，半忧愁半担心地望着她。

"怎么了，心虹？"她问，拭去了心虹额上的冷汗。

"哦，妈，没什么。又是那些讨厌的梦！"心虹说，仍然有些震颤，"我在叫吗？"

"是的，我听到你在喊，就进来看看是怎么了，梦到什么？"

"没……没有什么，我记不得了。"心虹嗫嚅地说，不自觉地轻蹙起眉梢。吟芳坐在床边上，忧愁地看着心虹。她知道她是记

2

得的，她在叫着妈妈！叫得像个孤独无助的小婴儿！

但是，她不是在叫她，她叫的是另一个妈妈。吟芳不自禁地打了个寒战，甩了甩头，她强迫自己甩开某些思想，对心虹勉强地笑了笑。

"再睡吧，心虹，别做梦了，晚上的药吃过了吗？"

"吃了。"

"那么，睡吧！"她本能地整理着心虹的被褥，"别想得太多，嗯？"

心虹望着她，也勉强地微笑了一下。"对不起，吵醒了你。"

吟芳摇了摇头，没说什么。"对不起，吵醒了你。"是礼貌吗？但却多么疏远，明显地缺少了一份母女间的亲昵。心霞就不会这样说，她会滚在她怀中，撒娇撒痴地拉住她的衣服不放她，嚷着叫："不许妈走，陪我睡！"当然，也许这是年龄的关系，心霞才十九岁，心虹到底已经二十四了。不愿再多想，她对心虹又投去了忧愁的一瞥，就默默地退出去了。

心虹目送母亲的身影消失，等到房门一合拢，她就推开棉被坐了起来。弓着膝，她把下巴放在膝上，呆呆地坐了好半天。然后，她看了看手表，凌晨三点钟，她知道，她又将无眠到天亮，近来，那每晚临睡时的镇定剂早已失去了作用，等待天明已成为每夜必定的课程。

夜，为什么总是那样漫长？

干脆掀开了被，她跨下床来，拿起床前椅子背上搭着的晨褛，她穿上了，系好带子，走到窗子前面。拉开了窗帘，她凭窗而立，一阵带着秋意的凉风扑面而来，她机灵灵地打了个冷战。

真的，夜凉如水。她双手抱着胳膊，仰头看了看那黑暗的穹苍。那广漠无边的天空里，晓月将沉，疏星数点。她望着那些星星，那一颗颗闪耀着的星星，下意识地在搜寻着什么。夜风簌簌然，在附近的山坳中回响。秋深了，夜也深了。离天亮还有多久？她一瞬不瞬地看着那些星光，再过一段时间，那些星光会隐没在曙色的黎明里。又一阵风来，她闭了闭眼睛，深吸了一口气，心中模糊地想起《长恨歌》中的句子："夕殿萤飞思悄然，孤灯挑尽未成眠。迟迟钟鼓初长夜，耿耿星河欲曙天。鸳鸯瓦冷霜华重，翡翠衾寒谁与共？悠悠生死别经年，魂魄不曾来入梦！"

一种难言的怆恻跟随着这些句子掩上了她的心头，她骤然垂下头去，用手蒙住脸，无声地啜泣了。好一会儿，她放下手来，跄踉地走到梳妆台前，在椅子里坐下来，对着镜子，她瞪视着自己，一时间，她茫然而困惑。镜子中，那憔悴的面孔好苍白，而那对含泪的眸子里却像燃烧着火焰，那样清亮，那样充满了烧灼般的痛苦。怎么了？这一切是怎么了？隐隐中，她似乎听到了一个声音，在她耳边轻轻地、幽幽地说："我愿为你死！我愿为你死！"

她猛地一甩头，那声音没有了。镜中的脸显出了一份惊愕和仓皇。怎么了？到底是怎么了？她从没有死去的朋友，从没有！这些都是幻觉，她知道，都是幻觉！总是这样，那些噩梦，那些幻觉，那些莫名其妙的怆恻之情！这种种种，像蛛网般把她重重缠住，她总是挣不出去。然后，有一天，她会被这些蛛网勒死，哦！她不要！她必须振作起来，她必须！她想起李医生在她出院时对她说的话："多找些朋友，多享受一些，快乐起来，心虹，你没有什么该烦恼的事！"是吗？没有什么该烦恼的事吗？她蹙起眉，脑中像有什么东西闪过，一个模糊的影子，一个她抓不着的影子，好模糊，好遥远，但是，它存在着！她惊惧地屏息静思，有谁在窗外低唤吗？有谁？

声音那样迫切、那样凄凉，像来自地狱里的哀声："心虹，跟我走！心虹，跟我走！"

她惊跳起来，冲到窗前，张大眼睛向外注视。窗外，是那花木扶疏的深深院落，夜色里，花影被风摇动。除树木花影外，什么都没有。那声音已消失了，只有风声，萧萧瑟瑟，在秋意浓郁的深山里回荡。而远处的天边，第一线曙光已把山巅燃亮了。

第二章

梁逸舟下楼吃早餐的时候，餐厅里依旧冷冷清清的，只有吟芳在那儿用烤面包机烤着面包，高妈在一边帮忙服侍着。他大踏步地走过去，在餐桌前坐下来，高妈立即送上了一份牛奶和煎蛋，一面含笑问："老爷，还要点什么？"

"够了，"梁逸舟说，看了吟芳一眼，"给我两片面包，要——"

"烤焦一点。"吟芳接话说，对着梁逸舟，两人不禁相视一笑。"这么多年了，你每次还是要叮嘱，还怕我摸不熟你的习惯。"取出面包，她慢慢地在上面涂着牛油。梁逸舟下意识地打量着妻子，他惊奇经过这么漫长的二十几年，她仍然能引动他心腑深处的那份柔情。这个早上，吟芳显得有几分憔悴，他知道，昨夜她没有睡好。抬起头来，他望了望那寂静的楼梯。"我看，我们家永远不能要求大家一起吃早餐！而且，小一辈的似乎比老一辈的还懒散！"他有些不满地说。

"哦，别苛求，逸舟。"吟芳很快地说，"她们还是孩子嘛！"

"孩子？"梁逸舟盯着吟芳，"别糊涂了，她们早就不是孩子了，心霞已经满十九，心虹都过了二十四了，如果心虹结婚得早，我们都是该做外祖父母的人了。吟芳，我看你年纪越大，就越纵容孩子了！"

"别说了吧，"吟芳轻蹙了一下眉头，"你明明知道……"她咽下了说了一半的句子，一层轻愁不知不觉地飘了过来，罩在她的面庞上。她把涂好牛油的面包递给逸舟，又轻声地说了句："心虹也是怪可怜的……"

"我告诉你毛病出在哪里，"梁逸舟打断了她，"就出在我们太宠她了，如果早听我……"

"逸舟！"吟芳祈求似的喊了声。

逸舟怔了怔，接触到吟芳那对带着点儿悲愁意味的眼睛，他心头立刻掠过一阵恻隐。不自觉地，他把手压在吟芳的手上，声音顿时柔和了下来："抱歉，吟芳，我没有责怪你的意思。"

"我知道。"吟芳瞅着他，嘴角有个微弱的笑，"我告诉你，一切都过去了，什么都会好转的。"

"我相信你。"逸舟说，收回手来，拿起面包咬了一口，他的眼睛仍然注视着吟芳，"还有件事忘了告诉你，狄家今天就要搬进农庄了。"

"今天吗？"吟芳皱了皱眉，"你有没有告诉那个狄——狄什么？"

"狄君璞。不，我什么都没对他说。"

"哦，我希望，"吟芳有些不安地说，"我希望我们没有做错什么才好。"

"你放心，"逸舟吃着早餐，"狄君璞不是个好管闲事的人，那人稳重而有深度，即使他听说了什么，他也不会妄加揣测。"

"我想你是对的。"吟芳也开始吃早餐。"总之，老让农庄空在那里也不是办法，事实上，"她的声音变低了，"早几年就该把它租出去了。那么，或者不至于……"

她的话只说了一半，就被楼梯上一阵急促的脚步声所打断了，她转过身子，面对楼梯，心霞正三步并作两步地从楼上冲下来，手里抓着一沓书，穿了件红色套头毛衣和黑长裤，满头短发乱蓬蓬的，掩映着一张年轻、红润，充满了青春气息的脸庞，她看来是精神饱满而且充满活力的。一直奔到餐桌旁边，她抓了一块面包就往嘴里塞，一面口齿不清地嚷着说："爸爸，妈！我不吃早饭了，第一节有课，我来不及了，还得赶公路局的班车！"

"站住！心霞，别永远毛毛躁躁的！"梁逸舟说，"安安静静地把早饭吃了，我要去公司，你跟我一起进城，我让老高兜一下，先送你去学校！"

"真的？"心霞扬着眉毛问，难得父亲愿意让她搭他的车，梁逸舟一向主张孩子们要能吃苦，不能养成上学都要私家车送去的习惯。她跑回到餐桌边，在父亲的面颊上闪电似的吻了一下，笑嘻嘻地说："这才是好爸爸，事实上啊，不让我搭您的车，是件完全损人不利己的事儿！"

"又得意忘形了！"梁逸舟呵斥着，声音却怎样也严厉不起来，你怎么可能对这样一个撒娇撒痴的女儿板脸呢！"记住，已经是大学生了啊！"

"等我当老祖母的时候，"心霞含着一口面包，又口齿不清了，"我还是你的女儿，爸爸，所以，别提醒我已经读大学了。"

"不要含着东西说话，"吟芳说，"不礼貌。"

"妈，您知道所有当父母的都有一个毛病，就是喜欢说不要这个，不要那个！"

"瞧！居然批评起父母来了！"吟芳笑着说，"这孩子越大越没样子！"

"还不是……"梁逸舟刚开口，心霞就抢着对母亲一本正经地接了下去："……你惯的！"吟芳忍不住扑哧一笑，梁逸舟也笑了起来，心霞对父亲调皮地挤着眼睛笑，连那站在一边的高妈也忍俊不禁。就在这一片笑声中，楼梯上一阵轻微的响动，心虹慢慢地走下楼来了。她穿着件长袖的黑色洋装，披着一头乌黑的长发，衬托得那张小小的面孔更加白皙了。她身形瘦削，举步轻盈，像一只无声无息的小猫。梁逸舟夫妇和心霞都望着她，笑声消失了，餐桌上那抹轻松的空气在刹那间隐逸无踪。取而代之的，是一份沉重的寂静。

心虹来到桌子前面，立即捕捉到空气的变化，她对大家看了一眼，勉强地想笑笑，但是，那笑容还没有成形就在唇边消失了。她低低地叫了声："爸爸，妈，早。"

"坐下吧，姐姐！"心霞忽然跳了起来，用一种夸张的活泼对心虹说，一面把自己的椅子推给她，"姐，你该多喝点牛奶，那么，你就会胖起来。"

"昨晚睡得好吗？"梁逸舟看着心虹问，其实，这一问是多余的，不用她那失神的眸子来告诉他，他也知道她并没有睡好。"还好，爸爸。"心虹说，声音温柔而细致。这种温柔，使梁逸舟的心脏抽搐了一下。心虹！他那娇娇怯怯的小女儿！

"你要多吃点！"吟芳把抹好牛油的面包递给心虹。

"哦，我不爱吃牛油。"心虹低低地说。

"当药吃，嗯？"吟芳望着她，关怀的，几乎是低声下气的。"那……好吧！"心虹虚弱地笑了笑，顺从地接过了面包。高妈已急急地把一个刚煎好的蛋，热气腾腾地端了出来，放在心虹的面前，心虹皱皱眉头，叫了声："哦，高妈！"

"小姐！"高妈堆了一脸的笑，请求似的看着心虹。

"哦，好吧！"心虹无奈地轻叹了一声，"看样子，你们都急于想把我喂成大胖子呢！"埋下头，她开始吃早餐，那牛奶的热气冲进了她的眼眶里，她那黑眼珠又显得迷蒙而模糊了。

"噢，好爸爸！你到底吃好没有？"心霞抱着书本，焦灼地问，"你再不动身啊，我就迟到迟定了！"

"好了，好了！"梁逸舟站起身来，"高妈，老高把车子准备好了没有？"

"早就好了。"高妈说。

"姐，要不要我帮你带什么吃的回来？"心霞回头看着心虹，亲热地微笑着。

"不要了，我不想吃什么。"

"那么……我早些回来陪你！再见啊！"

"再见，爸！再见，心霞！"

"爸，你快一点嘛，快一点嘛！"心霞一迭连声地催着，不由分说把手臂插进父亲的臂弯里，拖着梁逸舟往大门外冲去了，梁逸舟就在女儿的拖拖拉拉中，不住口地喊："看你，成什么样子？

永远像个长不大的野丫头！真烦人！将来嫁了人也这股疯相怎么办？"

"我不嫁人！"

"哼！我听着呢，也记着呢！"

"哈哈哈哈！"心霞开心地笑着，父女两人消失在门外了。立刻，汽车发动的声音传了过来，他们走了。

这儿，心霞一走，房内就突然安静了。心虹低下头，开始默默地吃着她的早餐。吟芳也不说话，只是悄悄地注视着心虹，带着一种窥视和研究的意味。心虹很沉默，太沉默了，那微蹙的眉头上压着厚而重的阴霾。那蒙蒙然的眼珠沉浸在一层梦幻之中，她看来心神恍惚而神思不属。

很快地，心虹结束了她的早餐。擦了嘴，她站起身来，对吟芳说："我出去散散步，妈。"

吟芳怔了怔，本能地叫了声："心虹！"

"怎么？"

"别去农庄，狄家今天要搬来了。"

"哦？"心虹似乎愣住了，呆在那儿，半天没有说话。好久之后，才慢吞吞地问："那个姓狄的是什么人？为什么他要住到这个荒僻的农庄里来？"

"你爸爸说他是个名作家，他需要一个安静的地方写作，我们也高兴有这样的邻居，否则，农庄一直空着，房子也荒废了。"

心虹沉思了片刻。"名作家？他的笔名是什么？"

"这……我不知道。"

"难得——他竟会看上农庄！"心虹自语似的说了一句，转过身子，她不再和母亲谈话，径自走向屋外去了。

瑟瑟的秋风迎着她，清晨的山坳里带着凉意。这幢房子建筑在群山环绕中，一向显得有些孤独，但是，山中那份宁静和深深的绿意却是醉人的。最可人的是房子四周的枫林，秋天来的时候，嫣红一片，深深浅浅，浓浓淡淡，处处都是画意。所以，梁逸舟给这幢房子取了一个颇有诗意的名字，叫霜园，取"晓来谁染霜林醉"的意思。心虹一直觉得，父亲不仅是个成功的企业家，他更是个诗人和学者。如果不是脾气过于暴躁和固执，他几乎是个十全十美的人。

走出霜园的大门，有一条车路直通台北，反方向而行，就是山中曲曲折折的蜿蜒小径，可以一直走向深山里，或者到达山巅的农庄。心虹选择了那条小径，小径两边，依旧是枫树夹道，无数的羊齿植物和深草，蔓生在枫林之间，偶尔杂着一些紫色的小野花和熟透的、鲜红的草莓。心虹在路边摘了一枝狗尾草，无意识地摆弄着，一面懒洋洋地向山中走去。她深入了山与山之间，这儿是一片平坦的山谷，也是山中最富雅趣的所在，几株枫树缀在绿野之上，一些在混沌初开时可能就存在的巨石，耸立在谷中。平坦的，可坐可卧；尖耸的，直入云霄。岩石缝中长满青苔，许多枫树的落叶，撒在岩石上。岩石的基部，一簇簇地长着柔弱的小雏菊和蒲公英，黄色的花朵夹杂在绿草中，迎风招展，摇曳生姿。她走了过去，选择了一块平坦的石头坐了下来。她环顾四周，露珠在草叶上闪烁，谷深而幽，弥漫着迷蒙的晨雾，树木岩石，都隐隐约约地笼罩在一片苍茫里。这是她的山谷，她深爱的所在，由于四面环山，太阳要到中午才能直射，所以整个山谷，不是笼罩在晨雾迷蒙中，就是在黄昏时的暮色朦胧里。因此，心虹叫它作"雾谷"。经常在这儿流连数小时，也经常在浓雾中迷失了自己。现在，她就迷失了。顺着她面前的方向，她可以仰望到山巅上的农庄，那农庄建筑在山头的高地上，一面临着峭壁，从她坐着的地方，正好看到峭壁上围着的栏杆和斜伸出栏杆的一棵巨大的红枫。她呆呆地仰视着，不由自主地陷入了一份沉思里，她忘记了自己，忘记了许许多多的东西，只是出神地看着那栏杆、那枫树，和那掩映在枫树后面的农庄，她是真的迷失了。然后，她耳边突然响起了一个声音，清晰而有力地在说："心虹，跟我走！心虹，跟我走！"

她惊跳起来，迅速回顾，身边一片寂然，除了岩石和树木，没有一个人影。她战栗地用手摸摸额角，满头的冷汗，而一层令人起鸡皮疙瘩的寒意，却从她的背脊上很快地蔓延开来。

第三章

经过了三天的忙碌，狄君璞终于把新家给安顿好了。这农庄，高踞于山巅之上，颇有种遗世独立的味道，呼吸着山野中那清新的空气，听松涛，听竹籁，听那些小鸟的啁啾，狄君璞觉得自己像得到了一份新的生命一般，整个人都从那抑郁的、窒息的消沉中复苏了过来。

不只他对这山野有这样的反应，连他那小女儿，六岁的小蕾，也同样兴奋不已，不住地在农庄里里外外跑出跑进，嘴里嚷着说："爸！这儿真好玩！真好玩！我摘了好多红果果，你看！还有好多花呢！"真的，山坡前后，显然当初曾被好好地经营过，栽满了美人蕉、牵牛花、木槿和扶桑，如今，由于多年乏人照顾，那些花都成了野生植物，山前山后地蔓生着，却也开得灿烂，和那绚丽的红枫相映成趣。这儿是个世外桃源，狄君璞希望，他能在这桃源里休憩一下那困乏的身心，恢复他的自我。而小蕾也能健康起来，如果不是为了小蕾，他或者还不至于下这样大的决心搬来，但是，医生的警告已不容忽视："这孩子需要阳光，需要到一个气候干燥的地方去居住一阵，你知道，气喘是种过敏性的病，最怕的就是潮湿！小蕾必须好好照顾，她已经太瘦太弱了！"

他终于搬来了，在他这一生，将近四十年，他所剩下的，似乎只有一个小蕾。他已失去了太多太多的东西，他不能再失去小蕾，决不能！他可以牺牲自己的一切，只要小蕾能够活泼健康！看到仅仅三天工夫，孩子的面颊已经被阳光染红了，他有说不出来的欣慰，也有一份难言的辛酸，他知道孩子除了阳光还需要什么。美茹！你真不该离去呵！

对于搬到农庄来，最不满意的大概就是老姑妈和阿莲了。阿莲是怕寂寞，她的玩伴都在台北，好在狄君璞每个月许她两天假日，而农庄到台北，也不过坐一小时的车，她在狄家已经五年了，怎么也舍不得那个她抱大的小小姐，所以也就怪委屈地跟来了。老姑妈呢，这把一生生命的大半都用来照顾狄君璞的老太太，只是叽叽咕咕地说："太不方便了！君璞，我就不知道每天买菜该怎么办，这里下山到镇上要走二十分钟呢！"

"反正我们有大冰箱，让阿莲一星期买一次菜就行了！多走点路，对她年轻人只有好的！"

事实上，搬来的第二天，就有一个五十岁左右的男工，从山坡的小径上来到农庄，提着一大包的东西，笑嘻嘻地说："我是老高，梁先生家的司机，我们太太叫我送点东西来，怕你们刚搬来一切不便。我老婆也在梁家做事，每隔三天，我就开车送她去镇上买菜，我们太太说，如果你们买菜不方便，以后我可以给你们带来!"

梁太太!她想得倒挺周到的,那一包东西全是食物,从鸡蛋、火腿、香肠到生肉,应有尽有,老姑妈乐得合不拢嘴,也就再也不提买菜不便的事。事实上,在以后的生活中,买菜确实也没给他们带来任何的烦恼。

刚搬到农庄来,狄君璞对于它的地理环境,还没有完全弄清楚。随后,他就知道了,农庄有条大路,可以下山直通镇上,然后去台北。但是,如果要去霜园,却只有山中的小径可通,这小径也可深入群山之中,处处风景如画。狄君璞不能不佩服梁逸舟,他能在二十年前,把这附近的几个山都买下来。在这山头建上一座古朴而粗拙的农庄,虽然他的"务农"是完全失败了,逼得他放弃了羊群、乳牛和来杭鸡,又转入了商业界。最后,竟连农庄也放弃了,另造上一幢精致的洋房霜园。可是,这些荒山却在无形中被开发了,山中处处可以找到小径,蜿蜒曲折,深深幽幽,似乎每条小径都可通往柳暗花明的另一境界。仅仅三天,狄君璞就被这环境完全迷住了。农庄的主要建筑材料是粗拙的原材,大大的木头柱子,厚重的木门,粗实的横梁。木头都用原色,门窗都没有油漆,却"拙"得可爱。屋子里,也同样留着许多用笨重木材做成的桌椅,那厚笃笃的矮桌,不知怎么很给人一种安全踏实的感觉,那宽敞的房间,也毫无逼窄的缺点。对于一些爱时髦的人来说,这房子、这地点,似乎都太笨拙而冷僻了,但对狄君璞,却再合适也没有。农庄的建筑面相当广,除了一间客厅外,还有五间宽大的房间,现在,其中一间做了狄君璞的书房,四壁原有木材做的隔架,如今堆满了书。书,是狄君璞除了小蕾以外，最宝贵的财产了。其他四间，分别做了狄君璞、小蕾、姑妈和阿莲的卧室。除了这些房间之外，这农庄还有一个阁楼，里面似乎堆了些旧家具、旧书籍和箱笼。狄君璞因为没有需要，也就不去动用它。在农庄后面，还有几间堆柴、茅草和树枝的房间，旁边，是一片早已空废的栅栏，想当初，这儿是养牛羊的所在，鸡舍在最后面，现在也空了。农庄的前面，有一块平坦的广场，上面有好几棵合抱的大树，一株红枫，撒了一地的落叶。树木之间，全是木槿花，紫色的、粉红的、白色的……灿烂夺目。农庄的后面，却是一座小小的枫林，那些巨大的红枫，迎着阳光闪烁，如火，如霞，如落日前那一刹那时的天空。枫林的一边临着悬崖，沿着悬崖的边缘，全牢固地筑了一排密密的栏杆，整个农庄，只有这栏杆漆着醒目的红油漆。栏杆外面，悬崖深陡。这栏杆显然还是新建的，狄君璞料想，这一定是梁逸舟说定了把房子租给他住之后，知道他有个六岁的小女儿，才派人修建了这排栏杆。梁逸舟的这些地方，是颇令人感动的。

搬家是个繁重的工作，尤其对一个男人而言，事后的整理是烦人的，如果没有老姑妈，狄君璞真不知道该怎么办才好。足足忙了三天，才总算忙完了。这天黄昏，狄君璞才算真正有闲暇走到山野里来看看。

沿着一条小径，狄君璞信步而行，山坡上的草丛里开着芦花，一丛丛细碎的、白色的花穗在秋风中摇曳，每当风过，那一层层芦穗全偏倚过去，起伏着像轻风下的波浪。几株黄色的雏菊，杂生于草丛之间，细弱的花干，小小的花朵，看来是楚楚动人的。枫树的落叶飘坠着，小径上已铺满了枯萎的叶子，落叶经过太阳的曝晒，都变得干而脆，踩上去簌簌作声。

两只白色的小蛱蝶，在草丛里翩翩飞舞，忽上忽下，忽远忽近，忽高忽低，忽分忽合。落日的阳光在小蛱蝶的翅膀上染上了一层闪亮的嫣红。这秋日的黄昏，一草一木，一山一石，在在熏人欲醉。狄君璞不知不觉地进入了深山里，在这杳无人迹的山中，在这秋日的柔风里，在这落日的余晖下，他有种崭新的、近乎感动的情绪，那几乎是凄凉而怆恻的。他不自禁地想着前人所谓"前不见古人，后不见来者，念天地之悠悠，独怆然而涕下"的那份感触。

他是深深地被这山林所震慑了。

他前面有块巨石挡着路，小径被一片杂草所隔断了，这是一个山谷，遍布着嵯峨的巨石。他站住，仰头望了望天空，彩霞满天，所有的云，都是发亮的橙色与红色，一朵一朵，熙攘着，堆积着。谷里有些幽暗，薄雾苍茫，巨石的影子斜斜地投在草地上，瘦而长。风在谷内穿梭，发出低幽的声响。那对小蛱蝶，已经不见了。

他陷入一种深沉的冥想中，在这一刻，他又想起了美茹，如果美茹在这儿，她会怎样？

不，她不会喜欢这个！他知道。可悲呵，茫茫天涯，知音何处？他心头一紧，那怆恻的感觉就更重了！忽然间，他被什么声音惊动了。他听到一声叹息，一声低幽、绵邈而苍凉的叹息。这山谷中还有另外一个人！他惊觉地站直了身子，侧耳倾听，又什么声音都没有了。是幻觉吗？他凝神片刻，真的，不再有声音了。他摇了摇头，回身望着农庄，是的，从这儿可以清楚地看到农庄的红栏杆和那枫叶后的屋脊，这时，一缕炊烟，正从屋脊上袅袅上升，阿莲在做晚餐了，他也该回去了。

抬起脚，他准备离去了。可是，就在这时候，那叹息声又响了起来，他重新站住，这次，他清楚地知道不是幻觉了，因为，在叹息声之后，一个女性的、柔软的、清晰的声音，喃喃地念了几句"无言独上西楼"还是什么的，接着，又清楚地念出一阕词来，头几句是这样的："河可挽，石可转，那一个愁字，却难驱遣……"

仅仅这几句，狄君璞已经觉得心中怦然一动，这好像在说他呢！他曾以博览群书而自傲，奇怪的是对这阕词并无印象。静静地，他倾听着，那女性声音好软，好温柔，又好清脆："河可挽，石可转，那一个愁字，却难驱遣。眉向酒边暂展，酒后依旧见。枫叶满阶红万片，待拾来，一一题写教偏，却倩霜风吹卷，直到沙岛远！"念完，下面又是一声轻喟，带着股恻然的、无奈的幽情。狄君璞再也按捺不住自己，他有种又惊又喜又好奇的情绪，在这孤寂的深山里，他是做梦也不会想到会听到这种声音和这种诗句的。他情不自禁地跟踪着那声浪，绕过了那块挡着他的巨石，向那山坳中搜寻过去。

刚刚绕过了那石块，他就一眼看到那念诗的少女了，她坐在一块岩石上，正面对着他出现的方向。穿着一袭黑白相间的、长袖的秋装，系着一条黑色的发带，那垂肩的长发随风飘拂着，掩映着一张好清秀、好白皙的脸庞。由于他的忽然出现，那少女显然大大地吃了一惊，她猛地抬起头来，睁大了一对黑白分明的大眼睛，那眼睛好深好黑好澄净，却盛满了惊惶与畏怯，那样怔怔地瞪着他。这眼光立刻引起他一阵犯罪似的感觉，他那么抱歉——显然，他侵入了一个私人的、宁静的世界里。"哦，对不起，"他结舌地说，不敢走向前去，因为那少女似乎已惊吓得不能动弹，"我没想到打扰了你，我才搬来，我住在那上面的农庄里。"

那少女继续瞪着他，仿佛根本没有听懂他在说什么，那眼睛里的惊惶未除，双手紧紧地握着膝上的一本书，一本线装的旧书，可能就是她刚刚在念着的一本。

"你了解了吗？"他再问，尝试着向她走近，"我姓狄，狄君璞。你呢？"他已经走到她面前了，她的头不由自主地向后仰，眼里的惊惶更深更重了。当他终于停在她面前的时候，她忽然发出一声惊喊，迅速地从岩石上跳起来，扭转身子就向后跑，她身上那本书"噗"的一声掉落在地上，她"逃"得那样快那样急，竟无暇回顾，也不去拾那本书，只是仓皇地奔向那暮色渐浓的深山小径中。只一会儿，她那纤细轻盈的身子，就隐没在一片葱草的绿色和薄暮时分的雾气里。

狄君璞有好一会儿回不过神来，他实在不了解自己有什么地方会如此惊吓了她。他虽不是什么漂亮男子，但也绝不是钟楼怪人呀！站在那儿，他望着她所消失的山谷发愣，完全大惑不解。半晌，他才摇了摇头，迷惑地想，不知刚才这一幕是不是出自他的幻觉，他那经常构思小说的头脑，是常会受幻觉所愚弄的。要不然，就是什么山林的女妖，在这儿幻惑他，《聊斋》中这类的故事层出不穷。可是，当他一回顾间，他看到了草地中的一本书——她所落下的书，那么，一切都是真实的了？确有一个少女被他的鲁莽所吓跑了。

他有些惆怅，有些沮丧，他从不知道自己是很可怕的。俯下身子，他拾起了地下的那本书，封面上的书名是《历朝名人词选》。翻开第一页，在扉页的空白处，有毛笔的题字，写的是："给爱女心虹　爸爸赠于一九六五年圣诞节"。

心虹？这是那少女的名字吗？这又是谁呢？她的家在附近吗？他心中一动，突然想起霜园，只有霜园，与刚刚那少女的服饰打扮和这本书的内容是符合的。那么，她该是梁逸舟的女儿了？一时间，他很想把这本书送到霜园去。可是，再一转念间，他又作罢了。因为，太阳不知什么时候已落了山，暮色厚而重地堆积了过来，山中的树木岩石，都已苍茫隐约。

再不寻径归去，他很可能迷失在这山坳里。何况，那傍晚时的山风，已不胜寒恻了。

拿着那本书，他回到了农庄。小蕾已经在农庄的门口等待了好半天了，晚餐早就陈列在桌上，只等主人的归来。菜饭香绕鼻而来，狄君璞这才发现，自己早已饥肠辘辘了。

餐后，他给小蕾补习了一下功课，小蕾因身体太差，正在休学中，但他却不想让她忘记了功课。补完了书，又带着她玩了半天，一直等她睡了，狄君璞才回到自己的书房里。扭开了台灯，他沉坐在书桌前的安乐椅中，不由自主地，他打开了那本《历朝名人词选》。

这是清末一个词人所编撰的，选的都趋于比较绮丽的作品。显然有好几册，这只是第一册。他随便翻了几页，书已经被翻得很旧了，许多词都被密密圈点过，他念了几首，香生满口，他就不自禁地看了下去。

然后，他发现书页的空白处，有小字的评注，字迹细小娟秀，却评得令人惊奇。事实上，那不是"评注"，而是一些读词者的杂感，例如：

所有文学，几乎都是写情的，但是，感情到底是什么？它只是痛苦的源泉而已。真正的感情与哀愁俱在，这是人类的悲哀！

没有感情，又何来人生？何来历史？何来文学？

好的句子都被前人写尽，我们这一代的悲哀，是生得太晚，实在创不出新的佳句了！

知识实在是人类的束缚，你书读得越多，你会发现你越渺小！

柳永可惜了，既有"针线闲拈伴伊坐，和我。免使年少，光阴虚过"的深情，何不真的把雕鞍锁？受晏殊挪揄，也就活该了！

诗词都太美了，但也都是消极的。我怀疑如此美的感情，人间是不是真有？

其中，也有与诗词毫无关系的句子，大多是对"感情"的看法，例如：

不了解感情的人，白活了一世，是蠢驴！而真了解感情的人，却太苦太苦！所以，不如做蠢驴，也就罢了！人，必须难得糊涂！

利用感情为工具，达到某种目的的人，该杀！

玩弄感情的人，该杀！

轻视感情的人！该杀！

无情而装有情的人，更该杀！

这一连串的几个"该杀"，倒真有些触目惊心，狄君璞一页页地翻下去，越翻就越迷惑，越翻也越惊奇。他发现这写评语的人内心是零乱的，因为那些句子，常有矛盾之处。但是，也由此发现，那题句者有着满腔压抑的激情，如火般烧灼着。而那激情中却隐匿了一些什么危险的东西！那是个迷失的心灵呵！狄君璞深思地合起了书，心中有份恍惚，有份苍凉，然后，他又一眼看到书本的背面，那细小的字迹写着一阕词，是：

寂寞芳菲暗度，岁华如箭堪惊。缅想旧欢多少事，转添春思难平。曲槛丝垂金柳，小窗弦断银筝。

深院空闻燕语，满园闲落花轻。一片相思休不得，忍教长日愁生。谁见夕阳孤梦，觉来无限伤情！

那不仅是个迷失的心灵，而且是个寂寞的心灵呵！狄君璞对着灯，听那山枭夜啼，听那寒风低诉，他是深深地陷入了沉思里。

第四章

早上，狄君璞起晚了，一夜没睡好，头脑仍是昏昏沉沉的。才下床，他就听到客厅里传来小蕾的嬉笑之声，不知为什么，这孩子笑得好高兴。然后，他听到一个陌生的、女性的声音，在和小蕾攀谈着。怎么？这样早家里就会来客吗？他侧耳倾听，刚好听到小蕾在问："我忘了，我该叫你什么？"

"梁阿姨，记住了！梁阿姨！"那女性的声调好柔媚，好年轻，这会是昨天山中的少女吗？"我住在那边霜园里，一个好大好大的花园，让爸爸带你来玩，好不好？"

"你现在带我去，好吗？"小蕾兴奋地说，一面扬声叫着，"婆婆！我跟梁阿姨去玩，好吗？"

"哦，不行，小蕾，现在不行，"那少女的声音温柔而坦率，"梁阿姨要去上学了，不能陪你玩。好吧，你爸爸还没起来，我就先走了，告诉你爸爸，今天晚上……"

狄君璞迅速地换好衣服，洗了把脸，就对客厅冲出去。不成，他不能放她走！如果竟是昨天那少女呢！跑进了客厅，他就一眼看到那说话的人了。不，这不是昨天那个山林的女妖，那个虚幻的幽灵，这是个活生生的，神采飞扬的，充满了生命、活力与青春的女孩！

他站住，迎视着他的是一对肆无忌惮的眸子，大而亮，带着点桀骜不驯的野性和一抹毫不掩饰的好奇，微笑地盯着他。

"哦，你是——你是？"他犹疑地问。

"我叫梁心霞！"她微笑着，仍然紧盯着他，"梁逸舟是我爸爸。"

"哦，你是梁小姐。"他打量着她，粉红毛衣，深红长裤，外面随随便便地披着一件大红色的薄夹克。手里捧着几本书，站在门前射入的阳光里，几乎是个璀璨的发光体，艳光四射。"怎么不坐下来？小蕾，你叫阿莲倒茶，婆婆呢？"

"婆婆在煮稀饭，阿莲去买菜了。"小蕾说，在一边用一种无限欣羡的眼光看着心霞，连稚龄的小女儿，也懂得崇拜"完美"呵！

"别忙，狄先生，"心霞急忙说，"我马上要走，我还要赶去上课。"她对四周环顾着，"你们改变得不多。"

"是的，"狄君璞说，"我尽量想保持原有的朴实气氛。"

心霞点点头，又抬起眼睛来看着狄君璞。

"我来有两件事，狄先生。"她说，"一件是：爸爸和妈妈要我来请你和这个小妹妹，今天晚上到霜园去吃晚饭，从今以后，我们是邻居了，你知道。"

"噢，你父母真太客气了。"

"你们一定要来哦，"心霞叮嘱着，"早一点来，爸爸喜欢聊天。还有一件……"笑容忽然在她唇边隐没了，那眼睛里的光彩也被一片不知何时浮来的乌云遮盖了。她深深地望着他，放低了声音："我姐姐要我来问一声，你是不是捡到了一本她的书？"

"你姐姐？"

他怔了怔。

"是的，她叫梁心虹，她说她昨天曾在山中碰到了你。她想，你可能拾走了那本书。"

"哦！"他回过了神来，果然，那是梁家的女儿！但是，为什么心霞提到她姐姐的时候，要那样神秘、隐晦，而且满面愁容？"是的，我拾到了，是一本词选。你等等，我马上拿给你！"他走进书房，取出了那本书，递给心霞。心霞接了过去，把它夹在自己的书本中，抬起眼睛来，她对狄君璞很快地笑了笑，说："谢谢你，狄先生，那么我走了。晚上一定要来哦，别忘了！"

"一定来！"狄君璞说，牵着小蕾的手，送到门外，"我陪你走一段，你去镇上搭车吗？"

"是的，你别送了！"

"我喜欢早上散散步！"

沿着去镇上的路，他们向前走着，只走了几步，小蕾就被一只大红蜻蜓吸引了注意力，挣开了父亲的掌握，她欢呼着奔向了路边的草丛里，和那只蜻蜓追逐于山坡上了。看着小蕾跑开，心霞忽然轻声地、像是必须解释什么似的说："我姐姐……她很怕看到陌生人。"

"哦，是吗？"狄君璞顿了顿，"我昨天吓到她了吗？"

"我是怕……她吓到了你。"心霞勉强地笑了笑。

"怎会?"狄君璞说,"我以为……"他又咽住了,"她很少去城里吗?没有读书?"

"不,她已经大学毕业了,念的是中国文学系。爸爸常说,她是我们家的才女。但是,一年前,她……"心霞停住了,半天,才又接下去,"她生了一场脑病,病得很厉害,病好之后,她就变得有点恍恍惚惚的了,也曾经在精神病院治疗过一段时间,现在差不多都恢复了,只是怕见人,很容易受惊吓。医生说,慢慢调理,就会好的。"

"噢,原来如此。"狄君璞恍然了,怪不得她那样瑟缩、那样畏怯、那样惊惶呢!小蕾从山坡上跑回来了,她失去了那只蜻蜓,跑得直喘气,面颊红扑扑的,额上都冒着汗珠了。

拉着父亲的手,她开始一迭连声地叫:"爸,我饿了!爸!我还没吃早饭!"

"好了,"心霞站住了,笑着说,"别送了,狄先生,晚上见吧!"

"好,晚上见!"狄君璞也笑笑说。

心霞对小蕾挥了挥手,转身去了,一抹嫣红的影子,消失在绿野之上。狄君璞牵着小蕾,慢慢地向农庄走回去,老姑妈早已站在农庄门口,引颈而望了。

早餐过后,狄君璞进入书房,开始整理一篇自己写了一半的旧稿。搬家已经忙完了,也该重新开始工作了。他沉入自己的小说中,有很长一段时间,对外界的一切都茫无所知,直到将近中午,老姑妈推门进来。

"听说梁家今天晚上请你和小蕾去吃饭!"她说着,手里一面编织着一件小蕾的毛衣。

"是的。"狄君璞抬起头来，他的神志仍然深陷在自己的小说中。老姑妈在旁边的一张椅子里坐了下来，一面不停地做着活计。她虽竭力做出一副轻描淡写、无所事事的神情来，但狄君璞根据和老姑妈多年相处的经验，却知道她必定有所为而来。这姑妈是狄君璞父亲的亲妹妹，兄妹手足之情弥笃，狄君璞的父亲结婚后，姑嫂之间感情更好，一直住在一起。后来姑妈结婚了，谁知婚后三年就守了寡，狄君璞的父亲怜惜弱妹，就又把她接了回来。从此，老姑妈就再也没有离开过狄家，狄君璞几乎是被她带大的。等到狄君璞父母双亡，老姑妈就毅然地主持起家务来，对狄君璞和小蕾都照顾备至。所以，对老姑妈，狄君璞有份孺慕之依，更有份感激之情。现在，看到老姑妈那若有所思的样子，他放下了笔，问："有什么事吗?"他想，老姑妈一定因为自己没有被邀请而有些不快。

"哦，没什么，"老姑妈说，神色中却明显地有几分不安，她嚅动了一下嘴唇，忽然问，"这个梁——梁逸舟，你跟他很熟吗?"

"哦，并不，怎么?"

"怎会想到租他的房子呢? 认识多久了?"

"也不过半年左右，是在一个宴会上认识的，他说很佩服我的小说，那人很有点深度，我们挺谈得来的，就常常来往了。几个月前，我无意间说起想找一个乡间的房子，要阳光充足、地势高亢的，一来给小蕾养病，二来我可以安静写作，他就提起他有这样一座空着的农庄，问我愿不愿意搬来住。他说空着也是白空着，如果我来住，他就算借给我，他希望有我这样一个邻居。我来看过一次，很满意，就这样决定了。我当然不好白住他的房子，也形式化地签过一张租约。但是，现在我付的租金不过是意思意思而已，哪儿还可能找到这样便宜又这样适当的房子？梁逸舟这人真是个好人！"他停了停，瞪着老姑妈，"怎么？你为什么突然问起这个来？有什么不妥吗？"

"可是——"老姑妈沉吟了一下，毛线针停在半空中，"阿莲今天到镇上去买菜，听到不少闲话。"

"闲话？"狄君璞有些失笑，"菜场一向是三姑六婆传播是非的好所在。"

"倒不是是非……"老姑妈迟疑着。

"那么，是什么呢？"

"他们惊奇我们会搬进这农庄，他们说，这儿是一幢—— 一幢凶宅。"

"凶宅？"狄君璞一愣，"这对我真是新闻呢！有什么证据说这儿是凶宅呢？"

"有许多——许多传说。"

"例如什么？闹鬼吗？"

"不是这种，"老姑妈皱了皱眉，"是有关于死亡一类的。"

"是说这屋子里死过人吗？"

"我也不清楚，阿莲说大家都吞吞吐吐的，只说梁家是一家危险的人，和他们家接近一定会带来不幸，正谈着，因为梁家的女佣高妈来了，大家就都不说了。"

"咳，"狄君璞笑了，"我说，姑妈，你别担心吧，我保证那梁家没有任何的不妥，也保证我们不会有任何的不幸，那些乡下人无知的传说，我们大可以置之不理，是不是？"

"噢，"老姑妈笑了笑，"我知道你会这样说的，但愿我也能和你一样乐观。"

"那么，你就和我一样乐观吧！"狄君璞的笑容里毫无烦恼，"别听那些闲言闲语！梁家的人举止行动，可能和这农村的习性不同，大家就造出些话来，过一阵子，我们可能也会成为他们谈论的对象呢！"

"可是，关于那霜园里……"

"霜园里怎样？"

"哦，我不说了！"老姑妈蓦地打了个冷战，站起身来，"你会当作无稽之谈的，我还是不说的好，我去看看阿莲把午餐做好了没有。"

"到底是什么？"狄君璞皱起了眉头，他有些不耐，"你还是都说出来吧，姑妈！"

"他们说——他们说……那霜园里住着一个……一个魔鬼，一个女巫，一个疯子，她在一年以前，就在我们这栋农庄里，杀死了一个人！"

"什么？"狄君璞紧紧地盯着老姑妈。

"哦，哦，"老姑妈结舌地向门口走去，"这——这不过是大家这么说而已，谁也不知道真正是怎么回事，反正你也不信这些，我只是告诉你，姑妄听之吧！我去看阿莲和小蕾去！"

像逃走一般，老姑妈急急地走了，她最怕的就是狄君璞把眉头锁得紧紧的，这表示他在生气了！她有些懊恼，真不该把这些话告诉他的，他一定嫌她老太婆多管闲事了。

狄君璞看着老姑妈离去，他不能再写作了，一上午那种平静安详的心情，现在已一扫无余，他站起身来，走到窗前，瞪视着窗外那绿树浓荫，他真无法相信，在这寂静而优美的深山里，会有着怎样的隐秘和罪恶。狠狠地，他甩了一下头，大声地说："胡说八道！完全胡说八道！"

　　他的声音喊得那样响，把他自己都吓了一跳，他愕然回顾，房里静悄悄的，宽大的房间显得阴冷幽暗，他忽然觉得天气变冷了。

第五章

　　黄昏时，狄君璞就带着小蕾往霜园走去。那山中曲折的小径，那岩石，那野花遍地，那彩霞满天，以及那山谷中特有的一份醉人的宁静，使狄君璞再度陷入那种近乎感动的情绪里。而小蕾呢，她是完全兴奋了。不时地，她抛开了父亲的手，冲到草丛中去摘下几颗鲜红欲滴的草莓，或者，是一把野花。只一会儿，她两个手都满了，于是，她又开始追逐起蝴蝶和蜻蜓来，常常跑得不见身影。狄君璞只得站住等她，一面喊着："别跑远了，小蕾！草太深的地方不要去！当心有蛇！别给石头绊了！"小蕾一面应着，一面又绕到大石头后面去了，坚持说她看到一只好大好大的黑蝴蝶。狄君璞望着她那小小的身影，心头不自禁地掠过了一抹怛恻。因为要去霜园吃饭，姑妈把小蕾打扮得很漂亮，白色绣花的小短裙，红色的小外套，长筒的白袜子，小红皮鞋，再戴了顶很俏皮的小红帽子，颇有点童话故事中画的"小红帽"的味道。孩子长得很美，像她的母亲。大而生动的眼睛，小小的翘鼻子，颊上的一对小酒窝……都是她母亲的！可是，她的母亲在哪里？狄君璞还记得最后那个晚上，美茹哭泣着对他说："我爱你，君璞，我真的爱你。可是继续跟你一起生活，我一定会死掉，我配不上你。你放了我吧！求求你，放了我吧！"他当时的回答多么沉痛，她能听出来吗？

"我不想用我的爱情来杀死你，美茹！如果真已经到了这个地步，那么，你去吧！离开我吧，去吧！"

于是，她去了！就这样去了！跟着另一个男人去了。他表现得那样沉默，甚至是懦弱的。他知道，多少人在嘲笑他的软弱，也有多少人揶揄着他的"大方"，只有他自己明白，他那颗滴着血的心是怎样也留不住美茹那活跃的灵魂的！一切并不能全怪美茹，他能奉献给她的，只有一颗心！而美茹，她生来就是天之骄子，那样美，那样活泼，那样生活在群众的包围里！她说的也是实话，她是不能仅仅靠他的一颗心而活着的！她去了，奇怪的是他竟不能怨她，也不能恨她，他只是消沉与自苦而已。美茹，或者她并没有想到，她的离去，是将他生命里的欢笑与快乐一起带走了，竟没有留下一丝一毫来。小蕾从石头后面跑回来了，她喘着气，一边跑，手里的野花草莓就一路撒着，她的小白裙子飞开了像一把伞，整个人像个小小的散花天使。但是，她跑得那样急，喘得那样厉害，她的小脸是苍白的。"爸爸！爸爸！爸爸！"她一路喊着。

"怎么了？"狄君璞一惊，奔过去拉住那孩子，"你又喘了吗？准是碰到什么花粉又过敏了！"

"不是的，不是的！"孩子猛烈地摇着头，受惊的眸子睁得好大。

"是什么？你碰到蛇了？被咬了？"狄君璞慌张地检视着孩子的手脚，"哪儿？哪儿疼？"

"不是，爸爸！"孩子恐惧地指着那块大石头，"那后面……那后面有一个人！"

"一个人？"狄君璞怔了怔，接着就笑了，"一个人有什么可怕呢？小蕾，这山什么人都可以来呀！"

"那个人——那个人瞪着山上我们住的房子，样子好可怕哦！"

"是吗？"狄君璞回过头去，果然看到农庄悬崖边的红栏杆和屋脊。这山谷就是他昨日碰到梁心虹的地方。他心中一动，立即问："是个女人吗？"

"是的，一个女人！一个穿黑衣服的女人！"

果然！是那个名叫心虹的女孩子！狄君璞牵着小蕾的手，迅速地向那块巨石走去，一面说："我们去看看！"

"不！不要去！"小蕾瑟缩地后退了两步。

"别傻！孩子，"狄君璞笑着说，"那个阿姨不会伤害你的，去吧！别怕！"拉着小蕾，他跑到那块石头后面，那后面是一片草原，开满了紫色的小野花，还有几棵耸立着的、高大的红枫，除此之外，什么人影都没有。狄君璞四面打量着，石影参差，树影斑驳，四周是一片醉人的宁静。"这里没有人呀，小蕾，你一定看错了！"

"真的！是真的！"小蕾争辩着，"她就站在那棵枫树前面，眼睛……眼睛好大……好可怕哦！"

狄君璞耸了耸肩，如果心虹真在这儿，现在也早就躲起来，或是跑开了。他拍了拍小蕾的手，微笑地说："不要夸张，那个阿姨一点也不可怕，她长得蛮好看的，不是吗？头发长长的，是不是。"

"不，不是，"孩子忙不迭地摇着头，"那是个……是个老太婆！"

"老太婆？"狄君璞是真的啼笑皆非了，心虹纵使看起来有些憔悴，也绝不至于像个老太婆呀！他对小蕾无奈地摇了摇头，看样子，这孩子夸张描写的本能，一定遗传自他这个写作的父亲！将来也准是个摇笔杆的材料！

"好了，别管那个老太婆了，我们要快点走，别让人家等我们吃饭！"片刻之后，他们停在霜园的大门外了，那镂花的铁门静静地掩着，门内花木扶疏，枫红似锦，房屋掩映在树木葱草中，好一个优美静谧的所在！

他按了门铃，开门的是他所认识的老高。对狄君璞恭敬地弯了弯腰，老高说："狄先生，我们老爷和太太正等着你呢！"

想必老高是梁家从大陆带过来的用人，还保留着对主人称"老爷"的习惯。狄君璞牵着小蕾，跟着老高，穿过了那花香馥郁的花园，走进霜园那两面都是落地长窗的大客厅里。

霜园的建筑和农庄是个鲜明的对比，农庄古拙而原始，霜园却豪华而精致，那落地的长窗、玻璃的吊灯、考究的家具和宽大的壁炉，在在都显示出主人力求生活的舒适。狄君璞几乎不能相信这两栋房子是同一个主人所建造的。梁逸舟似乎看出了狄君璞的惊奇，他从沙发里站起来，一面和狄君璞握手，一面笑着说："和农庄大大不同，是不是？你一定比较喜欢农庄，这儿太现代化了。"

"各有千秋，你懂得生活。"狄君璞笑着，把小蕾拉到面前来，"叫梁伯伯！小蕾！"

"嗨！这可不成！"一个清脆的声音响了起来，狄君璞看过去，心霞正笑嘻嘻地跑到小蕾面前，亲热地拉着小蕾的手说，"人家今天早上叫我阿姨呢，怎能叫爸爸伯伯？把辈分给叫乱了！"

"胡说！"梁逸舟笑着呵斥，"哪有自封阿姨的？她顶多叫你一声梁姐姐，你才该叫狄先生一声伯伯呢！"

"哪里，哪里，梁先生，别把我给叫老了！"狄君璞急忙说，"决不可以叫我伯伯，我可当不起！"

"好吧，这样，"心霞嚷着说，"我就让小蕾喊我一声姐姐，不过哦，我只肯叫你狄先生，你大不了我多少岁！"

"看你这个疯丫头相！一点样子都没有！"梁逸舟嘴里虽然呵斥着，却掩饰不住唇边的笑意。他转头对一直含笑站在一边的妻子说："吟芳，你也不管管你的女儿，都是给你……"

"……惯坏的！"心霞又接了口。

梁逸舟对狄君璞无奈地摇摇头，笑着问："你看过这样的女儿没有？"

狄君璞也笑了，他看到的是一个充满了温暖与欢乐的家庭。想起老姑妈的道听途说，他不禁暗暗失笑。如果他心中真有任何阴霾，这时也一扫而空了。望着吟芳，他含笑地问："是梁太太吧？"

"瞧，我都忘了介绍，都是给心霞混的！"梁逸舟说，转向吟芳，"这就是狄君璞，鼎鼎有名的大作家，他的笔名叫乔风，你看过他的小说的！"

"是的，狄先生！"吟芳微笑地说，站在那儿，修长的身子，白皙的面庞，她看来高贵而雅致，"我们一家都是你的小说迷！"

"哦，不敢当！"狄君璞说，"我那些见不得人的东西，别提了，免得我难堪。"

"这边坐吧，君璞，"梁逸舟说，"我要直接喊你名字了，既然做了邻居，大家还是不拘形迹一些好！"

在沙发上坐了下来，高妈送上了茶。心霞已经推着小蕾到吟芳面前，一迭连声地说："妈，你看！妈，你看！我可没骗你吧！是不是长得像个小公主似的？你看那大眼睛！你看那翘鼻子！还有那长睫毛，放一支铅笔上去，一定都掉不下来，这样美的娃娃，你看过没有？"她又低低地加了一句："当然，除了我小时候以外。"

"呵！听她的！"梁逸舟说，"一点也不害臊，这么大了，一天到晚装疯卖傻！"心霞偷偷地做了个鬼脸，大家都笑了。这时，狄君璞才发现没有看到心虹，想必她还游荡在山谷的黄昏中，尚未归来吧！可是，就像是答复狄君璞的思想，楼梯上一阵轻盈的脚步声，狄君璞抬起头来，却一眼看到心虹正缓缓地拾级而下。她穿着件纯白色滚黑边的衣服，头发松松地挽在头顶上，露出修长的颈项，别有一份飘逸的气质。她并没有丝毫从外面刚回来的样子，云鬓半偏，神色慵懒。看到狄君璞，她愣了愣，脸上立即浮起一抹薄薄的不安和腼腆。

带着股弱不胜衣的娇柔，她轻声说："哦，客人已经来了！"

"噢，心虹，"吟芳亲切地说，"快来见见狄先生，也就是乔风，你知道的!"心虹仿佛又愣了一下，她深深地看了狄君璞一眼，眼底闪过了一丝惊奇的光芒。梁逸舟望着心虹说:"你睡够了吧? 睡了整整一个下午，再不来我要叫你妹妹去拖你下楼了。来，你爱看小说，又爱写点东西，可以跟狄先生好好地学习一番。"心虹瑟缩了一下，望着狄君璞的眼睛里有些羞怯，但是，显然她已不再怕他了。她轻轻地说:"哦，爸爸，我已经见过狄先生了。"

"是吗?"梁逸舟惊奇地道。

"是的，"狄君璞说，"昨天在山谷里，我们曾经见过一面。"

"那么，我的两个女儿你都认识了?"梁逸舟高兴地说，"我这两个女儿真是极端，大的太安静了，小的又太野了!"

"爸爸! 我抗议!"心霞在叫着。

"你看! 还抗议呢，不该她说话的时候，她总是要叫!"

心虹的目光被小蕾吸引了，走了过去，她惊喜地看着小蕾，蹲下身子，她扶着小蕾的手臂，轻扬着眉毛，喜悦而不信任地说:"这么漂亮的小女孩是哪里来的呀? 狄先生，这是你的女儿吗?"

"是的，小蕾，叫阿姨呀!"狄君璞说着，一面仔细地注意着小蕾和心虹。

如果心虹今天下午真在楼上睡觉的话，他不知道小蕾在山谷里见到的女人又是谁。小蕾正对心虹微笑着，天真的小脸庞上一丝乌云都没有，她并不认得心虹。狄君璞确信，她在这一刻之前，绝没有见过心虹。而且，她显然丝毫不认为心虹是"可怕的"，她笑得好甜，好高兴，这孩子和她的母亲一样，对于有人夸她漂亮，是有着与生俱来的喜悦的，小小的、虚荣的东西呵！现在，她正顺从地用她那软软的童音在叫："阿姨！"

"不行，叫姐姐！"梁逸舟说。

"姐姐！"孩子马上又顺从地叫。

大家又都笑了，吟芳笑着说："瞧你们，把孩子都弄糊涂了。"

心虹站起身来，再看看狄君璞，她似乎在努力地克服她的腼腆和羞怯，扶着小蕾的肩膀，她说："孩子的妈妈呢？怎么没有一起来？"

梁逸舟立即干咳了一声，室内的空气有一刹那的凝滞，心虹敏感地看看父亲和母亲，已体会到自己说错了话，脸色瞬即转红了。狄君璞不知该说些什么，每当别人询及美茹，对他都是难堪的一瞬，尤其是有知情的人在旁边代他难堪的时候，他就更觉尴尬了。而现在，他还多了一层不安，因为，心虹那满面的愧色和歉意，好像自己闯了什么弥天大祸，那战战兢兢的模样是堪怜的。他深恨自己竟无法解除她的困窘。

幸好，这尴尬的一刻很快就过去了，高妈及时走了进来，请客人去餐厅吃饭。这房子的结构也和一般西式的房子相似，餐厅和客厅是相连的，中间只隔了一道镂花透空的金色屏架。大家走进了餐厅，餐桌上已琳琅满目地陈列着冷盘，梁逸舟笑着说："菜都是我们家高妈做的，你尝尝看。高妈是我们家的老用人了，从大陆带过来的，她到我家的时候，心虹才只有两岁呢！这么多年了，真是老家人了。"

狄君璞含笑地看了高妈一眼，那是个典型的、好心肠的、善良的妇人，矮矮胖胖的身材，圆圆的脸庞，总是笑嘻嘻的眼睛。

坐下了，大家开始吃饭。吟芳几乎把全部的注意力都放在小蕾身上，帮她布菜，帮她去鱼刺，帮她盛汤，招呼得无微不至。心霞仍然是餐桌上最活跃的一个，满桌子上就听到她的笑语喧哗。而心虹呢，却安静得出奇，整餐饭的时间，她几乎没有开过口，只是自始至终，都用一对朦朦胧胧的眸子，静悄悄地注视着餐桌上的人。

她似乎存在于一个另外的世界里，因为，她显然并没倾听大家的谈话。狄君璞很有兴味地发现，餐桌上每一个人，对她而言，都只像个布景而已。当狄君璞无意间问她："梁小姐，你是什么大学毕业的？"

她是那么吃惊，仿佛因为被注意到了而大感不安，半天都嗫嚅着没答出来。还是吟芳回答了："台大。"

"好学校！"狄君璞说。

心虹勉强地笑了笑，头又垂下去了。狄君璞不再去打扰她。开始和梁逸舟谈一些文学的新趋势。心霞在一边热心地插着嘴，不是问这个作家的家庭生活，就是问那个作家的形状相貌，当她发现狄君璞常常一问三不知的时候，她有些扫兴了。狄君璞笑笑说："我是文艺界的隐居者，出了名的。我只能蛰居在我自己的天地中，别人的世界，我不见得走得进去，也不见得愿意走进去。有人说我孤高，有人说我遁世。其实，我只是瑟缩而已。"心虹的眼光，轻悄悄地落到他的身上，这是今晚除了她刚下楼的那一刻以外，她第一次正视他。可是，当他惊觉地想捕捉这眼光的时候，那眼光又迅速地溜走了。

一餐饭就在一种融洽而安详的气氛中结束了。回到客厅，高妈斟上了几杯好茶。梁逸舟和狄君璞再度谈起近代的小说家，他们讨论萨洛扬，讨论卡缪，讨论存在主义。狄君璞惊奇于梁逸舟对书籍涉猎之广，因而谈得十分投机。小蕾被心霞带到楼上去了，只听到她们一片嬉笑之声，心虹也早已上楼了。当谈话告一段落，狄君璞才惊觉时间已经不早，他正想向主人告辞。梁逸舟却在一阵沉吟之后，忽然说："君璞，你对于农庄，没有什么——不满的地方吧？"

"怎么？"狄君璞一怔，敏感到梁逸舟话外有话，"一切都很好呀！"

"那——那就好！"梁逸舟有些吞吞吐吐的，"如果……你们听到一些什么闲话，请不要放在心上，这儿是个小地方，乡下人常有许多……许多……"他顿住了，似乎在考虑着词汇的运用。

"我了解。"狄君璞接着说，"你放心……"

"事实上，我也该告诉你，"梁逸舟又打断了他，有些不安地说，"有件事你应该知道……"

他的话没有说完，楼梯上一阵脚步响，心霞带着嘻嘻哈哈的小蕾下来了，梁逸舟就住了口，说："不是什么重要的事，将来再谈吧！"

狄君璞有些狐疑，却也不便追问。而小蕾已扑进了父亲怀中，打了一个好大好大的哈欠。时间不早，小蕾早就该睡了。狄君璞站起身来告辞，吟芳找出了一个手电筒，交给狄君璞说："当心晚上山路不好走，要不要老高送一送？"

"不用了，就这么几步路，不会迷路的！"

牵着小蕾，他走出了霜园，梁逸舟夫妇和心霞都一直送到大门口来，小蕾依依不舍地向"梁姐姐"挥手告别，她毕竟喊了"梁姐姐"，而没有喊"阿姨"。狄君璞心中隐隐地有些失望，因为他没有再看到那眼光如梦的女孩，心虹并没和梁逸舟他们一起送到门口来。

沿着山上的小径，他们向农庄的方向缓缓走去。事实上，今晚月明如昼，那山间的小路清晰可见，手电筒几乎不是必需的。山中的夜，别有一份肃穆和宁静，月光下的树影迷离，岩石高耸，夜雾迷迷茫茫地弥漫在山谷间，一切都披上了一层虚幻的色彩。草地上，夜雾已经将草丛染湿了。

山风带着寒意，对他们轻轻地卷了过来，小蕾紧紧地抓着父亲的手，又一连打了好几个哈欠。月光把他们的影子投在地下，好瘦、好长。一片带露的落叶飘坠在狄君璞的衣领里，凉沁沁的，他不禁吓了一跳。几点秋萤，在草丛中上上下下地穿梭着，像一盏盏闪烁在深草中的小灯。

他们已经走入了那块谷地，农庄上的栏杆在月色里仍然清晰。小蕾的脚步有点滞重，狄君璞怕她的鞋袜会被夜露所湿了。他低问小蕾是不是倦了，小蕾乖巧地摇了摇头，只是更亲近地紧偎着狄君璞。狄君璞弯腰想把孩子抱起来，就在这时，他看到月光下的草地上，有一个长长的人影，一动也不动。他迅速地抬起头来，清楚地看到一个黑色的人影，在月光下的岩石林中一闪而没，他下意识地想追过去，又怕惊吓了孩子。他抱起了小蕾，把她紧揽在怀中，一面对那人影消失的方向极目看去，月光里，那一块块耸立的岩石嵯峨庞大，树木摇曳，处处都是暗影幢幢，那人影不知藏在何处。但，狄君璞却深深感觉到，在这黑夜的深山里，有对冷冷的眼睛正对他们悄悄地窥探着。月色中，寒意在一点一点地加重，他加快了步子，向农庄走去，小蕾伏在他的肩上，已不知不觉地睡着了。

第六章

接连的几日里，山居中一切如恒，狄君璞开始了他的写作生活，埋首在他最新的一部长篇小说里，最初几日，他生怕小蕾没伴，生活会太寂寞了。可是，接着他就发现自己的顾虑是多余的，孩子在山上颇为悠游自在，她常遨游于枫林之内，收集落叶，采撷野花。也常和姑妈或阿莲散步于山谷中——那儿，狄君璞是绝对不许小蕾独自去的，那月夜的阴影在他脑中留下了一个不可磨灭的印象。但，那阴影没有再出现过，阿莲也没有再带回什么可怕的流言，她近来买菜都是和高妈结伴去的。生活平静下来了，也安定下来了，狄君璞开始更深地沉迷在那份乡居的喜悦里。

早上，枝头的鸟啼嘹亮，代替了都市里的车马喧嚣，看晨雾迷蒙的山谷在朝阳上升的彩霞中变得清晰，看露珠在枫叶上闪烁，看金色的阳光在密叶中穿射出几条闪亮的光芒，一切是迷人的。黄昏的落日，黑夜的星辰，和那原野中低唱的晚风！山林中美不胜收。随着日出日落的嬗递，山野里的景致千变万化，数不尽有多少种不同的情趣。狄君璞竟懊丧于自己发现这世界发现得这么晚，在都市里已埋葬掉了那么多的大好时光！

连日来，他的工作进展得十分顺利，每日平均都可以写到两千字以上。如果没有那份时刻悄然袭来的落寞与惆怅，他就几乎是身心愉快的了。这晚，吃过晚饭没有多久，他正坐在书房里修改白天所写的文稿。忽然听到小蕾高兴的欢呼声："爸爸！梁姐姐来了！"

梁姐姐？是心霞，还是心虹？一定是心霞！腼腆的心虹不会作主动的拜访。他走出书房，来到客厅里，出乎意料，那亭亭玉立站在窗前的，竟是心虹！穿着件白毛衣，黑裙子，披了一件短短的黑丝绒披风，长发飘垂，脸上未施脂粉，一对乌黑清亮的眸子，盈盈然如不见底的深潭。斜倚窗前，在不太明亮的灯晕下，她看来轻灵如梦。窗外，天还没有全黑，衬托着她的，是那苍灰色的天幕。

"哦，真没想到……"狄君璞微笑地招呼着，"吃过晚饭吗，梁小姐？"

"是的，吃过了！"心虹说，她的眼睛直视着他，唇边浮起一个几乎难以觉察的微笑，"我出来散散步，就不知不觉地走到这儿来了。"

"坐吧！"

"不，我不坐了，我马上就要回去！"

"急什么？"

阿莲送上来一杯清茶，心虹接了过来。狄君璞若有所思地看着心虹那黑色的披风。黑色！她是多么喜爱黑色的衣服。小蕾站在一边，用仰慕的眼光看着心虹，一面细声细气地说："梁姐姐，你怎么不常常来玩？"

"不是来了吗？"心虹微笑了，"告诉你爸爸，什么时候你到霜园去住几天，好不好？"

小蕾面有喜色，看着狄君璞，张口欲有所言，却又忽然咽住了，摇了摇头说："那不好，没有人陪爸爸。"

狄君璞心头一紧，禁不住深深地看着小蕾，才只有六岁呢！难道连她也能体会出他的孤寂吗？心虹似乎也怔了一下，不自禁地看了狄君璞一眼。

"好女儿！"她说。啜了一口茶，她把茶杯放在桌上，对室内打量了一番，轻声说："我们曾在这儿住了好些年，小时候，我总喜欢爬到阁楼上，一个人躲在那儿，常躲上好几小时，害得高妈翻天覆地地找我！"

"你躲在那儿干吗？"

她望着他，沉思了一会儿，轻轻地摇了摇头。"我也不知道，"她说，"难道你从来没有过想把自己藏起来的时候吗？"

他一愣，心底有一股恻然的情绪。"常常。"

她微笑了。她今天的情绪一定很好，能在她脸上看到笑容似乎是很难得的事情。她转身走到农庄门口，望着农庄外的空地、山坡和那些木槿花。

"我曾经种过几棵茶花，白茶花。这么些年，都荒芜了。"她走出门外，环视着那些空旷的栅栏。狄君璞牵着小蕾，也走到门外来。她看着那些栏杆，说："你可以沿着那些栅栏，撒一些爬藤花的种子，像牵牛、茑萝一类的，到明年夏天，所有的栅栏都会变成花墙。那就不会像现在这样看起来光秃秃的了。"他有些惊喜。"真的，这是好建议！"他说，"我怎么没想起来，下次去台北，我一定要记得买些花籽。"

"我早就想这么办了！"她陷进了一份沉思中，"我爱这儿，远胜过霜园，爸爸建了霜园，我不能不跟着全家搬过去，但是，霜园仅仅是个住家的所在，这儿，却是一个心灵的休憩所。它古朴，它宁静，它典雅。所以，虽然搬进了霜园，我仍然常到这儿来，我一直想让那些栅栏变成花墙，却不知道为什么没有做。"她困惑地摇摇头，"真不知道为什么，早就该种了。"他凝视她，再一次感到怦然心动。怎样的一个女孩子！那浑身上下，竟连一丝一毫的尘俗都没有！经过这些年在社会上的混迹，他早就认为这世界上不可能有这一类型的人物了。

"我希望……"他说，"我希望我搬到这儿来，不是占有了你的天地。"

她看了他一眼。"你不会。"她低声说，"我看过你的小说，你应该了解这儿，像我了解这儿一样，否则，你不会搬来，是吗？"

他不语，只是静静地迎视着她的目光，那对眸子何等澄净，何等智慧，又何等深沉。她转开了眼睛，望着农庄的后面，说："那儿有一个枫林。""是的，"他说，"那是这儿最精华的所在。"

她向那枫林走去，他跟在她的身边。"知道我叫这枫林是什么吗？"她又说，"我给它取了一个名字，叫它作霞林，黄昏的时候，你站在那林外的栏杆边，可以看到落日沉没，彩霞满天，雾谷里全是氤氲的雾气。呵，我没告诉你，雾谷就是你第一次看到我的地方。谷中的树木岩石，都被霞光染红了。而枫叶在落日的光芒下，也像是一树林的晚霞。那时，林外是云霞，林内也是云霞，你不知道那有多美。"不知道吗？狄君璞有些眩惑地笑了笑。多少个黄昏，他也曾在这林内收集着落霞！他们走进了林内，天虽然还没有全黑，枫林内已有些幽暗迷离了，那高大的枫树，在地下投着摇曳的影子，一切都朦朦胧胧的，只有那红色的栏杆，看来依然清晰。她忽然收住了步子，瞪视着那栏杆。

"怎么了？"他问。"那栏杆……那栏杆……"她嗫嚅着，眉头紧紧地锁了起来，"红色的！你看！""怎样？是红色的呀！"他说，有点迷惑，她看来有些恍惚，仿佛受了什么突然的打击。

"不，不，"她仓促地说，呼吸急促，"那不是红的，那不应该是红的，它不能抢去枫叶和晚霞的颜色！它是白的，是木头的原色！木头柱子，一根根木头柱子，疏疏的，钉在那儿！不是这样的，不是……"

她紧盯着那栏杆，嘴里不停地说着，然后，她突然住了口，愕然地睁大了眼睛，她的脸色在一瞬间变得死样地苍白了。她用手扶住了额，身子摇摇欲坠。狄君璞大吃了一惊，慌忙扶住了她，连声问："怎么了？梁小姐？你怎样？"

小蕾也在一边吃惊地喊着："梁姐姐！梁姐姐！"心虹呻吟了一声，好不容易回过气来，身子仍然软软地无法着力。她叹息，低低地说："我头晕，忽然间天旋地转。"

"你必须进屋里去休息一下。"狄君璞说，用手揽住了心虹的腰，搀扶着她往屋内走去，进了屋子，他一面一迭连声地叫姑妈拿水来，一面径自把心虹扶进了他的书房，因为只有书房中，有一张沙发的躺椅。让心虹躺在椅子上，姑妈拿着水走了进来，他接过杯子，凑在心虹唇边，说："喝点水，或者会好一点！"老姑妈关心地看着心虹，说："最好给她喝点酒，酒治发晕最有效了。"

"不用了，"心虹轻声说，又是一声低低的叹息，看着狄君璞，她眼底有一抹柔弱的歉意，那没有血色的嘴唇是楚楚可怜的，"我抱歉……"

"别说话，"狄君璞阻止了她，安慰地用手在她肩上轻按了一下，"你先静静地躺一躺，嗯？"

她试着想微笑，但是没有成功。转开了头，她再一次叹息，软弱地合上了眼睛。狄君璞示意叫姑妈和小蕾都退出去，他自己也走了出来，说："我们必须让她安静一下，她看来很衰弱。"

"需不需要留她在这儿过夜？"姑妈问。"看情形吧。"狄君璞说，"如果等会儿没事了，我送她回去。要不然，也得到霜园去通知一下。"

片刻之后，姑妈去安排小蕾睡觉了。狄君璞折回书房，却惊奇地发现，心虹已经像个没事人一般，正坐在书桌前阅读着狄君璞的文稿呢！她除了脸色依然有些苍白以外，几乎看不出刚刚昏过的痕迹了。狄君璞不赞成地说："怎么不多躺一会儿？"

"我已经好了，"她温柔地说，"这是老毛病，来得快，去得也快，只一会儿就过去了。"

他走过去，在书桌前的椅子上坐下来，静静地注视着她。

"这毛病从什么时候开始的？"他问。

"一年多以前，我生了一次病，之后就有这毛病，医生说没有关系，慢慢就会好。"

他听心霞提起过那次病。深思地望着她，他说："你不喜欢那栏杆漆成红色的吗？我可以去买一些白油漆来重漆一次。"她皱了皱眉。

"栏杆？"她心不在焉地问，"什么栏杆？哦，"她似乎刚刚想起来，"让它去吧！爸爸说红色比较醒目，筑密一点免得孩子们摔下去。"她定了定神，像在思索什么，接着就闭着眼睛甩了甩头，仿佛要甩掉某种困扰着她的思想。睁开眼睛来，她对狄君璞静静地微笑。"我刚刚在看你的稿子。"她说。

"你说你看过我的小说？"

"是的，"她凝视他，"几乎是全部的作品。"

"喜欢哪一本？"

"《两粒细沙》。"

他微微一震，那不是他作品中最好的，却是他感情最真挚的一部书，那几乎是他的自传，有他的恋爱，他的喜悦，他的痛苦、哀愁，及内心深处的呼号。他写那本书的时候，美茹刚刚离开他，他还曾渺茫地希望过，这本书或者会把美茹给唤回来，但是，她毕竟没有回来。那是两年前的作品了。

"为什么？"他问。"你知道的。"她说，语气和缓而安详，"那是一本真正有生命的作品，那里面有许多你心里的言语。"

"我每本书里都有我心里的言语。"他像是辩护什么似的说。她微微地笑了。"当然是的。"她玩弄着桌上的一个镇尺，"但是，《两粒细沙》不是一本思想产品，而是一本情感的产品。"

他瞪着她，忽然间感到一阵微妙的气恼，你懂得太多了！他想。注意，你是无权去揭开别人的隐秘的！你这鲁莽的、率直的人呵！转开身子，他走到窗前去，凭窗而立，他凝视着窗外那月光下隐隐约约的原野，和天际那些闪烁的星光。

她轻悄地走到他身边来。

"我说错了话，是不是？"她有些忧愁地问，"那是你的自传，是不是？"他猛地转过头来，瞪视着她，一层突然涌上来的痛楚使他愤怒了。皱紧了眉头，他用颇不友善的语气，很快地说："是的，那是我的自传，这满足了你的好奇心吗？"

她的睫毛迅速下垂，刚刚恢复红润的脸颊又苍白了，她瑟缩了一下，不自禁地退后了一步，似乎想找个地方把自己隐藏起来，那受惊而又惶恐的面庞像个犯了错的孩子，而那紧抿着的嘴角却藏不住她那受伤的情绪。抓起了她已解下来放在桌上的披风，她急促地说："对不起，我走了。"他迅速地拦住了她，他的面色和缓了，因为自己那莫名其妙的坏脾气而懊丧，而惭愧。尤其，因为伤害了这少女而感到难过与后悔。他几乎是苦恼地说："别生气，我道歉。"她站住了，深深地看了他一眼，然后，她慢慢地摇了摇头。"我没有生气，"她轻声地说，"一年多以来，你是我唯一接触到的生人，我知道我不会说话。可是……"她的长睫毛把那乌黑的眼珠遮掩了片刻，再扬起来，那重新呈现的眼珠是清亮而诚挚的。"我并不是好奇，我是……"她困难地顿了顿，"我了解你书里所写的那种情绪，我只是……只是想告诉你，如果你出书是为了想要获得读者的共鸣，那么，《两粒细沙》是一部成功的作品，尤其对我而言。"

狄君璞被震慑住了，望着面前那张轻灵秀气的脸庞，他一时竟失去了说话的能力。她那么年轻，那样未经世故，一个终日藏在深山里的女孩，对这个世界、对人生、对感情，她到底知道多少？她在他的眼光下重新瑟缩了，垂下头，她默默地披上了披风，她低声说："我真的要回去了，如果再不回去，爸爸一定又要叫老高满山遍野地找我，他们似乎总怕这山野中会有什么魔鬼要把我吞掉。"她看了窗外一眼。"其实，我不怕山野，也不怕黑夜，我怕的是……"她忽然打了个冷战，把说了一半的话咽住了。他却没放松她。"怕什么？"他追问。她困惑地摇摇头。"如果我知道是什么就好了，"她说，"我也不知道是什么。像一个无声无息的黑影，它常常就这样靠过来了，不只恐惧，还有忧愁。它们不知从哪儿来的，捕捉住你就不放松……唉！"她低低叹息，看着他。"真奇怪，我今天晚上说的话比我一个月里说的都要多。我走了，再见，狄先生。"

他再度拦住她。"我送你回去！"

"哦，你不必，狄先生，我不怕黑，也不怕山，这条小路我早已走过几千几万次了！"

"我高兴，"他说，"我喜欢在这月夜的山谷里散散步，也想乘此机会去拜访一下你的父亲。"

她不再说话了，他打开了书房的门，姑妈正在客厅的灯下编织着，他向她交代了一声。

然后，他们走出了农庄，立即置身在那漫山遍野的月色里了。

第七章

小径上，树影迷离，天边上，星月模糊。狄君璞和心虹在山中缓慢地走着，有一大段时间，两人都默默不语，四周很静，只有那在原野中回旋穿梭的夜风，瑟瑟然，簌簌然，组成一串萧索而落寞的音调。

踩碎了树影，踏过了月光。夜露沾湿了衣襟，荆棘钩住了裙幅，他们走得好慢。这样的夜色里，这样的深山中，似乎很难找到谈话的资料，任何的言语都足以破坏四周那慑人的幽静。天空黑不见底，星光璀璨地洒在那黑色的穹苍中，闪闪烁烁，明明暗暗，像许多发光的小水滴。心虹下意识地看着那些星光，成千成万的星星，有的密集着，熙攘着，在天上形成一条闪亮的光带。她忽然站住了。

"看那些星星！"她轻语，打破了一路的岑寂，"那儿有一条河，一条星河。"

"是的，"他也仰望着穹苍，"这是一条最大的河，由数不清的星球组成，谁也没有办法算出这条星河究竟有多宽，想想看，我们的祖宗们会让牛郎和织女隔着这样一条河，岂不残忍？"

她摇摇头。"其实也没什么，"她说，继续向前走去，"人与人之间，往往也隔着这样的星河，所不同的是，牛郎织女的星河，有鹊桥可以飞渡，人的星河，却连鹊桥也没有。"

他深深地看了她一眼。

"你面前有这条星河吗？"他微笑地问。

她看着他，眼睛在暗夜里闪烁，像两颗从星河里坠落下来的星星。"可能。"她说，"我总觉得每个人和我都隔着一条星河，我走不过去，他们也走不过来。"

"包括你的父母和妹妹？"

"是的。"

"为什么？"

"他们爱我，但不了解我，人与人间的距离，只有了解才能缩短，仅仅凭爱是不够的，没有了解的爱，像是建筑在浮沙上的大厦。像是——"她顿了顿，"两粒无法黏附的细沙。"

他又一震，却不想把话题转回到"两粒细沙"上。再看了一眼天上的星河，他却蓦地一愣，是了！他明白了，他和美茹之间，就隔着这样一条无法飞渡的星河呵！

"你不说话了，"她轻语，"我总是碰触到你最不爱谈的题目。"

"不，"他冲口而出地说，"你总是碰触到我的伤处。"

她很快地抬眼看他，只那样眼光一闪，那长睫毛就慌乱地掩盖了下来。她低头看着脚下的草丛，不再说话了，沉默重新悄悄地笼罩了他们。

他们已经走进了雾谷，岩石的影子交错地横亘在地下，巨大的枫树，在岩影间更增加了杂乱的阴影，到处都是暗影幢幢。谷外的明亮消失了，这儿是幽暗而阴冷的。绕过岩石，越过大树，他们随时会触摸到被夜露沾湿的苍苔，幽径之中，风更萧瑟了。心虹不自禁地加快了步子，白天的雾谷，充满了宁静的美，黑夜里，雾谷却盛载着一些难以了解的神秘。狄君璞跟在她的身边，他忘了带手电筒，每当走入岩石的阴影中，他就不由自主地去搀扶她，他的手指碰到了她，她总是遏止不住一阵惊跳。"你在怕什么？"他困惑地问。

"我不知道，"她摇头惊悸地说，"我不怕黑，也不怕雾谷，但是……你不觉得今晚的雾谷有些特别吗？"

"特别？怎么呢？"他四面看了看，巨大的岩石，高耸的树木、山影、树影、石影、月影、云影……交织成的夜色，这种气氛对他并不陌生，他早已领会过。

"听！"她忽然站住，"你听！"

他也站住，侧耳倾听，有松涛，有竹籁，有秋虫的低鸣，有夜风的细诉，远处的山谷里，有乌鸦在悲切地轻啼，近处的草丛中，有什么昆虫或蜥蜴忽地穿过……除此之外，他听不出什么不该属于山野之夜的声音。

"什么？"他问，"有什么？"

"有人在呼吸。"她说，望着他，大眼睛里有着惊惶和恐惧。他的背脊上穿过一阵寒意。"如果有人呼吸，一定是你或我。"他微笑地说，想放松那份突然有些紧张的空气。

"不，那不是你，也不是我！"她说，肯定地、不自觉地用手抓住了他的手腕，"我知道，我对这山谷太熟悉了，这儿有一个第三者。"

"或者是落叶的声音。"

"落叶不会走路，"她抓紧他，"你听，那脚步声！你听！"

他再听，真的，夜色里有着什么。他仿佛听到了，就在附近，那岩影中，那草丛里。他搜寻地望过去，黝黑的暗影下一片朦胧，他什么都看不出来。

"别管它，我们走吧！"他说，感染了她的惊悸，依稀想起上次带着小蕾回农庄时所看到的人影。但，这儿怎可能有什么恶意的窥视呢？他们重新举步。可是，就在这时候，身边那一片阴影中，传来一声清晰的、树枝断裂的响声，在这种寂静里，那断裂的声音特别地刺耳。"你听！"她惊跳了一下，再度说。

他推开她，迅速地向那片暗影中走去，一面大声问："是谁？"她拉住了他的衣服，惊慌地喊："别去！我们走吧，快些走！"

她拉着他，不由分说地向前快步走去，就在这时候，那岩石影中突然窜出一个黑影，猛然间拦在他们的面前。这黑影出现得那样突然，心虹忍不住恐怖地尖叫了一声，反身就往狄君璞身上扑，但，那黑影比什么都快，像闪电一般，伸出了一只手，枯瘦的手指如同鸟爪，立即坚固地扣住了心虹的手腕，嘴里吐出了一连串如夜枭般的尖号："我捉住了你！我总算捉住了你！你这个妖怪！你这个魔鬼！我要杀掉你！我要杀掉你！我要杀掉你！"

这一切来得那样突然、那样意外，狄君璞简直惊呆了。立刻，他恢复了意识，在心虹的挣扎中，那黑影已暴露在月光下，现在，可清楚地看出这是个穿着黑衣的、干枯的老妇人，她的头发花白而凌乱，眼睛灼灼发光，面貌狰狞而森冷，她的面颊瘦削，颧骨高耸。乍一看来，她像极了一个从什么古老的坟墓里跑出来作祟的木乃伊。她的声音尖锐而恐怖："我等了你好几个晚上了，你这个女妖，我要杀掉你！我要报仇！你还我儿子来！还我儿子来！还我儿子来！我要吃掉你！咬碎你！剥你的皮，喝你的血，啃你的骨头，抽你的筋……"心虹挣扎着，尖叫着。狄君璞冲上前去，一把抓住那老妇人的手腕，要把她的手从心虹的手臂上扯开，一面大声地喝叫："你是谁？这是做什么？你从哪儿跑出来的？你放手！放开她！"那老妇人有着惊人的力气，她非但没有放掉心虹，相反地还往她身上扑过去，又撕又打，又扯她的衣服。心虹显然是吓昏了，她只是不住口地尖叫着："放开我！放开我！你是谁？放开我！不要打我！不要！不要！不要……"狄君璞不能不用暴力了，他大叫了一声："住手！"接着，他就用力箍住了那老妇人的手腕，把她的手臂反剪到身后去，那老妇的力气毕竟无法和一个健壮的男人相比，她只得放松了心虹，来和狄君璞搏斗。她奋力地挣扎，又吼又叫，又抓又咬，完全像个疯狂的野兽，狄君璞几乎使出全力来对付她。但是，他决不忍伤害她，只能想法制服她，这就相当为难了，他的手背被她咬了好几口，齿痕都深陷进肉里去。而心虹呢，一旦被放松了，她就用手臂遮着脸，哭泣着往前奔去，她是又惊又吓又怕，才跑了几步，她就一头撞在另一个人身上，她早已吓坏了，这新来的刺激，使她再也控制不住，放开喉咙，她发出一声恐怖的尖叫。

那人抛开了心虹，迅速地冲到狄君璞面前来，大声叫着说：

"放手！"狄君璞抬起头来，那是个年轻的、高大的男人，月光下，他的面色严厉而苍白，但那张年轻的面庞却相当漂亮。他大踏步地走上前来，推开了狄君璞，差不多是把那老妇人从狄君璞的手里"夺"了下来。那老妇仍然在挣扎、扑打、号叫。那年轻人抱住了她的身子，用痛苦而沙哑的声音喊："是我！妈，你看看，是我呀！是云扬！你看呀！妈！妈！你看呀！"那老妇怔住了，忽然安静了下来，然后，她掉过头来，望着那年轻人，好半天，她就这样呆呆地望着他。接着，她像是明白了过来，猛地扑在那年轻人的肩上，她喊着说："我捉住了她，云扬！我捉住了她呀！"

喊完，她就爆发了一场号啕大哭。

那青年的面容是更加痛苦了，他用手拍抚着那老妇的背脊，像哄孩子似的说："是了，妈妈。我们回家去吧，妈妈，我找了你整个晚上了。"狄君璞惊奇地看着这母子二人。那年轻人抬起眼睛来，他的目光和狄君璞的接触了。狄君璞忍不住地说："我觉得，先生，你应该把你母亲留在家里或送进医院，不该让她在外面乱跑，她差点弄伤了那位小姐了。"

那青年的脸上浮起了一阵怒意，他的眼神是严厉的、颇不友善的。"我想，你就是那个新搬进农庄的作家吧，"他说，"我奉劝你，在一件事没完全弄清楚之前，最好少妄加断语！我母亲或者精神不正常，但她一生没有伤害过任何人！"

"但她确实几乎伤害了那位梁小姐！"狄君璞也愤怒了起来，"难道你认为我说谎？"

"那位小姐吗？"他的眼光在心虹身上飘了一下，心虹正蜷缩在一枝树干边，浑身抖颤着，仍然用手遮着脸在哭泣不已，"你对那位小姐了解多少呢？你对我们又了解多少呢？你还是少管闲事吧！""听你的口气，你倒是听任你母亲伤害梁小姐呢！"他是真的生气了。

"我不是来阻止了吗？"那青年大声说，暴怒而痛苦地，"你还希望我怎样？你说！"挽着他母亲，他俯头看她，声音变柔和了，"让我们走，妈，让我们离开这鬼地方，以后也不要再来了！"那老妇不再挣扎，也不说话，只是低低地哭泣，现在，她完全像个软弱的、受了委屈的孩子。跟着她的儿子，他们开始向山下走去。狄君璞也跑到心虹面前，用手挽住了她，安慰地说："好了，好了，都过去了，没事了，梁小姐，那不过是个疯子而已。"

心虹哭泣得更厉害。"她为什么找着我？我根本不认识他们！根本不认识！"她啜泣而且颤抖，"她为什么要打我骂我？为什么？为什么？我又不知道她儿子是谁！为什么呢？"

"疯人是没有理性的，你知道！"他拍着她的肩，"走吧！我们也快些回去！哦，你看，老高和你妹妹来了！准是来找你的！"真的，老高和心霞几乎是奔跑而来的，他们正好和那老妇及青年打了个照面。心霞惊喊了一声："卢云扬！"那青年瞪视着心霞，眼底一片痛楚之色，揽住他的母亲，他们匆匆地走了。这儿，心霞奔了过来，苍白着脸，一把扶住心虹，她连声地喊："怎样了，姐姐？他们把你怎样了？他们伤害了你吗，姐姐？我和老高出来找你，在山口听到你喊叫，吓死我们了！你怎样了，姐姐？"心虹被惊吓得那么厉害，她简直止不住自己的哭泣和颤抖，在心霞的扶持下摇摇欲坠，一面仍在啜泣地说："我不知道他们是谁。

噢，心霞，她骂我是魔鬼，是妖怪，她要杀掉我，噢，心霞，为什么呢？"

心霞猛地打了个冷战。

"哦，姐姐，你被吓坏了！我们赶快回去吧！别再想他们了！老高，你来帮我扶扶大小姐！"

在老高和心霞的扶持下，他们急速地向霜园走去。狄君璞本想告辞了，但心霞热烈地说："不，不，狄先生，你一定要到霜园去休息一下，你的手在流血了。"真的，在这场混乱中，狄君璞根本没有注意到自己的手已被那老妇咬伤了。他取出手帕，随便地包扎了一下，跟着心霞，他们簇拥着心虹回到霜园。

这样的归来，立即使霜园人仰马翻，高妈首先就大叫起来，把心虹整个拥进她的怀中，接二连三地喊叫着"太太"，梁逸舟和吟芳都从楼上奔了下来，拿水的拿水，拿毛巾的拿毛巾，大家乱成了一团。在这喧嚣和杂乱中，狄君璞简短地说了说经过情形，再度想告辞，梁逸舟阻止了他："君璞，你再坐坐，我有话和你谈。"

终于，他们把心虹送到了楼上，吟芳、高妈和心霞都陪伴着她，客厅里安静了下来，狄君璞独自坐在沙发上，依稀还听到心虹的啜泣声。然后，梁逸舟从楼上下来了，脸色凝重而疲倦，望着狄君璞，他恳挚地说："谢谢你，君璞，幸亏有你，要不然真不知道会怎么样。你的手要紧吗？"

"哦，这没关系。"狄君璞慌忙说，"不过，这老妇人是该送进精神病院的。我在这山谷中已不是第一次看到她了，这样太危险。"

"是吗?"梁逸舟注意地看着他,"但,她对别人是没有危险性的。"

　　"怎么说?"

　　"她不会伤害任何人,除了心虹以外。"

　　"我不懂。"狄君璞困惑地说。

　　"唉!"梁逸舟再长叹了一声,满脸的沉重,"这事说来话长,我早就预备告诉你了。你如果不忙,愿意到我的书房里坐一下吗?"狄君璞按捺不住自己对这事的好奇,何况,对方显然急于要告诉他一个故事。于是,他站起身来,跟着梁逸舟走进了书房。

第八章

　　这间书房并不大，一张书桌，一套三件头的沙发，和整面墙的书橱。布置简单明朗，却也雅洁可喜。那书橱中整齐地码着一排排的书，一目了然，主人也是个有书癖的人，藏书十分丰富。在沙发上坐了下来，高妈送上了茶，带上了房门。室内有一刹那的沉静。落地的玻璃窗外，月光下的花园，一片绰约的树影。梁逸舟不安地在室内兜了一圈，停在狄君璞面前，把书桌边的安乐椅拉过来，他坐下了。掏出烟盒，他送到狄君璞面前。狄君璞取了一支烟，片刻之间，两人只是默默地喷着烟雾，室内弥漫着香烟气息。梁逸舟似乎有些不知从何开始，狄君璞也不去催促他。半晌，梁逸舟重重地吸了一口烟，终于说："君璞，你写小说，你爱书，你会不会觉得，书往往是害人之物？""确实。"狄君璞微笑了一下，"我记得看过一个电影，假想是若干若干年以后，书都成了禁品，消防队的任务不是救火，而是焚书。因为书会统驭人的脑子，导致无限的烦恼。""真是这样，"梁逸舟有些兴奋，

"书是一样奇怪的东西，没有它，人类会变得愚蠢，变得无趣。有了它呢，它启发人的思想领域，而种下各种烦恼的根源。"

"这是矛盾的，几乎所有人类创造的东西，都有矛盾的结果，有好的一面，也有坏的一面。不只书是这样，一切物质文明都是这样。"狄君璞喷出一口烟雾，深思地看着梁逸舟，继续说，"假若你所说的书是指文学书籍，那么，我一向认为文学是一样奢侈品。""为什么？""要悠闲，要空暇，你才能走入文学的领域，然后，还要长时间地思想与揣摩。这不是一般人做得到的。"他摇摇头，"但是，书本里的世界却是另一番天下，一旦走进去，酸甜苦辣，你可以经历各种人生了。"

"这种'经历'是好的吗？"

"是好的，"狄君璞微微地笑着，仍然凝视着梁逸舟，"也是坏的。同样的一本书，不同的人看了，常会有不同的反应，有好的，也有坏的。"

"你所谓的矛盾，是吗？"

"唔。"他哼了一声，笑笑，"你并不是要跟我讨论'书'的问题吧？""当然，"梁逸舟轻叹了一声，笑笑，"只是，我想，心虹这孩子是被书所害了。""怎么呢？我觉得她很好，最起码，她吸收了书本里的一些东西，她有深度，有见解，也有她的境界。"

"你看到了好的一面。另一面呢？她以为人生都是诗，爱幻想，不务实际，爱做梦，而且多愁善感。"

"这不见得完全是书的问题。你忽略了，她是个少女。这也是少女的通病。"

"心霞呢？心霞就从来没让我烦心过。"

"你不能要求儿女都是一样的个性。"

"好吧，让我们撇开这些问题不谈，还是谈谈正题吧！"梁逸舟有点烦恼地说，猛抽了一口烟，"我们显然把话题扯得太远了！"狄君璞靠进了椅子中，不再说话，只是静静地抽着烟，等着梁逸舟开口。"你今晚在山里看到的那个老妇人，"梁逸舟说了，声调低沉而无奈，"原来并不是这样的，她原是个正常的女人，而且长得很不错，虽没受过高等教育，却也很谦恭有礼。她带着两个儿子，住在镇外的一个农舍里。她的丈夫很早就死了，除了留给她一个农舍和一点儿田地之外，什么都没有。她守寡十几年，把两个儿子带大，送他们读大学，受最高的教育，她自己给人缝衣服，来维持家用，等她的孩子们长成，她所有的田地都卖光了，已经贫无立锥之地。

"她的两个儿子，大的叫卢云飞，小的叫卢云扬，都长得非常漂亮，书也念得不错。因为他们家离霜园不远，我们有时遇见，也点点头。但是，我们家正式和卢家拉上了关系，却是四年以前开始的。"梁逸舟停了停，抛掉了手里的烟蒂，又重新燃上了一支新的。他的眼底是忧郁而痛苦的。

"四年前，云飞大学毕业，受完了军训，他突然来拜访我。"他继续说了下去，"你知道，那时候我的食品公司已经非常发达了，生意做得很大，也很赚钱。云飞来了，谦和，有礼，漂亮。他开门见山地请求我帮他忙，他希望到我的公司里来工作，他很坦白地把他的家庭情况告诉我，说他迫切地想找一个待遇较高的工作，报答他母亲一番养育的深恩。

"这孩子立即打动了我，我承认，我这人一直是比较重感情的。知道云飞学的是外文以后，我把他派到国外贸易部做秘书。他工作得非常努力，三个月以后，我调升他为国外贸易部业务主任，再半年，他升任为国外贸易部副理，几乎所有国外的业务，他都掌握实权。

"就这样，云飞、云扬这两个孩子就走入了我的家庭，经常出入于霜园了。"

"可是，"狄君璞不由自主地打断了梁逸舟的叙述，"心虹说她从没见过那母子二人。"

梁逸舟做了个阻止的手势。

"你不要急，"他说，"听我慢慢地说，你就了解了。"他啜了一口茶，眼光黯淡。

"是的，就这样，云飞兄弟两个变成了霜园的常客。我当时并没有想到家里的两个女儿。那时心霞还小，心虹却正读大学三年级，很快地，小一辈的孩子就建立起一份良好的友谊。心虹和云飞的行迹渐密。他们经常流连在山野里，或空废的农庄中，一去数小时，而我对这事也采取了听其自然的态度，因为云飞除了家世较差之外，从各方面看，都不失为一个够水准的好青年。

"可是，就在这时候，公司里出了点小问题，而且是出在国外贸易部，我先先后后发现不少的纰漏，却不知是谁干的，经过了一番很仔细的调查，出乎我意料的是，那竟是卢云飞。

"我开始削弱云飞的实权，而且暗示他我已注意到了他，但他习性不改，他收贿，他弄权，他盗汇，最后，我发现他竟窜改了账簿，不断地、小规模地挪用公款。

"这使我非常地愤怒，我把云飞叫来训斥，他以满面的惊惶对着我，他否认所有一切的不法行为，他侃侃而谈，说我待他恩重如山，他怎能忘恩负义？他使我动摇了，因为公司的组织庞大。我的调查很可能错误，于是，我继续让他留在公司里，一面作更深入的调查，包括了他的私生活在内。

"但是，在这段调查的时间里，云飞和心虹的感情却突飞猛进。心虹是个一直沉浸在幻想里的女孩，看多了小说，念多了诗词，总认为爱情是一片纯真的美。她一旦沉入爱河，就爱得深，爱得挚，爱得狂热。等我想干涉的时候，已经来不及了，她已那样单纯地、信赖地爱上了云飞，夺去云飞，似乎是比夺去她的生命更残忍。我稍有不赞成的暗示，心虹就伤心欲绝，她认为我是个势利的、现实的人，是个不了解儿女，也不懂得感情的人！她甚至于威胁我，说她可以死，但决不离开云飞！而这时候，云飞的一切，都显示出极端的恶劣，时间一久，他的真面目逐渐暴露，一个典型的、欲达目的不择手段的青年，我发现我被利用了，我不信任他对心虹的感情，不信任他所有的一切！于是，我也开始坚决地阻挠这段爱情，我必须把我的女儿从这个陷阱里救出来！

"那是一段相当痛苦的岁月，心虹逃避我，父女常常整个礼拜不说话，她不断地在农庄中或者是山谷里和云飞相会，因为我不允许云飞再走进霜园的大门。同时，我停止了云飞在公司里的工作，我告诉他，如果他真爱心虹，去独自奋斗出一番前途来献给心虹，不要在我的公司里混！这一着使云飞更暴露了他的弱点，他竟对我恶言相向，说出许多粗话，决不像个有教养的孩子。他拂袖而去，临走的时候，他竟对我说，他将带走心虹！于是，我监禁了心虹，那是一年多以前的事了，心虹已经从大学里毕了业，刚找到一个中学教员的工作。

"为了救她，我不许她出门，我们日日夜夜守着她，但是，她终于在一天夜里逃走了。她不知去向，我去找云飞，云飞家里也没有云飞的影子，云扬和他母亲同样在找寻他，我雇用了人到处找寻，却始终找不着他们。就在我已经快绝望的时候，心虹却意外地回来了，离她的出走，不过只有十天。她显得苍白而憔悴，似乎是心力交瘁，走进家门后，她只对我说了一句：'爸爸，我回来了！你还要我吗？'我激动地拥住她，说：'我永远要你，孩子。'她哭着奔进她的房间，把自己关在房内，谁也不肯见，我们至今不知道那十天里到底发生过些什么事。不过，看她那样萎缩，那样面临着一份幻灭和绝望，我们谁都不忍再去追问她一切，只希望随时间过去，她会慢慢平复下来。

"她把自己足足关了三天，这三天中，只有高妈和心霞能接近她，高妈是她从小的女佣，她对高妈有时比对吟芳还亲近。心霞和她的感情一向深挚。我们也深喜她不像刚回家时那样不见人了。但是，就在那第三天的晚上，事情就惊人地发生了！"梁逸舟住了口，注视着烟蒂上的火光，那支烟已经快烧到他的手指，片刻之后，他熄灭了烟蒂，抬起头来，注视着狄君璞。后者正深靠在沙发里，带着一股动容的神色，静静地倾听着。

"那第三天深夜里，我正坐在这书房中看着书，心霞和高妈忽然气急败坏地冲了进来，心霞一迭连声地叫着：'爸爸，我们必须去找心虹！她已经走了四小时了！'我惊跳起来，心霞和高妈才断断续续地告诉我，说心虹在四小时前就出去了，她曾告诉她们，她是到农庄去再会一面云飞，两小时之内一定回来。我立刻猜测出可能是高妈或心霞给云飞传了信，薄弱的心虹又去赴约了。当时，我已有不祥的预感，但仍然决料不到竟是我后来发现的局面。

"我没有耽搁一分钟，叫来老高，穿上了雨衣——那时天正下着毛毛雨。我们马上出发到农庄去找寻心虹。心霞和高妈也坚持跟我们一起去，当时，我们都认为不会找到心虹了，她一定又跟着那流氓走了。

"到了农庄，我们屋里屋外地呼唤着心虹的名字，没有人答应，我们搜寻了所有的房间，没有心虹的影子，我们开始在户外搜寻。那时雨下大了，季节和现在差不多，天气很冷，山野里到处都是潮湿的。我们拿着手电筒到处探照，然后，我听到心霞在枫林内一声尖叫——就是农庄后面的那座枫林。我们冲进去，一眼看到心虹正倒卧在栏杆边的泥泞里，而那年久失修的栏杆，却折断了好大一个缺口。我们跑过去，我立即把心虹抱起来，一时间，我竟以为她是死了，她的样子非常狼狈，衣服撕破了，手背上、脸颊上，都有擦伤的痕迹，浑身湿透而且冰冷，她不知在雨地里已躺了多少时间。我用我的雨衣包住她，急于想送她回霜园去。可是，那栏杆的折断使我心惊，我叫老高绕到悬崖的下面去看看，因为我找不到云飞。老高飞快地跑去了，我们把心虹抱进农庄，用尽方法搓揉她的手脚，想使她恢复热气，我们呼唤她，摇撼她，但她始终没有苏醒过来。

"我所害怕的事情果然应验了，老高喘着气跑回来，在那悬崖下面，卢云飞的尸体躺在一堆乱草和岩石之中，早已断了气！"

他再度停住了。狄君璞紧紧地注视着他。他的嘴唇微颤着，面容笼罩在一片愁云惨雾里。

"这就是心虹的故事，也就是那农庄所发生过的惨剧。那晚，我们把心虹抱回家后，她就足足昏迷了三个月之久，什么问题都不能回答。我们把她送进医院，她高烧不退，有一度，我们都以为她会死去，但是，她毕竟活过来了，又能说话认人了。可是，当我们婉转地想向她探索那晚的真相时，我们才吃惊地发现，她对那晚的事一点记忆都没有，非但不记得那晚的事，她连卢云飞是何许人都不知道！她把整个这一段恋爱，从她的生命史中一笔勾销了。最初，我们还认为她可能是矫情，接着就发现她精神恍惚，神志迷惘，容易受惊，又怕见生人。我们请了精神医生，治疗了将近半年的时间，才出院回家。医生说她这是受了重大刺激后的变态，她确实不再记得卢云飞和有关卢云飞的一切人和物，因为在她的潜意识中，她不愿意记忆这段事。但是，医生也表示，这种失去记忆的情况只是暂时的，总有一天她会恢复过来，现在，还是听其自然，不要刺激她比较好些。"

狄君璞移动了一下身子，喷出一口烟。

"不过，"狄君璞说，"她记得小时候的事，记得农庄的花呀草呀，还记得她看过的书……"

"是的，除了有关卢云飞的事、物与人以外，她什么都记得，这是一种部分性的失忆症。她确实不再认得卢云扬和他的母亲，却认得其他的每一个人，哪怕是乡间种田的农妇，她都记得，事实上……"梁逸舟蹙紧眉头，深深叹息，"她这种情况是令人心痛的，也是可怜的。因此，我们也毁掉了许多有关云飞的资料，包括云飞写给她的情书、送给她的照片等。我们也很矛盾，我们希望她恢复记忆，变得正常起来。也怕她恢复记忆，因为那记忆必然是痛苦的。"

"她自己知道她失去了部分的记忆吗？"

"我想，她有些知道，她自己也常在努力探索，但是，每当她接触到那个回忆的环节时，她就会昏倒。这种昏倒也是精神性的，你知道，表示她的潜意识在抗拒那个记忆。"

"那么，你们至今不知道那晚在枫林内到底是怎么一回事吗？"狄君璞深思地问。"不知道。除非心虹恢复记忆，我们谁也无法知道那夜的悲剧是怎样发生的。员警来调查了许多次，勘查过几十次现场，那栏杆原来是木头柱子，这么多年风吹雨打，早就腐朽了，所以，后来警方判断为意外死亡，这件案子就结了。但是……"他摇摇头，啜了一口茶，又深深地叹息了，"在官方，这件案子是结了。私下里呢，所有人都知道我阻挠过心虹和云飞的恋爱，都知道我把他从公司里开除，也都知道心虹和他私奔过。这件命案一发生，大家的传言就非常难听了。有人认为是我杀了云飞，也有人认为是心虹杀了他，还有说法是我们全家联合起来，在农庄里杀掉了云飞，再把他推落悬崖，造成意外死亡的局面。这一年来，我们在镇上几乎被完全孤立了。再加上云飞的母亲，那个可怜的、守了十几年寡的老太太，禁不起这个刺激，在听到云飞死亡的消息后，她就疯了。我出钱把她送到医院，她在医院里住了差不多一年，上个月才回家。她并不是都像你今晚看到的那么可怕，她的病是间歇性的，不发作的时候也很好，很安静。一发作起来，她就说心虹是凶手，就要杀了心虹。不管我对云飞怎样不满意，对这个老太太，却不能不感到歉意和同情，不只这老太太，云扬也是个正直而有骨气的孩子，惨剧发生后，我曾先后送过好几次钱到他家里去，他都拒绝了，只接受了医治他母亲的那笔医药费。他对这事几乎没说什么，我不知他心中是怎样想的，我只知道他和他哥哥的个性完全不同。我也想把他安排到我的公司里去做事，他却对我说：'如果我将来会有一番事业，这事业必然是用自己的双手去创下来的。我不需要你的说明，哥哥已经是我很好的教训！'我不知道他这些话的真正用意，但是，我想，他是很恨我们的。现在，他在一家建筑公司里做绘图员，他是学建筑的，据说工作十分努力。"

"你在暗中帮助他，我想。"狄君璞说。

"不，我没有。"梁逸舟坦白地望着狄君璞，"我尊重他的意志。在他的仇视中，我如果暗中帮助他，反而是对他的侮辱，你懂吗？"

狄君璞点点头。"就这样，你现在知道了整个的故事！"梁逸舟深吸了口气，"一个男人的死亡，两个女人的失常，这就是这山谷中藏着的悲剧。至今，那坠崖的原因仍然是谜。你是个小说家，你能找出这谜底来吗？""你希望找出谜底来吗？"狄君璞反问。

梁逸舟苦恼地笑了笑。

"问着了我，"他说，"我要那谜底，也怕那谜底！心虹是个爱与恨都很强烈的女孩！"

"但是，她不会伤害任何人，我断定，梁先生。"

"但愿你对！那应该只是一个意外！"他站起身来，踱到窗前，望着窗外的树影花影，风把花影都揉乱了。他重复地说了一句："应该只是一个意外。"

"你不认为，那卢老太太仍然该住医院吗？"狄君璞说，"任凭她在这山里乱跑，你不怕她伤害心虹？"

"我怕。"他说，"可是，那老太太是不该囚禁在疯人院中的，她大部分时间都很好，很讲理，你没看到她好的时候！"

"唉！"狄君璞默然了，叹息一声，他也走到落地长窗前面来，凝视着那月光下的花园。"多少人类的故事，多少人类的悲剧！"他喃喃地说，回想着那在山谷里扑出来又吼又叫、又撕又打的老妇，又回想到那满面痛苦的青年，再回想到那柔弱娇怯、惊惶失措的心虹……他写过很多的小说、很多的故事，但是没有这样的。沉思着梁逸舟所告诉他的故事，他感到迷惘，感到凄凉，感到一份说不出来的难受和不舒服，甚至于，他竟有些泫然了。

"心虹曾是个温柔娴静而雅致的女孩，"梁逸舟又低声地说了，像是说给他自己听，"在没发生这些事之前，你不知道她有多可爱。""我可以想象。"狄君璞也低声说，他另有一句话没有说出口：即使是现在，心虹那份娇柔，那份惊怯，又有哪一点不可爱呢？她那种时时心智恍惚的迷惘和那种容易受惊的特性，只是使她显得更楚楚可怜呵！

"夜深了。"梁逸舟说。

是的，夜深了。山风低幽地穿梭着，在那夜雾迷茫的山谷中，有只孤禽在悲凉地啼唤着，那是什么鸟？它来自何方？它在诉说些什么？会是什么孤独的幽魂所幻化的吗？

第九章

　　心虹在一段长时间的睡眠之后醒了过来，昨夜曾用了双倍的药量，难得一夜没有受梦魇的困扰。睁开眼睛来，窗帘还密密地拉着，室内依然昏暗，但那阳光已将深红色的窗帘映红了。她翻了一个身，拥着棉被，有一份无力的慵懒，深秋的早晨，天气是寒意深深的。用手垫着头，她还不想起床，她希望就这样睡下去，没有知觉，没有意识，也没有梦。虚眯着眼睛，她从睫毛下望着那被阳光照亮了的窗帘，有许多树影在窗帘上重叠交错，绰约生姿，她看着，看着……猛地惊跳了起来。树影、花影、月影、山影、人影……昨夜曾发生些什么？

　　她的意识恢复了，她是真正地清醒了过来。坐起身子，她用双手抱着膝，静静地思索，静静地回想。昨晚在山中发生的事记忆犹新，她打了个寒噤，不只记忆犹新，那余悸也犹存呵！

　　皱着眉头，她把面颊放在弓起的膝上。她眼前又浮起了那老妇的影像，那削瘦的面颊，那干瘪的嘴，那直勾勾瞪着的令人恐怖的眼睛。还有那眼神，那仇恨的、要吃人似的眼神！那不是个人，那简直像个索命的阴魂呵！

她又打了个寒噤，不自觉地想起那老妇的话："你是个魔鬼！你是个妖怪！我要杀掉你！……你还我儿子来！还我儿子来！还我儿子来……"

为什么呢？为什么这疯妇要单单找着她？她看来像个妖怪吗？或是像个吸血鬼呢？掀开了棉被，她赤着脚走下床，站到梳妆台前面，不信任似的看着镜中的自己。她只穿着件雪白的、轻纱的睡袍，头发凌乱地披垂在肩上，那张脸微显苍白，眼睛迷惘地大睁着……她瞪视着，站在那儿一动也不动。忽然间，她脑中闪过了一道雪白的亮光，像触电般使她惊跳，她仿佛感到了什么，似乎有个人在轻触着她的头发，有股热气吹在她的面颊上，同时，有个声音在她耳边响着："跟我走！心虹。我要你！心虹！"

不，不，不，不，不！她猛地闭紧眼睛，和那股要把她拉进某种幻境里去的力量挣扎着。我不要！我不要！我不要！那些讨厌的、像蛛网般纠缠不清的幻觉呵！

门上突然传来两声轻叩，把她唤醒了，她愕然地看着房门，下意识地害怕着有什么可怕的东西要闯进来。门开了，她陡地松了一口气，那是她所熟悉的，满面笑容、满身温暖的高妈。高妈一看到她，那笑容立即收敛了，她直奔过来，用颇不赞成的声调喊："好呵！小姐，你又这样冻在这儿！你瞧，手已经冻得冰冰冷了！你是怎么了？安心想要生病是不是？哎，好小姐，你不是三岁大的娃娃了呀！"

打开壁橱，她开始给心虹挑选衣服，取出一件黑底白花的羊毛套装，她说："这套衣服怎样？""随便吧！"心虹无可无不可地说，开始脱下睡衣，机械化地穿着衣服。一面，她深思地问："高妈，三岁时候的我是什么样子？"

"一个最可爱的小娃娃，像个小天使。"高妈说着，同时在忙碌地整理着床铺，"好安静，好乖，比现在还听话呢！"

"我现在很讨厌吗，高妈？"心虹扣着衣扣，仍然直直地站在那儿，忧愁地问。

"哦！我的小姐！"高妈甩下了棉被，直冲过来，她一把握住了心虹的手臂，热情而激动地喊，"你明知道你不是的！你又美又可爱，谁都会喜欢你的。"

"可是，昨晚那老太婆叫我妖怪呢！"

"她是疯子！你知道！"高妈急急地说，"别听她的话，她自己都不知道她在说些什么。"

心虹哀愁地凝视着高妈。

"高妈，"她幽幽地说，"我是你抱大的，对吗？"

"是的，你两岁的时候我就到你家了，那时我还没嫁给老高呢！他在你们家当园丁，我跟他结婚后，没想到就这样在你们家待了半辈子！""高妈，"心虹仍然凝视着她，"你跟了我这么许多年，你喜不喜欢我？""当然喜欢啦，你这个傻小姐！"

"那么，"心虹急促地、热烈地说，"你告诉我吧，告诉我大家所隐瞒着我的事。"

"什么事呀？"高妈有些不安了，逃避地把眼光转到别处去。

"你知道的。你告诉我，一年前我害的是什么病？"心虹迫切而祈求地看着她。

"医生说是肺炎。"她在衣服里搓着手，"那天你在山里淋了雨。"

"不是的，一定不是的。"她猛烈地摇头，"我只是记不起来到底是怎么回事，有时，我会看到一些模糊的影子，但是它们那样一闪就不见了，我想我一定……"

"别胡思乱想吧，小姐，"高妈打断了她，走开去继续折叠棉被，"你一径喜欢在山里乱跑，淋了雨怎么不生病，淘气嘛！"她把床罩铺上。"好了，小姐，还不赶快洗脸漱口去吃早饭去，你猜几点钟了，楼下还有客人等着你呢！"

"等我吗？"她惊奇地问，"是谁？"

"那位狄先生和他的女儿。他带着女儿在山里散步，就顺便来问问你好了没有。你昨晚被吓得很厉害，以后晚上再也不要去山里了。""现在几点钟了？""十点半。""呵！我怎么睡的？"心虹惊呼了一声，到盥洗室去洗脸了。"早饭要吃什么？我去给你做！"高妈嚷着问。

"一杯牛奶就好了，反正快吃午饭了，我又不饿！"

"加个蛋好吗？""我最不要吃蛋！""好吧！好吧！早晚又饿出病来！"高妈嘀咕着，无可奈何地摇摇头，走了。心虹梳洗过后，对镜中的脸再看了一眼，还不坏，最起码，眼睛底下还没有黑圈。打开门，她走下了楼。狄君璞和小蕾正坐在客厅中。因为梁逸舟到公司去了，心霞上学了，客厅里，只有吟芳在陪着客人。她正和狄君璞谈着一些心虹心霞小时候的事，这是中年妇女的悲哀，她们的谈料似乎永远离不开家庭和儿女。而小蕾呢？却在一边津津有味地玩着一个装香烟的音乐匣。看到心虹，狄君璞不自禁地心里一动，到这时，他才体会出自己的"顺道问候"是带着多么"专程"的意味。他有些迷糊了，困惑了，他弄不清楚自己的情绪。事实上，昨夜一夜他都是迷糊和困惑的，几乎整夜没有成眠，脑子里始终回旋着梁逸舟告诉他的那个故事。如今，他只能把自己对她的关怀归纳于自己那"小说家的好奇"了。

"狄先生，"心虹轻轻地点了一下头，微微一笑，那笑容是很难得的，因为难得，而更显得动人，"昨天晚上真要谢谢你。"

"哪里话，希望你没有怎样被吓着。"

"已经没事了，我昨晚吃了两粒安眠药，睡到刚刚才起来。"心虹说，一面直视着狄君璞。那清瘦的脸庞，那深沉的眼睛，那若有所思的神情，这男人浑身都带着一种成熟的、男性的稳重和沉着。在稳重与沉着以外，这人还有一份难解的、易感的脸，那深不见底的眼睛中似乎盛载了无穷的思想，使人无法看透他，也无法深入地走进他的思想领域。

高妈递来了牛奶，心虹在沙发上坐下来。微蹙着眉头，慢吞吞地啜着牛奶，仿佛那是什么很难吃的东西。吟芳用一种苦恼的专注的神情看着她，对狄君璞勉强地笑笑。"你看，她就不喜欢吃东西，从去年病后，体重一直没增加上来。"

心虹有些烦恼，她不喜欢父母谈论她像在谈论一个三岁小孩似的。于是，她把小蕾拉到身边来，细细地、温柔地问她喜不喜欢这乡间。被冷落了半天的孩子立即兴奋了，用手攀住心虹的脖子，她兴奋地告诉她那些关于蝴蝶、蜻蜓、狗尾草、芦花、蒲公英……种种的发现，还有那些在黄昏时到处飞来扑去的萤火虫，清晨在枝头坠落的小露珠……心虹惊奇地抬起头来，看着狄君璞。

"这孩子必定有你的遗传，她述说起来像一首诗。"

"孩子的世界本来就是一首诗。"狄君璞说，深深地凝视着她，他那深沉的眸子好深好深，她觉得有点震动而且心乱了。他不是在"看"她，他简直是在"透视"她呢！

"梁姐姐，"小蕾的兴奋一旦被引发就无法遏止，她摇着心虹的胳膊，大声地说，"我们去采草莓好吗？婆婆说，如果我能采到一篮草莓，她要做草莓酱给我吃，我们去采好吗？"

"这种野草莓很酸的呢！"心虹说。

"可是，我们去采好吗？"孩子祈求地看着她。

心虹抬起眼睛来，看了看狄君璞，后者也正微笑而鼓励地望着她。"跟我们一起去山里散散步也不错，"他说，"外面天气很好，而且我保证不会再有什么疯老太婆来惊吓你，怎样？"

她不由自主地微笑了，站起身来。

"那么，我们还等什么？"她说，掉过头去看吟芳，"妈，我走走就回来。"

"早些回来吃午饭，哦，狄先生和小蕾也来我们家吃饭吧！"吟芳说，看到心虹那么难得地有份好兴致，使她衷心愉快。真的，小蕾是个小可人儿，狄君璞稳重忠厚，或者，这父女二人会对心虹大有帮助。

"哦，我们不了，"狄君璞说，"姑妈在等我们呢，她今天给我们炖了一只鸡，如果不回去吃饭，她要大大地失望了。"

吟芳笑笑，不再勉强了，她了解老姑妈那种心情。女人一上了年纪，对于小一辈的爱与关切也就更重了。往往并不是小一辈的需要她，而是她需要他们。

心虹牵着小蕾，跟狄君璞一起走出了霜园。秋日的阳光美好地照射着，暖洋洋的，熏人欲醉的。小径上铺满了落叶，被太阳晒得又松又脆。那些高大的红枫，在阳光下几乎是半透明的嫣红。无数的紫色小花，在秋风中轻轻摇曳。天蓝得耀目，云淡淡，风微微，鸟啼清脆。远处那农庄顶端，一缕炊烟细袅。"这就是我的世界，"心虹说，深深地呼吸着那带着泥土气息的空气，"山里的景色变幻无穷，清晨，黄昏，月夜……昨晚，所有的气氛都被那个老太婆破坏了。"

狄君璞没有说话，他不知该说什么好。

她在路边摘了一朵黄色的小花，把花朵无意识地转动着，用那花瓣轻触着嘴唇。"你吃过花瓣上的露水吗？"她忽然问。

"不，我没有。""我吃过。"她微笑起来，眼睛蒙眬如梦，"在太阳还没出来以前，一清早走入山里，用一个小酒杯，去收集那些花瓣上的露珠，一粒一粒的，盛满一酒杯，然后喝下去，那么清醇，那么芬芳，那是大自然所酿制的美酒，喝多了，你一样会醉倒。醉倒在一个最甜最香的梦里。"她沉思，似乎已经沉浸在那梦里了，眼睛里罩上了一层薄雾，那眼珠显得更迷蒙了。好半天，她忽然醒了过来，垂下头去，她羞涩地低语："我很傻，是不？""不，"他注视着她，为之动容，"很美。"

"什么？"她不解地问。"很美，"他重复了一句，"你的人，你的声音，你的世界，和你的梦。"她很快地抬起眼睛来，扫了他一眼，脸颊上竟涌上了两片红潮。"你在笑我了。"她低声说。

"我会吗？"他反问。她再度抬起眼睛来，这次，她是大胆地在直视他了，眼光里带着研判的意味，那眼光那样深沉、那样专注，似乎想看穿他的内心。笑容从她的唇边隐去，而面上的红潮却更深了。"他们……他们都说我傻。"她喃喃地说。

"他们是谁？""爸爸，妈妈，妹妹，还有……"她沉思，眉头轻蹙，在努力地思索着什么，"还有……他……"

"他是谁？"他追问，紧盯着她。

红潮从她脸上退去，她的眉头蹙得更紧了，那记忆的钟在敲动。她的眼光迷惘，她的嘴唇颤动，她知道自己遗失了一段生命，她在追寻，她在努力地追寻。像掉在一个回旋滚动着的深井里，她被那转动的水流越旋越深，越旋越深，越旋越深……那冰冷的水，清寒刺骨，冷得她发抖，而那水流也越转越快了，越转越快，越转越快……她觉得天旋地转，呼吸急促，她的面容发白了。

他及时扶住了她。"心虹！"他用力地喊，这是他第一次叫她的名字。

她一震，惊醒了，从那深井里又回到了地面。瞪大了眼睛，她茫然地看着面前那张脸，那张深刻的、担忧的而又带着抹痛楚与怜惜的脸，一时间，她有些神思恍惚，这是谁？那样熟悉又那样陌生，那样亲近又那样遥远。她闭上眼睛，呻吟而且叹息。"心虹，"他扶住她的胳膊，"你觉得怎样？"

她再睁开眼睛，真的清醒了。乌云尽消，阳光下是他那张忧愁的脸和关怀的眼睛。

"哦！"她勉强地微笑，"又来了。别管我，没有关系的。"

他深深地注视她。"我告诉你，"他诚挚地说，"当这种昏晕再来临的时候，你一定要克服它。不要让它把你打倒，你应该有坚强的自信和意志。如果你在害怕着什么，你唯一的办法，就是面对它，你懂吗，心虹？"

他的眼睛深沉似海。她觉得被淹没了，那浪潮，温温软软的浪潮，从头到脚地对她披盖过来，像一件温软的绸衣。

"你知道我在害怕，是吗？"她低语。

"是的，我知道。"他也轻声说，眼光仍然停驻在她的脸上，那件绸衣更温软了，更舒适了，松松地裹着她。

"你知道我在害怕什么吗？"

"不，我不知道。""那么，帮我，好吗？"她的眼里漾起了泪光，"帮我找出来！那总是跟在我身边的、无形的阴影是什么？我害怕，真的，我好害怕。""我会帮你。"他说，把她的外套拉拢，代她扣上衣领的纽扣。虽然有太阳，谷地里的风依然寒冷。"我会尽我的力量来帮你。"他站在她面前，比她高那么多，那宽大的胸怀必然是温暖的，一时间，她竟有把头靠近那胸怀的冲动。但是，小蕾奔过来了，她曾跑开去了一段好长的时间。她的面颊红润，眼睛发光，满手都握着熟透的草莓。

"嗨，梁姐姐！我找到一大片草莓，好多好多！你说好要帮我采草莓的，怎么只管站在这里和爸爸说话？来呀！你来呀！"拉着心虹的手，她不由分说地把她向山野里拖，心虹对狄君璞轻轻一笑，忽然振作了一下，高声说："好，让我们采草莓去！"

说完，她就跟着小蕾，奔进那杂草丛生的树丛里去了。她的长发飘飞，和小蕾辫梢的大绸结相映。狄君璞不由自主地跟着她们走进草丛，绕过岩石，穿过一个枫林，果然，面前有一块平坦的草原，荆棘丛中，一大片的野草莓正茂密地生长着，那些鲜红欲滴的果实，映着阳光发亮，像一颗颗红色透明的琥珀。"哎呀，真不少！"心虹惊呼着，"小蕾，你简直发现了一个大宝藏呢！"

"我们来比赛，看谁采得多！"小蕾说，兴高采烈，眉飞色舞。

"好！让你爸爸也参加！"心虹说。

"爸爸？"小蕾询问地看着她父亲。

"参加就参加！"狄君璞大声说，感染了她们的兴致，"我一个人可以采得比你们两个人加起来还多！信不信？"

"吹牛！"小蕾叫着，"那么，马上开始！"他们立即展开了一场"草莓采摘比赛"。

心虹采摘得非常努力，难得她有如此高昂的情绪和兴趣，她轻盈地穿梭在荆棘中，毫不费力地采摘下那一颗颗的果实。小蕾就更轻便了，她小小的身子如穿帘之燕，奔前奔后，用她的裙摆兜了一大兜的草莓，不时还发出欢呼和嬉笑，对她那身手笨拙的父亲投来揶揄的一瞥。

狄君璞却弄得相当地狼狈了，他简直没料到这是如此艰巨的工作，他不住被荆棘刺伤，又钩住了衣服，又弄破了手指，刚采到的草莓又在不注意中给弄掉了，半天也没采到一握。最后，他竟尖声叫起救命来了。

"怎么了？怎么了？"心虹和小蕾都跑了过来。"不知是些什么东西，把我满身都刺得疼，哎呀，又疼又痒，不得了！"心虹看过去，禁不住惊呼着大笑了起来，又笑又叫地说："你从哪里弄了这一身的窃衣呀？这么多！天哪！这些刺人的小针就是摘上一小时也摘不干净了！"

那是一种植物的种子，像一根根小刺，一碰到它，它就会黏附在人身上。现在，狄君璞整个裤管都粘满了这种东西。心虹一面笑，一面放下了自己的草莓，帮狄君璞去摘掉那些小刺，又摘又笑，因为狄君璞像木偶般挺立在那儿，一动也不敢动，满脸的可怜相。心虹看看他，忍不住又笑了。然后，她忽然站直了身子，愣住了。好半天，她才愕然地瞪视着狄君璞，喃喃地说："听到吗？我居然笑了！奇怪，我又会笑了。一年以来，我几乎不知道怎样笑。"狄君璞静静地望着她，眼光那样深沉、那样真挚。

"你的笑容很美，"他幽幽地说，"你不知道有多美。所以，千万别丢掉它。"她不语，呆呆地看着他，他们默然相视，阳光在两个人的眼睛里闪烁，时间不知过去了多久，小蕾已在一边高声地宣布，她获得比赛的第一名了。

第十章

　　一粒沙在海滩上碰到另外一粒沙。

　　"愿我们能结为一体。"第一粒沙说。

　　"哦，不行，沙子是无法彼此黏附的。"另一粒说。

　　"我将磨碎自己，磨成细粉，然后来包容你。"

　　于是，它在岩石上磨着、碾着、揉着，终于弄碎了它自己。但是，一阵海浪涌上来，把它们一起卷进了茫茫的大海，那磨碎了的沙被海浪冲散到四面八方，再也聚不拢来，更无法包容另一粒沙了。

　　心虹合上了书本，把它抛在桌上，这一段是全书的一个引子，她已经读过几千几百次了，闭上眼睛，她可以把整段一字不错地背出来。但是，每当她拿起这本书，她仍然忍不住要把它再读一遍。就像这书里面其他许多部分一样，她总是要一读再读，而每次都会重复地引起她心中的怆恻之情。

一粒磨碎了的沙子，被海浪冲散到四面八方，还可能再聚拢吗？可能吗？即使聚拢了，另一粒沙也不知漂流到天涯何处。她叹息了，懒洋洋地从床上站起来，走到窗子前面。窗外在下着细雨，迷迷蒙蒙的雨雾苍茫地笼罩在花园里，枫叶在寒风中轻颤着。她沉思片刻，然后走到壁橱前，取出一件大衣，拿了一条围巾，她走出房门。嘴里不自主地轻哼着一支歌，她轻快地走下了楼梯。在楼下，她一眼看到父母都在客厅中，母亲在打毛衣，父亲在拆阅着刚送到的邮件。听到她的声音，父母同时抬起头来，对她注视着。

"呵！真冷，不是吗？"她对父母微笑着，"我们的壁炉该生火了。"

"这么冷，你还要出去吗？"吟芳怀疑地问，望着她手腕上的大衣。

"这样的雨天，散散步才有味道呢！"心虹说着，穿上大衣，围上了围巾，"狄君璞说，雨是最富有诗意的东西，所以古人的诗词中，写雨的最多了。"

"你要去农庄吗？"吟芳再问。

"唔，小蕾这两天有点感冒，我去看看她好些没有，这孩子越来越喜欢我，我不去她会失望。"心虹不知为什么，解释了那样一大堆，走到玄关的壁橱前，她拿出一件白色的玻璃雨衣。

"回来吃晚饭，还是在农庄吃？"

"不一定，"心虹支吾着，扣好雨衣的扣子，"如果到时候没回来，就不等我吃饭吧！"

"晚上要不要老高去接你？"梁逸舟这时才问了一句，他的眼光始终研究地停在心虹的脸上。

"不用了，狄君璞会送我回来。"心虹打开房门，一阵寒风扑了进来，她缩着脖子打了个寒战，回头对父母挥了挥手，"再见！妈！再见！爸爸！"拉紧雨衣，她置身于冬天的雨雾里了。吟芳目送心虹的身影消失，房门才合拢，她就立即掉转头来看着梁逸舟，说："你不觉得，这几个月来，她到农庄去的次数是越来越勤了吗？""但是，她好多了，不是吗？"梁逸舟说，"那小女孩显然对她大有帮助，她几乎完全恢复正常了！"

"小女孩！"吟芳笑了一声，"逸舟，别太天真！那小女孩恐怕没有这么大的吸引力和功效吧！"

"你在暗示什么？"梁逸舟望着他的妻子。

"你知道的。狄君璞。"

梁逸舟不安地耸耸肩。"我不认为会有什么问题，狄君璞比她大那么多，而且，小蕾还喊心虹作姐姐呢！君璞是我的朋友，心虹该算他的小辈……"

"你这些理由都站不住的，两情相悦，还管你什么辈分年龄？一个是充满梦幻的少女，一个是孤独寂寞的作家。你是了解心虹那份不顾一切的个性的，假若再发生什么……"她抽了口气，紧盯着他，"这孩子生来就是悲剧性格，天知道又会发生什么！不行，逸舟，我又有不祥的预感了！"

"不要紧张，你也是太容易紧张。君璞不会的，他是过来人，在感情上早注射过防疫针了！"

"那么，你就不怕心虹单方面爱上狄君璞吗？"

梁逸舟为之愕然。"怎会呢？心虹总不能见一个男人就爱一个男人的!"

"你说这话太不公平,"吟芳有些动气了,"男人!你们永远是又粗心又愚笨的动物!"

"怎么了,你?"梁逸舟失笑地说,"你怎么跟我发起脾气来了?""你想,心虹在大学里,那么多男同学追求她,她都不中意,你怎能说她是见一个爱一个呢?至于卢云飞,你不能否认他确实很吸引女孩子!而狄君璞呢,他有许多优点,还有对会说话的眼睛。记住,心虹已经完全忘记卢云飞了,在她,还和一个从未恋爱过的女孩一样单纯。假若她爱上狄君璞,我是丝毫也不会觉得奇怪的!"

梁逸舟深思了片刻,燃起了一支烟。

"你分析得也有道理。"他说,重重地吸了一口烟。

"我问你,逸舟,"吟芳又说,"如果心虹和狄君璞恋爱了,你赞成吗?""当然不。"梁逸舟很快地回答。

"为什么?""各方面的不合适。狄君璞年龄太大,离过婚,又有孩子。而且,他那次婚变是闹得尽人皆知的!他也是个怪人,追求他那个太太的时候,几乎连命都拼掉!结婚不过几年,就又让她跟别的男人走了!他是个作家,这种人的感情结构是特别的。如果他们真结婚,心虹一定会不幸,何况还要做一个六岁大孩子的继母!这事是绝不可能的,我当然不赞成!"

"那么,未雨绸缪,"吟芳沉吟地说,"你还是早做防备吧!我看,你让这个狄君璞搬进农庄,不见得是明智之举呢!"

"我怎么会料到还有这种问题!心虹这孩子,好像永远是我们家的'问题制造中心',从她的出世,就是我们的问题!"

"逸舟！"吟芳皱着眉喊，"你又不公平了！"

"好了，好了，算我说错了。"梁逸舟慌忙说，走过去坐到妻子身边，拉住了她的手，温柔地凝视她，"不生气，嗯？"

"你在敌视那孩子。"吟芳说，眼眶湿润了。

"没有，绝没有！"梁逸舟急切地申辩，"不过，我觉得你对那孩子有一种病态的抱歉心理，你总觉得对不起她。"

"我们是对不起她，逸舟。"吟芳含泪说，瞅着梁逸舟，"你没听到她在夜里做噩梦，不住口地叫妈，叫得我的心都碎了，好像我是凶手，杀了她的……"

"哦，别说了！"梁逸舟揽住了他的妻子，把她的头紧压在他的胸口，"别再说了，过去的事早过去了，一个孩子能记住多少？""但是，她记得，她完全记得。"

"别再说！吟芳，别再说！说下去你又要伤心了！"

吟芳住了口，同时，一声门铃响，吟芳迅速把头从梁逸舟的怀里抬了起来，说："心霞回来了！"拭去了泪痕，她不愿心霞看出她伤心过的痕迹。果然，房门开了，心霞抱着书本冲了进来，带进一股冷风。她的鼻尖冻红了，脸色显得有些苍白，身子微微发抖，那件红大衣上都缀着细粉似的小水珠，连那头发上也是，跺了跺脚，她似乎想跺掉身上的冷气，眼光阴晴不定地在室内扫了一眼。"你瞧！去上学的时候又没穿雨衣！淋了一身雨，又冻成这样子！"吟芳叫了起来，"快去拿条大毛巾把头发擦擦干！"

"我最不喜欢穿雨衣！"心霞说着，坐下来，脱掉雨鞋和手套。

"你脸色不好，没有不舒服吧？"梁逸舟问，奇怪她怎么不是一进门就叫饿，或者用双冷手往她母亲脖子里塞。她看来有点反常呢！

"没有。"心霞说，脸上有股阴郁的神气，"我看到姐姐了。"

"在哪儿？"

"山谷里，她不是去农庄吗？"

"你去山谷干吗？"吟芳诧异地问。

"啊，我……"心霞似乎有点慌乱，"我……没有什么，我想去代一个园艺系的同学采一点植物标本。"

"但是，你没有带回什么标本哦。"梁逸舟说。

"唔，太冷了，你知道。谷里的风像刀子一样，我又分不清楚那些植物，就回来了。"

心霞说着，抱起桌上的书本，"我要马上去洗个热水澡，我冷得发抖，今年冬天像是特别冷。"她像逃避什么似的往楼上走去。

一件东西从她的书本中落了出来，她慌忙弯腰去捡起来，不安地看了父母一眼。吟芳已经看到是一封信，但她装作并未注意。心霞匆匆地走上楼去了。

吟芳和梁逸舟面面相觑。

"你不觉得她有些特别吗？"梁逸舟问。

"我看，"吟芳忧郁地皱皱眉，"一个的问题还没有解决，另一个的问题又来了。你看吧，我们还有的是麻烦呢！"低下头，她开始沉默地编织着毛衣。模糊地想着心霞的那封信，封面上没有写收信人，这封信是面交的，是她的同学写给她的吗，还是在这山谷中交件的呢？她下意识地再抬起眼睛对窗外望了一眼。窗外，雨雾糅合着暮色，是一片暗淡的迷蒙与苍茫。这儿，心霞上楼之后，并没有像她所说的，马上去浴室。她径直走入自己的房间，立即关好了房门，并上了锁。把书本放在桌上，拿起那封信，她对那信封发了好一阵呆，似乎不敢抽出里面的信笺。握着信，她在梳妆台前坐下来，望了望镜中的自己，那平日活泼的眼神现在看来多么迷惘，她摇了摇头，烦恼地对自己说："梁心霞，梁心霞，你做错了！你不该接受这封信！现在，你最好的办法就是下楼去，把一切都告诉爸爸和妈妈！"

但是……但是……她眼前又浮起了那对痛楚的、漂亮的而又带着股野性与恼怒的眼睛，那被雨淋湿了的头发和夹克，以及他站在霜园门前枫树下的那股阴郁的神气。

"跟我来！"他是那样简单地命令着，她却不由自主地跟随着他走到谷地里，在那四顾无人的寂静中，在那茫茫的雨雾下，在那岩石的阴影里，他用那慑人的、火灼般的眸子瞪着她，眼神是发怒而痛楚的。然后，在她还没弄清楚他的目的以前，他就忽然捉住了她，他的嘴唇迅速地对她盖了下来，她吃惊地挣扎，但他的胳膊像铁索般强而有力，他的嘴唇灼热而焦渴。他浑身都带着那样男性的、粗犷的气息，她简直无法动弹，也不能思想。只是瞪大眼睛望着那张倔强而不驯的脸。然后，他放开了她，把那封信抛在她的书本上，他一句话也没有说，就掉转头，大踏步地踩着雨雾，消失在山谷中的小径上了。

现在，她握着信封，仍然觉得震慑，觉得浑身无力，觉得四肢如绵。用手指轻抚着嘴唇，那是怎样的一吻呵！她在镜中的眼睛更加迷惘了。终于，她忽然下定决心地低下头，抽出了信封里的信笺，打开来，她读了下去：

心霞：

　　我给你写这封信，因为我不相信我自己在见到你之后，还能镇静地和你说些什么。假如你不想再念下去，我奉劝你现在就把这封信撕了。

　　四年前，我第一次见到你时，你还只是个十五岁的小姑娘，我曾耐心地等着你长大，天知道，你长大之后，一切的局面竟变得如此恶劣！你们一家成了我的仇敌，尤其是你！我说"尤其"，你会奇怪吗？我了解你，我了解一切！我恨透了你，心霞，你这只不安静的小野猫！

　　或者我错怪了你，但愿如此！我曾想杀掉你，撕碎你，只为了我不能不想你！相信吗？

　　我常徘徊在霜园的围墙外，目送你上学，呆呆地像个傻瓜。然后再和自己发上一大顿脾气。

　　噢！我真恨你，心霞！

　　不知是不是命中注定，我们兄弟应该都丧生在你们姐妹手下？那么，来吧！让一切该来的都来吧！我在等着你！魔鬼！

　　明晚八时起，我将在雾谷中等你，在那块"山"字形的岩石下面。不过，我警告你，我可能会杀掉你，所以，你不要来吧！把这封信拿给你父母看，让他们来对付我吧！你不要来，千万不要来。我会一直等到天亮，但是，你让我去等吧！求你不要来，因为，如果你真来了，我们就都完了！我们将被打入万劫不复的地狱里，永远陷入痛苦的深渊中！

好好地想一想，再作决定。山谷里的夜会很冷，不过我可以数星星——如果有星星的话。

再提醒你一次：最好不要来！

云扬

心霞看完了信，好一会儿，她就呆坐在那儿，对着那张信纸发愣。逐渐地，有阵雾气升入了她的眼睛中，她的视线模糊了。某种酸涩的、痛苦的情绪抓住了她。捧起了那张信笺，她颤抖地把嘴唇压在那个签名上，喃喃地说："你知道的，云扬，你明知道我会去。所以，让我们一起下地狱吧！"

第十一章

一连下了好几天雨。山里的雨季是烦人的，到处都是湿答答的一片，山是湿的，树是湿的，草是湿的，岩石和青苔都是湿的。连带使人觉得心里都汪着水。狄君璞站在书房的窗前，看着那屋檐上滴下的雨珠，第一次觉得"久雨"并不诗意。何况，小蕾又卧病了好几天，感冒引发了气喘，冬天对这孩子永远是难挨的时刻。书房里燃着一盆火，驱散了冬季的严寒，增加了不少的温暖。握着一杯热茶，狄君璞已在窗前站了很长的一段时间，下意识里，他似乎在期盼着什么。已有好几小时，他无法安静地写作了。玻璃窗上，他嘴中呼出的热气凝聚了一大块白雾，他用手拂开了那团白雾，窗外，灰暗的树影中，有个红色的人影一闪，他心脏不自禁地猛跳了一下，有客人来了。

真的，是"客人来了"，农庄外面，有个清脆的声音正在嚷着："喂喂，作家先生，你在吗？客人来了！"

不，这不是心虹，这是心霞。狄君璞的兴奋顿减，心情重新有些灰暗起来。但是，最起码，这活泼的少女可以给屋里带来一点生气。这长长的、暗淡的、倦怠的下午，是太安静了。他走到客厅，心霞已冲了进来，不住口地喊着："啊啊，冷死我了！真冷，这个鬼天气！哦，我闻到炭味了，你生了火吗？""在我书房里，你进来坐吧！"

"小蕾呢？""睡觉了，她不大舒服，姑妈在陪着她。"

"这天气就容易生病，大家都在闹病，我也鼻子不通了，都是那山谷……"她忽然咽住了，走到火炉边去，取下手套来烤着火，"姐姐要我帮她向你借几本小说，她说随便什么都好，要不太沉闷的。"哦，她呢？为什么她自己不来？她已经三天没来过了。他问不出口，只是走到书架边去，找寻着书籍。心霞脱下了大衣，"我都有一种回家似的感觉，这儿的环境事实上比霜园还美。我看到你在屋外的栅栏边种了些爬藤的植物，都爬得蛮高了。"

"那是紫藤，你姐姐的意见，她说到明年夏天，这些栅栏都会变成一堵堵的花墙。"

"姐姐！"她轻笑了，"她就有这些花样，她是很……很……"她寻找着词汇，"很诗意的！她和我的个性完全不一样！或者，她像她母亲！"

"她母亲？"狄君璞愕然地问，望着她。他刚抽出一本书来，拿着书本的手停在半空中。"怎么，你不知道吗？"心霞也诧异地问，"姐姐没有告诉你？我以为她什么都跟你谈的，她很崇拜你呢！"

"告诉我什么？""她和我不是一个母亲，我妈是她的继母，她的生母在她很小时就死了，爸爸又娶了我妈，生了我，所以我和姐姐差了五岁。""噢，这对我还是新闻呢，"狄君璞说，"怪不得你们并不很像。""姐姐像爸爸，我像我妈。"

"可是，你母亲倒看不出是个继母，她好像很疼你姐姐。"

"爸爸妈妈竭力想遮掩这个事实，他们希望姐姐认为我妈是她的生母，而且以为可以混过去。妈倒是真心疼姐姐，大概她觉得她死了亲生母亲，是怪可怜的。但是，这种事情想隐瞒总是不大容易，何况家里又有两个知情的老用人，高妈到现在，侍候姐姐远超过我。据说，姐姐的生母是个很柔弱的小美人，全家都宠她。她死于难产，那个孩子也死了。我常觉得，她对高妈的影响力，一直留到现在呢！"她顿了顿，又说，"你可不能告诉爸爸妈妈，我把这事告诉你了，他们会大生一气的。""当然我不会说。"狄君璞在书架上取了三本书，一本是《莫里哀短篇小说集》，一本是《冰岛渔夫》，一本是《契诃夫短篇小说集》。把书交给心霞，他也在火炉边坐了下来。"你先把这三本带去给你姐姐吧，不知她看过没有，其实，"他轻描淡写地说，"她还是自己选比较可靠。"

"她不能来，她生病了。""哦？"狄君璞专注地问，"怎么？"

"还不是感冒，她身体本来就不好，爸爸说她都是在山谷里吹风吹的！"狄君璞默然了。低着头，他用火钳拨弄着炉火，心里也像那炉火一样焚烧起来。一种抑郁的、阴沉的、捉摸不定的火焰，像那闪动着的蓝色火苗。心霞拿着书，随便地翻弄着，她也有一大段时间的沉默，她并不告辞，那明亮的眼睛显得有些深沉。许久，她忽然抬起头来。

"知道姐姐的故事吗？"她猝然地问，"她和那个坠崖的年轻人。""是的，"狄君璞有些意外，"你父亲告诉了我整个的故事。"他一定告诉你卢云飞是个坏蛋，是吗？"

"嗯。怎样呢？""爸爸有他的主观和成见，而且，他必须保护姐姐。你不要完全相信他，云飞并不坏，他只是比较活泼、要强、任性。再加上他家庭环境的关系，他未免求名求利求表现的心都要急切一些，年轻人不懂世故人情，得罪的人就多，别看我父亲的公司，还不是有许多人在里面耍花样，云飞常揭人之私，结果大家都说他坏话。爸爸耳朵软，又因为自己太有钱，总是担心追求他女儿的人，都是为了钱。这种种原因，使他认定了云飞是坏蛋，这对云飞，是不太公平的。"

狄君璞深深地注视着心霞，她这一篇分析，很合逻辑，也很有道理，她并不像她外表那样天真和稚气呵！对于心虹和卢云飞，她又知道多少呢？姐妹之间的感情，有时是比父母子女间更知己的，何况吟芳又不是心虹的生母！心霞是不是会知道一些梁逸舟夫妇都不知道的秘密？

"你认为那晚的悲剧是意外吗？"他不自禁地问。

"当然。"她很快地回答，眉目间却很明显地有一丝不安之色，"一定是意外！那栏杆早就朽了，因为农庄根本没人住，就没想到去修理它，谁知道他们会跑到那枫林里去呢！"

狄君璞凝视着心霞，她那眉目间的不安是为了什么？她真认为那是个意外，还是宁愿相信那是个意外？她一定知道一些东西，一些她不愿说出来的事情。

"那晚是你代卢云飞传信给你姐姐的吗？"

"怎么？当然不是！我想是高妈，她一直是姐姐的心腹……但是，怎么？那已经是过去的事了，不谈也罢。我们真想弄清楚真相，除非是姐姐恢复记忆！不过……"她停住了，若有所思地望着炉火，脸上的不安之色更深了。

"不过什么？"他追问。

她摇摇头。"算了，不说了！"她振作了一下，抬起眼睛来，很快地看了狄君璞一眼，睫毛就又迅速地垂了下来，继续望着炉火。她说："我今天来，是有点事想和你谈，关于我自己的事。我不能和爸爸妈妈说，也不能和姐姐说。你是个作家，你对感情有深入的了解，或者，你能给我一些意见、一些帮助。"

"哦，是什么？"他望着她，那张年轻的、姣好的面庞上有着苦恼，而那对黑亮的眸子却带着股任性与率直，"我想，是恋爱问题吧？""也可以这样说。"她的目光凝注着炉火，"告诉我，如果你爱上一个你不该爱的人，怎么办？"

"唔，"他愣了愣，"这是若干年来，被作家们选为小说材料的问题，你自己也知道，这是根本无法答复的。而且，也要看'不应该'的原因何在。"

"那是卢云扬。""卢云扬？"他一惊。"是的，云飞的弟弟！你该可以想象横亘在我们面前的困难，和我们本身的苦恼。"

"这事有多久了？""什么时候爱上他的？我不知道。我认识他已有四年多了，但是，感情急转直下的发展却是最近的事。一星期以前，他在霜园门口等我，然后……然后……你可以想象的，是吗？"

狄君璞注视着心霞，他心中有些混乱，在混乱以外，还有种惊悸的感觉。他记得那个男孩子。那对仇恨、愤怒而痛苦的眼睛，还有那张年轻漂亮而带着倔强与骄傲的脸。这是一段真诚的感情吗？还是一个陷阱？一个报复？如果是后者，这样发展下去未免太可怕了。

如果是前者呢？他们将经过多少的痛苦与煎熬，这又未免太可悲了！

"你怎么不说话？"心霞望着他，"你在想什么？"

"我有一句不该问的话，"狄君璞慢吞吞地说，"你信任他的感情吗？"心霞震动了一下。"你在暗示我什么？"她受惊地问。

"我没有暗示，我只是问你，你信不信任他？"

她思索片刻，咬了咬牙。"我想，我是信任的！"

只是"我想"而已，那么，她并没有百分之百的把握啊。狄君璞燃着了一支烟，深吸了一口，那种不安而混乱的情绪在他心中更加重了。他站起身来，在室内兜了一个圈子，忽然站定说："必须把那个谜底找出来！"

"什么谜底？""卢云飞，他怎会摔下那个悬崖的？"

心霞打了个寒噤，狄君璞立即锐利地盯着她。

"你冷吗？""不。我不知道那谜底对我有什么帮助。而且，那案子已经结了，我宁愿不再去探索谜底。"

"你怕那谜底，对不对？你并不完全相信那是件意外，对不对？"他紧盯着她。她惊跳起来，有些恼怒了，她的大而野性的眼睛狠狠地瞪着他，大声地说："我后悔对你说了这些话，你当作我根本没说过好了！我要回家去了，谢谢你的书！"

他拦住了她。"你可知道，只要把你姐姐的嫌疑完完全全洗清楚，你和云扬就没有问题了？人总不能对'意外'记仇的！我奇怪你们谁都不去追求真相，宁愿让你姐姐一直丧失记忆，宁愿让流言继续在到处飞扬！这是不对的，你们该设法唤醒心虹的记忆呵！""谢谢你！但愿你别这样热心！你要扮演什么角色呢？福尔摩斯吗？"她抓起了桌上的大衣，穿上了，"记住了！真相不一定对心虹有利！如果你真关心我们，躲在你的书房里，写你自己的小说吧！"抱着书本，她冲到房门口，狄君璞沉默地望着她，不再拦阻。她推开了门，迟疑了一下，然后，忽然又掉过头来，她的眼光变柔和了，而且，几乎是沮丧的。

"对不起，狄先生，"她很快地说，"我并不是真的要跟你发脾气，我最近的情绪很坏，你知道。本来，姐姐的事件在我心中已逐渐淡漠了，可是，它现在又压住了我，压得我简直透不过气来。"他点了点头，眼光温柔。

"我了解。"他轻声地说。

"你——你不会把我和云扬的事告诉妈妈爸爸吧？"

"你放心。"

她点点头，想说什么，又忍住了。看了看手里的书本，她改变了想说的话，"有时间，到霜园来坐坐，我们全家都喜欢你。"

"我会去的。"

她再看他一眼，"你没生我的气吧？"

"我怎会？"

她嫣然地笑了。

"有一天，我会告诉你一些事，等我有……"她的声音压低了，低得几乎只有她自己才听得到，"有勇气说的时候。"打开门，她翻起了衣领，冲进门外那茫茫的雨雾里去了。

狄君璞没有立即关门，他倚在那寒风扑面的门边，对那雨雾所笼罩的山谷凝视了好长的一段时间。他的眉头微锁，心情是迷惘而沉重的。

第十二章

夜里，雨变大了。早上吃过早餐后，姑妈告诉狄君璞说，她一夜都听到雨滴滴在阁楼上的声音，她相信屋顶在漏雨了。

"如果你再不到阁楼上去看看，我怕雨水会漏到我们房间里来了，而且，阁楼里梁家那些东西都泡了水，准会发霉了，你必须上去检查一下。"狄君璞上了阁楼。这阁楼的面积十分宽大，横跨了下面好几间房间，里面横七竖八地堆着些用不着的旧家具。虽然屋顶上有一扇玻璃窗，阁楼上的光线仍嫌幽暗，狄君璞开了电灯，那灯装在屋顶上，只是一个六十度的灯泡，光线也是昏黄的。但是，阁楼上的一切东西都可看清了。

他立刻找到了漏雨的地方，使他惊奇的是，那漏雨处早已放好了一只铝桶，现在，桶里正积了浅浅的一层雨水，怪不得没有水漏到楼下去。那么，早就有人知道这儿漏水而且防备了。他相信这不是梁逸舟为他们布置的，如果他知道屋顶漏水，他一定会在他们迁入之前就预先修好屋顶。那么，这儿在以前，在这农庄空着的时候，必定有人常来了，甚至于经常待在这阁楼里。他想起心虹告诉过他的话："小时候，我总喜欢爬到阁楼上，一个人躲在那儿，常躲上好几小时。"那么，这会是心虹吗？

在一连几个"那么"之后，他抛开了这个漏水的问题，开始认真地打量这间阁楼。那儿有一张摇椅，他走过去，在摇椅中坐下来，椅子摇得很好，十分安适，只是他弄了一身的灰尘了。梁逸舟租房子给他时，曾表示阁楼里的家具，如果有能用的，尽管可以利用。他决定将这摇椅搬下去放在书房里，看书时可以用。摇椅边有一张书桌，书桌后面还有张安乐椅。

他再坐到书桌后的安乐椅上去，同样地，安乐椅完好舒适，这些家具都还没有破损，想必，梁逸舟只是因为搬了新房子，不愿再用旧家具，而把这些东西堆进阁楼的。

书桌上有一层灰尘，旁边的地下却丢着一把鸡毛掸，他下意识地拿起那鸡毛掸，在桌子上拂过去，所有的灰尘都飞扬了起来，呛得他直咳嗽，鸡毛掸，最不科学的清洁器！他抛下鸡毛掸，却一眼看到那被拂过的书桌桌面上，有一块地方，被小刀细细地挖掉了一块，露出里面白色的木材，那被挖掉的，刚好是一个心形，在那颗"心"中，有红色的圆珠笔写着的两行字，他看过去，是："困倚危楼，过尽飞鸿字字愁。"

他心里怦然一动，立即涌上一股难言的情绪。想当时，必定有人在这儿期待着谁。他几乎可以看到那在等待中的少女，百无聊赖地雕刻着这颗心。他坐在椅子里，禁不住对这颗心怅然而视，半晌都没有动弹。

然后，他试着去拉开那书桌的抽屉，几乎每个抽屉中都有些字纸，揉皱了的，团成一团的。他开始一张张地检视起来，绝大部分都是一些诗词的片段。有张纸上涂满了名字，胡乱地写着"心虹""心霞""卢云飞""卢云扬"，还有他所不知道的，什么"萧雅棠""江梨""何子方"等等。再有一张纸上，画着两颗相并的心，被爱神的箭穿过，一颗心中写着"卢云飞"，另一颗心中写着"梁心虹"。但在这两颗心的四周，却画了无数颗小的心形，每颗心中都有一个名字，像"心霞""萧雅棠""江梨""魏如珍"……许多名字都重复用了好几次，这是什么意思呢？抛开这些字纸，再拉开一个抽屉，里面有几本小说，他翻了翻，是《战地钟声》《巴黎圣母院》《七重天》和一部《嘉莉妹妹》。书都保存得很好，没有任何涂抹。再拉开一个抽屉，有本封面上印着玫瑰花的记事册，打开第一页，上面很漂亮地签着名："梁心虹"。他的心脏又猛跳了一下，这里面会找到一些东西吗？翻过这一页，他念到下面的句子：

　　我的心像一个大的熔炉，里面热烘烘地翻滚着熔液，像火山中心的岩浆。我整个人都在燃烧着，随时，我都担心着会被烧成灰烬。这是爱情吗？何以爱情使我如此炙痛？如果这不是爱情，这又是什么？

　　近来我不相信我自己，许多事情，我觉得是我感觉的错误。我一直过分地敏感。多愁善感是"病态"，我必须摆脱掉某种困扰着我的思想！但是呵！我为什么摆脱不掉？

　　父亲说我再不停止这种"幼稚的胡闹"，他将要对我采取最强硬的手段，他指责我"无知""荒谬"和"莫名其妙"！这就是成人们对爱情的看法吗？但是，他难道没有恋爱过吗？他当初的狂热又是怎样的呢？如果他必须扼杀我的恋爱，不如扼杀我的生命！他们不是曾经扼杀我母亲的生命吗？噢，我那可怜的、可怜的母亲呵！

连日来，云飞脾气恶劣，我想，父亲一定给了他气受，他抑郁而易怒，使我也觉得战战兢兢的。我留心不要去引发他的火气，但他仍然对我发了火，他说我如果再不跟着他逃跑，他将弃我而去。我哭了，他又跪下来抱住我，流着泪向我忏悔。啊！我心已碎，我将何去何从？

我曾整日在阁楼里等候云飞，他没有来，月亮已上升了，我知道他不会来了，他在生我的气。我整日没有吃东西，又饿又渴又累。回家后，父亲一定还要责备我。天哪，我已心力交瘁！

和父亲爆发了一场激烈的争吵，父亲说将把云飞从公司里开除，毁掉他的前程！心霞挺身而出，代云飞辩护，她是伶牙俐齿的呢！我那亲亲爱爱的小妹妹，但是，她真是我亲亲爱爱的小妹妹吗？

在云飞家里又碰见了萧雅棠，云飞不在。云扬说云飞可能去公司了，但愿！他如果再不好好上班，爸爸一定会开除他！他会说他盗用公款什么的。可怜的云飞，可怜的我，萧雅棠很漂亮，云扬和她是很好的一对，他们不会像我们这样多灾多难！我祝福他们！祝福天下的有情人！

云飞不住地哀求我，不住地对我说："跟我走！心虹，跟我走！"我为什么不跟他走呢？有什么东西阻止了我？道德的约束？亲情的负担？未来的忧虑？

还是……那阴影又移近了我，我怕！

云飞说他不信任我的感情了，他对我大发脾气，从来没有看到他如此凶暴过！我哭着把他拉到枫林外的悬崖边，指着那悬崖对他发誓："将来我们之中，若有任何一人负心，必坠崖而死！"他战栗了，抱着我，他吻我。自责他是个傻瓜，说他永远信任我，我们都哭了。

……

看到这里，狄君璞不禁猛地合上了那本子，心中有份说不出来的、惊惧的感觉。

这册子中还记载了些什么？梁逸舟曾毁掉他们间的信件，但他再也没想到，这无人的阁楼里，竟藏了如此重要的一本东西！想必当初这"阁楼之会"只是死者与心虹二人间的秘密，再也没有第三人知道，所以云飞死后，竟从没有人想到来搜寻一下阁楼！他握着册子，在那种惊惧和慌乱的感觉中出神了。然后，他听到姑妈在楼下直着脖子喊："君璞！你上去好半天了，到底怎样了？漏得很严重吗？君璞！你在上面干吗呀？"

狄君璞回过神来，关好了那些抽屉，他把那本小册子放在口袋中，一面匆匆地拾级而下，一面说："没有什么，一点都不严重，已经用铝桶接住漏的地方了，等天晴再到屋顶上去看看吧！"

"啊呀，看你弄得这一身灰！"姑妈又大惊小怪地叫起来，"君璞呀，这么大年纪还和小孩子一样！还不赶快换下来交给阿莲去洗！"狄君璞急于要去读那本册子，知道最好不要和姑妈辩，否则姑妈就说得没完了。顺从地换了衣服，他拿着那小册子走进了书房，才坐下来，姑妈在客厅里又大声嚷："君璞呀！梁先生来了！"

梁先生？那个梁先生？他慌忙把那本小册子塞进了书桌抽屉里，迎到客厅中来，梁逸舟正站在客厅中，他带来的雨伞在墙角里滴着水。他含笑而立，样子颇为悠闲。

"听说小蕾病了，是吗？"他问。

"哦，气喘，老毛病，已经好了，我让她躺着，不许她起床，再休息两天就没事了。梁先生，到书房里来坐，怎样？书房中有火。""好极了。外面真冷，又冷又湿。我就不明白这样冷的天气，我那两个女儿为什么还喜欢往山里跑。"

"年轻人不怕冷。"狄君璞笑笑说，说完才觉得自己的语气，似乎已不把自己归纳于"年轻人"之内了。把椅子拉到火炉边来，他又轻描淡写地问："是不是心虹也感冒了？"

"可不是，心霞昨天晚上也发烧了，我这两个女儿都娇弱得很。"在炉边坐了下来，阿莲送上了茶。梁逸舟燃起一支烟，眼光在书桌上的稿纸上瞟了一眼，有些不安地说："是不是打扰你写作了？"

"哦，不不。写作就是这点好，不一定要有固定的工作时间。梁先生今天没去公司吗？"

"天太冷，在家偷一天懒。"他笑笑说。

天太冷，却冒着风雨到农庄来吗？他的目的何在呢？他一定有什么事，特地来拜访的。

狄君璞深思地看了他一眼，没说什么，也燃上一支烟，他静静地等着对方开口。果然，在一段沉默之后，梁逸舟终于坦率地说了："君璞，我不想多耽误你时间，有点事我想和你谈一谈。""唔？"他询问地望着他。

"是这样，"梁逸舟有些碍口似的说，"我告诉过你关于心虹的故事，对吧？""是的。""所以，我必须提醒你，心虹不是一个很正常的女孩子，她是在一种病态的情况中，再加上她又爱幻想，所以……所以……我……"他结舌而不安，"……我非常担心她。"

"哦？"狄君璞遏止不住自己的关怀，怎样了？是心虹发生了什么事吗？他狐疑地望着梁逸舟，为什么他这样吞吞吐吐呢？他焦灼了，而且立即感染了他的不安。"怎么了？她病得很厉害吗？""不，不是的。"梁逸舟急急地说。

"那么，有需要我效劳的地方吗？"他迫切地问。

"是的，希望你帮忙。"他锐利地望着他。

"是什么呢？"

梁逸舟深吸了一口烟，他的眼光仍然紧盯着他，那眼光里有着深深的研判的意味，他的语气显得有些僵硬："希望你对她疏远一点。"

狄君璞一震，一大截烟灰掉落到火盆里去了。他迅速地抬起眼睛来，紧紧地注视着梁逸舟。血往他的脑子里冲进去，他的脸涨红了。"哦，梁先生？"他说，"你能解释一下吗？"

"你别误会，君璞，"梁逸舟心平气和地说，"我并不是认为你会怎样，我只是不放心我的女儿，那样一个生活在幻梦里的孩子，她是不务实的，她常会冲动地走入感情的歧途。她根本不会想到你比她大那么多，又是她的长辈，又有孩子，又有过妻子……她什么都不会想的。或者我是多虑，但是，万一她的感情又陷深了，怎么办呢？以前已有过一次悲剧，心虹是不能再受任何刺激了！"

狄君璞看着梁逸舟，这是第一次，他在这和蔼而儒雅的脸庞上看到了其他的一些东西，严厉的，冷静的，甚至于是残酷的！多么厉害的一番话，表面上字字句句是说女儿的不是，事实上，却完全在点醒他：癞蛤蟆休想吃天鹅肉！狄君璞，你必须要有自知之明！别去惹她，别去碰她，因为你不配！他狠狠地喷出一口浓浓的烟雾，心中对梁逸舟已有另一番估价。当初的卢云飞，曾忍受过些什么？面前这人，是多么地精明干练啊！他竟能体会出他心中那一点点、那一丝丝尚未成形的微妙之情！及时地给予他当头棒喝！那么，那数日未见的心虹，是真的病了，还是被他们软禁了？他甩了甩头。罢了！躲避到这山中来隐居，原是要摆脱那些人世的烦恼和感情的纠葛，难道他自身的痛楚还不够，还要到这山中来，再牵惹上一段新的烦恼吗？罢了！从今天起，甩开梁家所有的事吧！不闻，不问，也不要再管！

"你放心，梁先生，"他很快地说了，"我了解你的意思，我会注意这问题，不给你们增加任何麻烦。"

"你这样说我就放心了。"梁逸舟又微笑了，那笑容几乎是和煦的，"我信任你，君璞。希望你能谅解我，将来你的女儿也会长大，那时你就能体会一个做父亲的心了！"他再笑笑，带着点哀愁，默然地瞅着狄君璞，他完全知道，自己已伤了这个作家的自尊了，"我很抱歉，君璞，这是不得已……"

"不用解释，梁先生，"狄君璞说，语气不由自主地变得冷淡而疏远了，这两个男人之间，原有的那份知遇之感和友谊，已随着炉火，焚烧成了灰烬，"我完全了解你的苦衷。"他用一句话，堵住了梁逸舟的口。熄灭了烟，他抬起头来，用一种已结束谈话的姿态看着对方。梁逸舟知道，他有送客的意思了。他不能不随着他的注视，勉强地站起身来，有些不安地说："那么，我不打扰你了，再见，君璞。"

狄君璞没有挽留，也没有客套，只是默默地送到大门口来。梁逸舟站在门口，撑开了伞，再看了狄君璞一眼，后者脸上有一份萧索和倦怠，这使梁逸舟心头涌上一股近乎激动的歉意，他想说什么，但是，他毕竟没有说，转过头，他走了。狄君璞关好房门，退回到书房里，立即砰然一声把书房门合上。沉坐在炉边的椅子中，他望着炉火发愣。然后，他又匆匆地站起身来，走到书桌边，拉开抽屉，取出那本小册子。回到炉火边，他对自己说："从今后，各人自扫门前雪，休管他人瓦上霜！让梁家的一切像鬼影般泯灭吧！"一松手，他把那小册子掷进了燃烧着的炉火里，自己站在炉边瞪视着它。火并不很旺，小册子的封面很厚，一时间没有能很快地燃烧起来。他呆呆地看着，那封面变焦了，黄了，一个角被探着头的火苗搜寻到了，立即蜷缩着吐出了火焰，狄君璞迅速地伸出手去，又把它从火中抢出来，丢在地下，他用脚踩灭了火。拾起来，幸好内容都没有烧到，但他的手指，却被火灼伤了。"你从哪里来，还回到哪里去吧！我无权毁掉你！"他对那小册子说。爬上阁楼，他把那册子放回到抽屉里。

第十三章

天晴了。久雨之后的阳光，比什么都可爱，天蓝得发亮，云白得耀眼，那枫叶上的雨珠在阳光下闪烁。整个暗沉沉的大地，像是在一刹那间恢复了生气，连鸟啼声都特别地嘹亮，门前一株含苞的茶花，在一夜间盛开了。

小蕾小病初愈，看到阳光就手舞足蹈了。从早上起，她就闹着要上街，说她好几个月都没有上过街了。姑妈也说需要添购冬装。于是，午饭之后，狄君璞自愿留守，姑妈带着阿莲和小蕾，一起去台北了。

偌大一栋农庄，只剩下狄君璞一个人，听不到小蕾的笑语喧哗，听不到老姑妈的唠唠叨叨，也听不到厨房里阿莲的锅铲叮当……四周就有种奇异的静，静得让人心慌。坐在书房里，狄君璞怎样也定不下心来写作，他无法让自己的思想，不在窗外的阳光下飞旋。于是，他走出了农庄，站在那广场上。阳光下，空气仍然寒冷。他四面眺望着，山谷里，那些枫树似乎更红了，栅栏边，紫藤的叶子绿得像滴得出水来，那些木槿花，并没有被风雨摧残，一朵朵紫色、黄色、白色的花朵，倔强地盛开在寒风里。

他在空地上随意地踱着步子，一种孤寂之感静悄悄地掩上了他的心头，他绕到农庄后面，走进了枫林。不由自主地，他一直走到悬崖边。倚栏而立，他看着悬崖下的巨石嵯峨和杂草丛生，如果有人摔下去，是绝无生还的可能的。再看着那一片葱翠的雾谷和那几棵挺立在绿色植物中的红枫，他静静地出着神。有好长的一段时间，他根本没有固定的思想，他只是呆呆地站着，一任阳光恣意地曝晒。他的情绪沉陷在一份黯淡的萧索里。然后，他忽然震动了一下，依稀仿佛，他看到雾中有个人影一闪，是谁？又是那疯狂的老妇吗？他极目望去，似乎看到草丛的蠕动和偃倒，有人在那里面穿梭而行吗？接着，那谷中的小径上清晰地出现了一个小小的人影，太远了，看不出是男是女，那人影在奔跑着，只一忽儿，就消失在树丛中了。他依然凭栏而立，这人影并没有引起他太大的注意。那萧索感在逐渐加重，他又想起了美茹，无助地、无奈地、绝望地想着美茹，心中在隐隐作痛。他不知道这样站了多久，然后，他听到有人狂奔着跑到农庄来，他惊愕地侧耳倾听，那奔跑的声音已直扑枫林而来，有个人窜进了枫林，喘息着，兴奋着，一下子停在栏杆前面。长发飘拂，乌黑的眼珠好深好大，热气从她嘴中呼了出来，她已跑得上气不接下气。狄君璞诧异地喊："心虹！你干吗？""怎么——怎么——"她喘着，一脸的困惑和茫然，"怎么——是你？""当然是我，"狄君璞不明所以地说，"还可能是谁吗？"

他显然问了一个很笨拙的问题，心虹的眼睛里，困惑更深了，她慌乱地后退两步，用手扶着栏杆，不知所措地、迷茫地、讷讷地说："我在雾谷里，看到——看到这儿有人，我—— 一直——一直跑来，我以为——以为——"

"你以为是什么？是谁？"他追问着，他又看到那记忆之匙在她面前转动。"我……我不知道，"她更加慌乱和不知所措，眼光迷乱地在附近搜索着，"我不知道，有个人……有个人……他在等我。""谁？是谁？"她用手扶住额，努力思索，她本来因奔跑而发红的脸现在苍白了，而且越来越苍白，那颤动的嘴唇也逐渐地失去了颜色，她看来憔悴而消瘦，摇摇晃晃地站在那儿，如弱柳临风。她那迷茫的眼珠大大地瞪着，眼神深邃，越过枫林，越过农庄，那目光不知停留在一个怎样的世界里。

他扶住了她，用力地握住她的胳膊，他在她耳边，低沉而有力地说："不许昏倒！记住，不许昏倒！"

"我冷……"她颤抖着，可怜兮兮的，目光仍瞪在那遥远的地方，"我好冷。""但是，你已经记起了什么。不是吗？那是什么？告诉我！"

"一个—— 一个人，一个男人，"她像被催眠般地说，声音低低的，呻吟的，如同耳语，"一个男人！他在等我，他要我跟他……跟他走！他一直要我跟他走！"

"他是谁？""他是……"她闭上眼睛，身子摇摇欲坠，"他是……他是……""是谁？"他毫不放松地，扶住她的手更用力了。

"是……是……是一个男人，年轻的，漂亮的，他……他要我跟他走！""他叫什么名字？"他逼问着。

"他叫……他叫……"她的脸色苍白如蜡，身子虚弱地摇摆，她的眼睛又张开了，那深邃的眼珠几乎是恐怖地瞪视着。那记忆之匙在生锈的锁孔中困难地转动。"他的名字是……是……"她的嘴唇嗫起，却发不出那名字的声音，她挣扎着，痛苦地重复着，"他的名字是……是……"

"是什么？想！好好地想一想！是什么？"

"是……是……是……啊！"她崩溃了，大颗的泪珠夺眶而出，她啜泣着大喊，"我不知道！我不知道！我什么都不知道！"那记忆之匙断了。她抱住了头。"我什么都不知道！都不知道！都不知道！不要问我！不要问我！不要问我……"

她的双腿发软，身子向地下溜去。他一把把她抱了起来，大踏步地走进农庄，一直走进书房，他把她放在火炉边的躺椅上。她仍然用手抱住头，把自己的身子缩成一团，她下意识地在逃避着什么，她的手是冰冷的。他泡了一杯热茶，扶起她的头，他强迫她喝，她喝了几口，引起了一大串的呛咳。他放弃了茶，倒了一小杯酒，送到她的唇边，她猛烈地摇头。

"喝下去！"他的喉咙喑哑，看她那种无助的模样是堪怜的，"喝下去！你会舒服一点。"

她喝了，仍然把身子缩成了一团。他取来一条大毛毯，包住了她。把火烧旺了。"怎样？"他看着她，焦灼地问，"好些吗？"

她的四肢逐渐放松了，脸色仍然苍白如死。拥着毛毯，她可怜兮兮地蜷缩在那儿，眼珠浸在蒙蒙的水雾里，显得更黑，更深，更晶莹，像两泓不见底的深潭。她看着他，默默地看着他，眼光中充满了祈求的、哀恳的神色。他也默默地蹲在她身边，忧愁地审视着她。然后，她忽然轻喊了一声，扑过来，把她的头紧倚在他胸前，用胳膊环抱住了他的腰。一连串地说："不要放弃我！求你，不要放弃我！不要放弃我！"

他不知道她这"放弃"两个字的意思，但是，她这一举动使他颇为感动，不由自主地，他用手抚摸着那黑发的头，竟很想把自己的唇印在那苍白的额上。可是，梁逸舟的提示在他心中一闪而过，他的背立即下意识地挺直了。她离开了他，躺回到椅子里，有些羞涩，有些难堪。那苍白的面颊反而因这羞涩而微红了。"对不起。"她讷讷地说。

他使她难堪了！她没有忽略他那挺背的动作。小小的、敏感的人呵！他立即捉住了她的手，用自己那大而温暖的双手握住了她。"你的手热了。"他说，"好些了，是不？"

她点点头，瞅着他。"很抱歉，"他由衷地说，"不该那样逼你的。"

"不，"她说了，幽幽地，"我要谢谢你，你在帮助我，不是吗？别放弃我，请你！我已经知道了，我害的是失忆症，但是，似乎没有人愿意帮助我恢复记忆。"

"你怎么知道你害的是失忆症？"

"我总是觉得有个阴影在我的面前，有个声音在我的耳畔。前天，我逼问高妈，她吐露了一点，就逃跑了，她说我丧失了一部分的记忆。我知道，我那段记忆一定有个男人，只是，我不知道他是谁，他现在在哪里。或者，"她哀愁而自嘲地微笑，"我曾有个薄幸的男友，因为，跟着那记忆而来的，是那样大的痛苦和悲愁呵！"

他紧握了一下她的手，那小小的、温软的手！这只纤细的、柔若无骨的小手上会染着血腥吗？不！那苍白的、楚楚动人的面庞上会写着罪恶吗？不！他拍了拍她的手背，安慰地说："我会帮助你，心虹。但是，现在别再去想这个问题了，今天已经够了。""你知道多少关于我的事？"她忽然问。

"一点点。"他回避地说。

"告诉我！把你知道的部分告诉我！"她热烈地、激动地抓住了他的手臂。"只有一点点，"他深思地说，"你生了一场病，使你失去了一部分的记忆，如此而已。"他站起身来，走到桌边，拿起了茶杯，送到心虹的手上，"喝点茶，别再想它了，你很苍白。而且，你瘦了。""我病了好些天。"她说。

那么，她是真的病了？他心中掠过一抹恻恻的温柔。

"现在都好了吗？"他问。

"你没想过我，"她很快地说，"我打赌你把我忘了，你一次都没到霜园里来。"他的心不自禁地一跳，这几句轻轻的责备里带着太多其他的意义，这可能吗？他有些神思恍惚了。站在那儿，他两手插在口袋里，眼睛注视着炉火，唇边浮起了一个飘忽而勉强的微笑。

"我这几天很忙。"他低低地说。

"哦，当然哪！"她说，语气有点酸涩，"你一定写了很多，一定的！""唔。"他哼了一声，事实上糟透了，这些日子来，他的小说几乎毫无进展，"杂志社向我拼命催稿，弄得我毫无办法。"她瞅着他，然后她垂下头来，轻轻叹息。这声叹息勾动了他心中最纤细的一缕神经，使他的心脏又猛地一跳。不由自主地，他望着她，这可能吗？这可能吗？那如死灰般的感情能再燃烧起来吗？这细致娇柔的少女，会对他有一丝丝感情吗？是真？是幻？

是他神经过敏？他在感情上，早就是惊弓之鸟，早就心灰意冷。但是，现在，他为什么会有这种反常的心跳？为什么在他那意识的深处，会激荡着某种等待与期盼？为什么那样热切地希望帮助她，那样渴望她留在他的眼前？为什么？为什么？

"我想，我打扰了你吧！"她说，忽然推开毛毯，想站起来。"哦，不，不！"他急促地说，拉了一张椅子，坐在她对面，用手按住了她，"别走！我喜欢你留在这儿！我正……无聊得很。""真的，姑妈和小蕾呢？"

"她们全去台北了。""哦。"她沉默了，坐正身子，她看着他，半晌，她说，"你刚刚还没告诉我，你对于我知道多少。"

"我已经告诉你了。""不止这样多，不止。"她摇摇头。忽然倾向他，用一对热切的眸子盯着他，"你答应帮助我的，是吗？"

"是的。""那么，告诉我，是不是真有那样一个男孩子？在我的生命中，是不是真有，还是我的幻觉？"

他凝视她。"是的，"他慢慢地说，"真有。"

她颤抖了一下，眼睛特别地燃着光彩。

"怎样的？怎样的？"她急促地问，"他到哪里去了？告诉我！"他心中有阵微微的痉挛和酸涩。她那热切而燃烧着的眸子使他生出一种微妙而难解的醋意。天哪！她是多么美丽呵！他咬了咬牙，含糊地说："走了。我想。""走了？走了？"她嚷着，"为什么？走到哪儿去了？怎么！告诉我！把一切都告诉我！快！请你！是他不爱我了吗？是吗？所以我生病了，是吗？所以我失去了记忆，是吗？哦，你告诉我吧！"

"我不能。"他忧愁地说，"因为我也不知道。我等着你来告诉我。"

"哦，是吗？"她颓然地垂下了头。好沮丧，好迷茫。有好一会儿她沉默着，然后，她叹息着说："这些日子来，我时时刻刻在思索，在寻觅，但是我总是像在浓雾中奔跑，什么方向都辨不清楚。我的脑子里有个黑房间，许多东西在这黑房间里活动，而我不知道那是什么。我一直希望给那黑房间开一个窗子，或点一盏灯，让我看清那里面的东西。但我没有这能力！没有！每当那黑房间里有一线亮光的时候，我就觉得整个头都像要炸裂般地痛楚起来，然后，我就昏倒了。"她重新抬起眼睛来，盯着他，祈求地、恳切地说："帮助我吧！让我把这个黑房间交给你，你给我点上一盏灯吧！好吗？不知道为什么，我不能去求我的父母，我不相信霜园里的每一个人！甚至高妈，我都不相信！"

他注视着面前那张脸，那张迫切的、渴望的而痛苦着的脸和那对哀哀欲诉的眸子。

他被折倒了，他心中涌上了一股热流，一股汹涌着、澎湃着的热流。握住了她的手，一些话不受控制地冲出了他的嘴："你放心，心虹，我将帮助你，尽我一切的力量来帮助你。让我们合力来打开那个黑房间吧！我相信这并不是十分困难的事。但是，我需要你的合作。"

"我会的！""或者，那黑房间里有些可怕的东西，你有勇气吗？你能接受吗？""我会的！真相总比黑暗好！"

"那么，你有一个助手了！让我们一起去解开那个谜吧！第一步，我要找回那本小册子。"

"小册子？什么小册子？"

"慢慢来，别急。明天下午，你愿意来我这儿吗？"他问，完全忘记了梁逸舟的嘱咐。

"我一定来！""好，会有些有趣的东西等着你，我想。"

她侧着头看着他，那惊奇的眸子里洋溢着一片信任的、崇拜的、期待的与兴奋的光彩。

第十四章

于是，这天晚上，狄君璞重新爬上了阁楼，取出了那本小册子。夜里，躺在床上，狄君璞翻到上次中断的部分，接着看了下去。床头边，一灯荧荧，窗外，月光又漫山遍野地洒着，在窗上投入了无数的树影。那小册子散发着一缕似有若无的纸张的香味，他专心地翻阅着，再一次走入了心虹所遗忘的世界里。

强烈地思念我那已去世的生母，缠着高妈，问我母亲的一切，高妈说她是天下最可爱的美人儿，说我是她的心肝宝贝。啊！如果我的生母在世，她一定会了解我！不会让我受这样多的痛苦！呵，母亲！母亲！你在哪儿？

父亲告诉我，云飞在公司中纰漏百出，我早知道他有这一手！我愤怒极了，和他大吵，我骂他说谎，骂他陷害！我警告他，如果他做了任何不利于云飞的事，我将离家出走！父亲气得发抖，说我丧失了理性，说云飞根本不爱我，完全是为了他的钱，我嗤之以鼻，闹得不可开交，妈也跟在里面派我的不是，说我对父亲太没礼貌，我哭着对她叫："请不要管我！你又不是我的母亲！"她大惊失色，用手蒙住脸哭了。我才知道我做了什么，她待我毕竟不坏呀！我冲过去抱住她，也哭了。她揽住我，只是不住口地喊着："你是我的女儿！你是的！你是的！"天哪，人类的关系和感情多么复杂呀！

云飞再一次求我跟他走，他说父亲给他的压力太大，把许多莫须有的罪名加在他身上，使他在公司里无法做人。他说如果不是为了我，他早就拂袖而去，现在，他已经不知该怎么办。他说，假如父亲把他开除，那么，他在别的公司都无法做下去。啊，我所深爱的，深爱的云飞！

痛苦，痛苦，无边的痛苦。黑暗，黑暗，无边的黑暗！我像是陷在雾谷中的浓雾里，茫茫然不辨途径，我奔跑又奔跑，却总是撞在冰冷坚硬的岩石上。我累了！我真是又乏又累！

我告诉父亲，我已到法定年龄，可以有婚姻自主权，不必受他的控制，他说："我不要控制你，心虹，你早就可以不受我控制了。我管你，不是要控制你，而是要保护你。你拒绝我吧，咒骂我吧，我的悲哀是做了父亲，无法不爱你，无法不关怀你。"我愕然，注视着他，我忽然间知道了：这也就是我总是鼓不起勇气和云飞出走的原因。我与父亲间，原有血与血联系着的感情呵！

莎翁说："做与不做，那是个难题。""犹豫，是我最大的敌人！"云飞来，和父亲又爆发了激烈的争执。云飞在盛怒中，说了许多极不好听的话，父亲大叫着说："我警告你，远离我的女儿，否则我会杀掉你！我说得出做得到，我会杀掉你！"我突然周身寒战，我觉得父亲真会那样做。

云飞又和我发脾气，他说如果我再拿不出决心，他不要再见我，他真的就不见我了！我会死去，几百次，我想从那悬崖上跳下去。我去找云飞，他的母亲和萧雅棠在那儿，云飞和云扬都不在。萧雅棠对我说："你何必找他？卢家的男孩子都是自己的主人，他找你时，你是他的，他不找你时，你也找不到他！"怎么了？她为什么那样阴阳怪气？难道她和云扬也吵架了？爱情，这是一杯苦汁吗？

好几日没有看到云飞了，我度日如年。何苦呢，云飞？你为什么也要这样折磨我？为什么？难道我受的罪还不够多？如果连你都不能谅解我，我是真的死无葬身之地了！

我又觉得那阴影在向我游来。

天哪！我看到了什么，在那雾谷中的岩石后面？天哪！那是真的吗？天哪！我为什么活着？为什么还不死？为什么还不死？这世界还有道义和真情吗？这不是太可怕了！太可怕了！天哪！让我死去吧！让我死去吧！这世界只是一团灰暗的混沌！我再也不相信人类有真实的感情了！我恨他！我恨他！我要杀了他！还有她，我那亲亲爱爱的小妹妹！我的第六感毕竟没有欺骗我！噢，心霞，心霞，世界上的男人那么多，你一定要选择你姐姐的爱人吗？

让我死去吧！让我死去吧！我的心已经死了，碎了，化成粉，化成灰了！我宁愿死！

我想杀了他！不是"想"，我"要"！噢，天哪，指引我一条路！指引我！噢，母亲，你在哪儿？助我！助我！助我！

像红楼梦里的句子："无我原非你，从他不解伊，肆行无碍凭来去，茫茫着甚悲愁喜，纷纷说甚亲疏密，从前碌碌却因何，到如今回头试想真无趣！"他在阁楼里找到了我，苍白，憔悴，他看来不成人形，茫茫然如一只丧家之犬！抓着我，他焦灼地、痛楚地、坏脾气地嚷着："你要我怎样？你为什么不听我解释！爱你是一件多么痛苦的事，你懂吗？我受够了！我受够了！是的，我吻了她。因为她身上有你的影子，你懂吗？随你怎么评价我，如果我一定得不到你，我会选择她，我打赌她不会像你那样摆架子，她会跟我走！你信吗？"他忽然哭了，跪下来，他抱住我的腿，哑着喉咙喊："原谅我！原谅我！我不知道自己做了些什么！你跟我走吧！心虹！求求你！不然，我会死掉！"我抚着他的头，他那浓浓的头发，我哭了。呵，我原谅了他！从心底原谅了他！天哪，可怜可怜我们吧，帮助帮助我们吧！我终于决定了。我将跟他走！浪迹天涯，飘零人海，我将跟他走！父亲终于把他从公司里开除了，他咆哮着说将带我走！傻呵，云飞，我会被幽禁了，我知道！他问我："跟我去讨饭，怎样？"我说："是的！我跟定了你！"我将走了！跟着他走了！别了，父母！别了，妹妹！（我不再恨你了。）别了，小阁楼和农庄！别了，雾谷！别了，我所熟知的世界！

　　我将跟他走，浪迹天涯，飘零人海，我将跟他走！

　　小册子里的记载，到此为止，下面都是空白的纸张了。想必这以后，心虹就被幽禁了起来，接着，她逃走了，跟着云飞逃走了，再也没有时间到阁楼里来收拾这些东西。然后，就是那次莫名其妙的悲剧，云飞死了，她呢？她的记忆也"跟着他走"了。合上小册子，狄君璞燃起了一支烟，躺在床上，他了无睡意，脑子里，有几百种意念在分驰着。从他所躺的床上，可以清晰地看到窗外的天空，这又是个繁星满天的夜！那些星星，璀璨着，闪烁着，组成了一条发亮的光带。那条星河！那条无法飞渡的星河！那条辽阔无边的星河！而今，云飞与心虹间的这条星河，是再也不能飞渡了！"迟迟钟鼓初长夜，耿耿星河欲曙天，鸳鸯瓦冷霜华重，翡翠衾寒谁与共？"呵，心虹！他更了解她了，那个有颗最热烈的心、最倔强的感情、最细致的温柔的女孩！云飞，你何其幸运！这样的少女，是值得人为她粉身碎骨呵！何况，她虽然丧失了记忆，狄君璞仍然深信，卢云飞必定依然活在她的潜意识里。

一支烟吸完，狄君璞才能把自己的思想，从那本小册子中那种炙热的感情里超拔出来。

他觉得有份微妙的怅惘和心痛，对那个逝去的卢云飞，竟有些薄薄的醋意。他奇怪，云飞为什么不像梁逸舟所说，去闯一番天下来见心虹呢？他何以必须带着她逃走呢？他开始归纳这本小册子里的要点和疑问，开始仔细地分析着一些事实，最后，他得到了几点结论：

一、心虹不是吟芳的亲生女儿，对父母在潜意识中，有份又爱又恨又怀疑的情绪。她认为自己生母的死，与梁逸舟和吟芳有关。

二、梁逸舟痛恨云飞，曾威胁过要杀死他。

三、心虹说过，她和云飞若有一方负心，必坠崖而死，接着，她发现云飞和心霞有一段情，她也发誓说要杀死云飞。

四、云飞的弟弟云扬曾有个女友名叫萧雅棠，而现在，他又追求了心霞，这里面似乎大有文章。

五、心霞的个性模棱，她仿佛很天真，却背着心虹和云飞来往，现在又和云扬恋爱，这是一笔怎样的乱账呢？

六、云飞到底是个怎样的青年？是好？是坏？是功利主义者？是痴情？是无情？是多情？梁逸舟对他的指责，是真实的，还是偏见，还是故意地冤屈他？

随着这些归纳，狄君璞觉得头越来越昏了，他发现自己的"结论"根本不能算"结论"，因为全是一些疑问，一些找不出答案来的疑问。唯一可信任的事实，是心霞在这幕戏中必然扮演了一个角色。这就是心霞上次吞吞吐吐的原因，也就是她不愿他继续追究的原因，她急于要掩饰一件事情，她和云飞的那段事！那么，心霞可能相信是心虹杀了云飞，为了云飞背叛心虹！所以，她对他说过："记住了！真相不一定对心虹有利！"是吗？

这之中的复杂，真远超过狄君璞的意料。按这些线索追查下来，倒是真的，"真相不一定对心虹有利！"他有些犹豫了。如果那记忆之匙，是一把启开痛苦之门的钥匙，那么，他也要帮她把这钥匙找出来吗？

他辗转反侧，不能成眠，脑子里一直盘旋着心虹、心霞、卢云飞、卢云扬、梁逸舟……的名字，这些名字在他脑中跳舞，跳得他头脑昏沉。而他却无法阻止自己去想，去思索，去探求！而在这所有的名字和人物之中，心虹那张祈求的、哀愁的、孤独而无助的面孔始终飘浮在最上层，那对哀哀欲诉的眸子，也始终楚楚可怜地望着他，还有她的声音，她那恳切的、无力的、祈求的声音："帮助我吧！让我把这个黑房间交给你，你给我点上一盏灯吧！"他能置她于不顾吗？

他能不点那盏灯吗？他不能！呵，他不能！窗外渐白，星河暗淡，黎明快来了。"迟迟钟鼓初长夜，耿耿星河欲曙天"！他心中掠过了一抹怆恻的情绪，他也同样有"鸳鸯瓦冷霜华重，翡翠衾寒谁与共"的慨叹呵！

第十五章

早上，他起得特别早，匆匆地吃过了早餐，他就一个人走出了农庄。太阳还没有升高，树叶上宿露未收，彩霞把天空染成了淡淡的紫色。他沿着大路，走下了山，一直走到镇上。

天气依然寒冷，晓风料峭，他竖起了大衣的领子，拉起衣襟，埋着头向前走去。他很容易就找着了卢家的农舍，那栋简单的砖造房子孤立在镇外的一片稻田中，附近种满了竹子，门前有小小的晒谷场，屋后堆着些潮湿的稻草堆。

卢云扬正站在晒谷场上，推动着一辆摩托车，大概正准备上班去。看到狄君璞，他站住了，用一对闪亮的、桀骜不驯的眸子，不太友善地盯着他。

"我认识你，"卢云扬说，"你就是那个作家，你有什么事？"

"能不能和你谈谈？"狄君璞问。

"谈吧！"他简短地说，并没有请狄君璞进屋里去坐的意思，从摩托车的工具袋里抽出一条毛巾，他开始擦起车子来，看都不看狄君璞一眼。

"你母亲——好些了吗？"他不知该如何开始。

"谢谢你，她本来就没有什么。"他继续在擦车。

"我来，想和你谈谈你哥哥。"

"他死了！"他简短地说。

"当然，我知道。"狄君璞燃起了一支烟，有些碍口地说，"我只想问问你，你认为——你认为你哥哥是怎样死的？"

"从悬崖上掉下去摔死的！"

狄君璞有点不知所措了。

"我的意思是——"他只得说，"你认为那是意外吗？"

这次，他迅速地抬起头来了，他的眼睛直瞪着他，那对漂亮的黑眼珠！现在，这对眼睛里面冒着火，他的浓眉是紧锁着的。带着满脸的不耐烦，他有些恼怒地说："你到底想要知道些什么？你是谁？你有什么权利来问我这些？我又为什么要告诉你？"

"你不必一定要告诉我，"狄君璞说了，出奇地诚恳和冷静，许多的话，竟从他的肺腑中，不期而然地冒了出来，"我来这儿，只因为在霜园里，有两个女孩都为你哥哥的死亡而深深痛苦着。一个是根本遗失了一段生命，另一个却在那死亡的阴影下被压迫得要窒息。我是个旁观者，我大可以不闻不问，这事与我一点关系也没有。但是，或者我们能救她们呢？我说我们，是指你和我。你愿意帮忙吗？"他一面说着，一面深深地看着卢云扬，他想在卢云扬的脸上读出一些东西，他对心霞的感情，是真的，抑或是假的？

卢云扬怔了怔，或者是狄君璞的话打动了他，他的脸色变了，一抹痛楚之色逐渐地进入了他的眼中，他的脸苍白了起来，嘴唇紧闭着，好半天，他才喑哑地说："你指什么？心霞对你说过些什么吗？她很不快乐，是吗？"

"她应该快乐吗？"他把握了机会，紧盯着他。"前两天，她曾经来看过我，"他慢吞吞地说，"她说她近来痛苦极了。"

卢云扬震动了一下，他咬了咬牙，浓眉紧蹙，那黑眼珠显得又深邃又迷蒙。狄君璞立即在这青年的脸上看到了一个清清楚楚、毫无疑问的事实，而且，这事实使他深深地感动了。

卢云扬，他是真真正正在爱着心霞的！一份狂热而炙烈的爱，一份烧灼着他、痛苦着他的爱！狄君璞那样感动，对于自己竟怀疑过他的感情而觉得抱歉与内疚了。

"心霞不快乐，"终于，卢云扬一个字一个字地说了，眼睛直直地望着远方的云和天，"因为她和我一样清楚那件事。"

"什么事？"狄君璞追问着。

"心虹确实杀了云飞！"

"什么？"狄君璞吃惊了，"你怎能确定？"

"那不是意外，是心虹把他推下去的，他们常在那悬崖边谈天，她很容易把他推下去！"

"可是，你怎能证实？动机呢？"

"动机？"他冷冷地、苦恼地哼了一声，"可能就是为了心霞，也可能是别的，你不知道梁心虹，她爱起来狂热，恨起来也深刻！""为了心霞！"狄君璞喃喃地说，"那么你也知道心霞和云飞的事了！""当然知道！"卢云扬有些激动，"我知道心霞所有的事，所有的一举一动！从她十五岁我第一次看到她起，我就再也没有过别的女人！我怎可能不知道她的事呢？但是这不能怪她，没有女人能抗拒云飞，从没有！何况她那时只是个十七岁的小姑娘！你以为我不知道，我怎会不知道，我耐心地等着她长大，等着她的眼光能掠过我哥哥的头顶来发现我！我等待了那样久！""但是，等待的同时，你还有个萧雅棠呵！"狄君璞完全没有经过思想，就冲口而出地冒出了这句话来。

卢云扬一惊，顿时住了口，狠狠地盯着狄君璞，他的眼光变得愤怒而阴暗了，好一会儿，他没有说话。然后，他把那块毛巾甩在摩托车上，掉转身子来，正面对着狄君璞，憋着气，他点了点头说："你知道得还真不少！是吗？"

狄君璞沉默着，没有说话。

"好吧，既然你这样迫切地要知道所有的事，"卢云扬摆出一股一不做二不休的神气来，很快地说，"去镇上吧，成功街十一巷八号，你可以找到你所说的那个萧雅棠，去吧！去吧！让她把一切都告诉你！去吧！"

"成功街十一巷八号？"

"是的，离这儿只有十分钟路，去吧！看你发现的事情能不能帮助你了解！"狄君璞抛掉了手里的烟蒂。

"那么，谢谢你，再见，卢先生。"他转身欲去。可是，一个苍老的、温柔的、女性的声音唤住了他。"云扬，这是谁呵？"

狄君璞回过头来，使他惊奇的，这是那天夜里的疯老太婆！她正站在门口，含笑而温和地望着他们。现在，她和那晚已判若两人。整齐，清爽，头发挽在脑后。依然瘦削，但那面庞上却堆满了慈祥而温和的微笑，那眼睛清亮而有神，带着柔和的光彩，和那已升高了的太阳光同样和煦。这就是那晚要杀人的疯子吗？狄君璞简直无法相信，至今，他手背上的齿痕犹存呢！他站在那儿，注视着这老太太，完全呆住了！

卢云扬一看到他母亲的出现，脸上那僵直的肌肉就马上放柔和了，他很快地给了狄君璞一个紧张而迫切的眼光，似乎是警告他不要再说什么。同时，他的脸上迅速地堆满了笑，振作了一下，对母亲说："哦，妈，这位是狄君璞，是我们的朋友！他是个作家呢！"

"哦，狄先生，"老太太含笑对他点头，显然她对那晚咬他的事已毫无记忆了，"你怎么不进来坐，云扬，你瞧你！这么冷的天，怎么站在院子里聊天呢！快请狄先生进来喝杯热茶！"

"噢，伯母，别客气！"狄君璞慌忙说，"我还有事呢，马上要走！""不在乎这一会儿的！"老太太笑着挽留，又看着云扬说，"云扬，你哥哥呢？你别想帮着哥哥瞒我，他昨晚一夜没回来，他棉被还叠得好好的呢！"

"妈！"云扬笑应着，又紧急地对狄君璞使了一个眼色，再对他母亲说，"我又没说哥哥在家，我根本没开口呀！"他显然在回避这个痛苦的问题。

"没开口！"老太太笑着埋怨，一种慈祥的埋怨，"你还不是总帮哥哥瞒着，就怕我不高兴。看！现在就整夜整夜地不回家了，将来怎么办呢？你哥哥呀，这样下去会堕落了！我告诉你。"她的笑容收住了，换上了一个慈母的、忧愁的脸。看着狄君璞说："狄先生，你也认识云飞吗？""呵，呵，是的，是的。"狄君璞仓促地回答。

"你瞧，兄弟两个完全不一样，是吧？"老太太热烈地说，"我也是一样地管，两个人就不一样发展，云扬虽然脾气坏一点，倒是处处走正路！云飞呢，他总跟我说：'妈，在这世界上，做好人是没用的，你要活着，就要耍手段，什么都不可靠，可靠的只有金钱和势力！'你瞧，这算什么话呀？唉！真让我担心，我怕这孩子总有一天会堕落，你看会吗？"

狄君璞勉强地笑了笑，简直不知怎样回答好。但是，老太太并不要他答复，她又想到了别的事情了，望着云扬，她说："怎么好多天都没有看到梁家的女孩子了，云扬？你哥哥没欺侮人家吧？""她会来的，妈。"云扬尽量掩饰着他的苦恼。

"雅棠在哪儿？""回家了。""唉，这孩子也是……"老太太咽住了，又大发现似的，热心地嚷着，"干吗大家都在风里站着？进来喝杯茶呀！"她对屋里大声叫，"阿英，开水烧好了吗？"

"真的不行，我必须走了。"狄君璞急忙说，"改天我再来看您，伯母。""妈，我也得赶去上班了。让阿英准备一点好菜等我晚上回来吃。"云扬也急忙说，"我送狄先生一段。再见，妈！"

拉着狄君璞，他慌忙地、低低地在狄君璞的耳边说："我用摩托车送你到镇上，走吧，否则她不会放你走了，她是很寂寞的。"

于是，狄君璞上了云扬的摩托车，一面再对那倚门而立的老太太挥手说了声再见，老太太笑倚在门上，仍然在不住口地叮咛着叫狄君璞下次再来，又叫云扬早些回来，并一再喊要云扬下班后去找哥哥。

车子发动了，狄君璞和云扬很快地离开了那幢小屋，云扬一直沉默着。狄君璞却觉得心里充满了一股难言的酸涩。和这老太太的几句谈话，使他了解了很多很多的东西。了解了云扬，也了解了一些云飞。云扬那样沉默，简直像一块石头，一直驶到镇里，他都没有开过口，到了镇上，他停下车来，才简短地说了一句："你很容易就可以找到萧雅棠的家，我不再送了。"

狄君璞下了车，"我想，我……"嗫嚅地开口说，却又停住了。他有很多的话想对卢云扬说，可是却不知从何说起，望着云扬，他怔怔地发着呆。云扬也看着他，逐渐地，那漂亮的黑眼睛里蒙上了一层温柔的光彩，于是，忽然间，他觉得什么都不必说了，他在云扬的眼睛里看出了理解与友谊。他们间那种敌对的情形已经不知不觉地消失了。现在，他们是朋友，并肩作战的朋友，携手合作的朋友！他笑了。

"再见！云扬！"这是他第一次直呼他的名字。目送云扬的摩托车驶远，消失在市镇的尽头。他才转过身来，开始找寻萧雅棠的家。

第十六章

　　很容易地，狄君璞就找到了萧雅棠的家。那是一栋简陋的、两层楼的木造房屋，楼下，开着一个小小的洋裁店。一个蓬松着头发的中年女人，正在缝衣机前工作着。缝衣机旁边，是个铁制的模特儿，上面横七竖八地披挂着一些衣料。他跨了进去，那女人立即抬起头来，狐疑地望着他，问："你找谁？""一位萧小姐，萧雅棠小姐！"

　　"二楼！"那女人说，不耐地指了指旁边一个狭隘的楼梯，就又埋头在缝衣机上了，那轧轧的机声，充塞在整个房间里。

　　既然她并无意于通报，他只得自己拾级而上，到了上面，他发现是一间长长的屋子，被三夹板隔成了三间，最前面的一间就算是客厅，里面放着几张简单的藤椅，还有一个婴儿用的摇篮。现在，正有一个少女在那客厅中逗弄着一个半岁左右的孩子。听到他的声音，那少女回过头来，吃惊地问："是谁？""我姓狄，我找一位萧雅棠小姐。"狄君璞说。

"我就是萧雅棠。"那少女说，慌忙站起身来，把孩子放进摇篮中，"请进来，你有什么事吗？"

狄君璞走了进去，他惊奇地看着这个萧雅棠，一时间，竟眩惑得几乎说不出话来。自从他搬到农庄来以后，见到了梁氏姐妹，他总觉得这姐妹二人必定是这小镇市中数一数二的美人。可是，现在他看到了萧雅棠，这推翻了他的观念。他再怎么也不会想到，在这简陋的小房子里，竟藏着这样炫目的一颗珍珠！她穿着一件黄毛衣，一条咖啡色的裙子，脸上没有任何脂粉。双眉入鬓，明眸似水，那挺秀的鼻梁，那小小的、厚嘟嘟的、性感的嘴唇，以及那美好的身材，细小的腰肢，浑身都带着那种自然的、毫不造作的、摄人的美。狄君璞站在那儿，好一会儿才回过神来。

"我叫狄君璞，几个月以前，我才搬到梁家的农庄里来住，"他解释着，"我听说了那个坠崖的悲剧，刚刚我去看卢云扬，他要我来看你。"他毫无系统地说，自己也觉得措辞得十分笨拙。她的反应却是激烈的，瞬息间，她的脸色已经死一样地惨白了，她那又大又黑的眼珠直直地望着他，嘴唇微微地颤抖着，她看起来像个被迫害的幽魂。

"我不想谈这些事，"她很快地说，"你也没有权利要我说什么。""当然，"狄君璞不安地说，"你可以拒绝我，萧小姐。或者你也无法告诉我什么，我抱歉来打扰你。"他望着摇篮里的婴儿，那是个十分美丽的小东西，现在正大睁着一对乌黑的眼珠，津津有味地啃着自己的小拳头。"好漂亮的孩子！"他由衷地称赞着，"是你的小妹妹吗？""是个小弟弟。"她叽咕着，低声地说。

"哦，对不起，"他转过身子，"我还是不打扰你好，如果你有时间，来农庄里玩，好吗？"

"我永不会走到那个地方去！"她发狠地说。

他抬抬眉毛，不知该说什么好。他开始往楼梯的方向走，这是一次完全不得要领的拜访，他有些懊恼。可是，他才走到楼梯口，那少女却忽然叫了一声："等一下，狄先生！"他站住了，回过头来。萧雅棠正望着他，那眼睛是研究性的，然后，寒霜解冻了，她脸上浮起了一丝温柔的悲凉。

"是云扬要你来的吗？"她问。

"是的。""那么，你想知道些什么呢？"

"哦，"他有份意外的惊喜，走回到客厅里来，他说，"我想，你或者知道，那次悲剧是怎么一回事。你知道吗？"

她呆了呆。出乎他的意料，她说："是的。""是怎么回事呢？"他迫切而惊奇地问。

她看着他，"你是警方的人吗？"她问。

"当然不是，你可以放心，我只是以梁家朋友的立场，想知道事实的真相。""你要知道真正的情形吗？"她强调了"真正"两个字。

"是的。""那么，"她轻声地，却肯定地说，"她杀了他！""你怎么知道？"他惊愕地问，望着面前那张严肃的、美丽的、而又奇异地充满了悲凉的脸。

她盯着他，沉默了好一会儿，那眼中放射着异彩，神情是奇怪的。"我知道，"她说，喃喃地，"她一定会杀他，她把他从悬崖上推下去，这是最简单而生效的办法！"

"但是，为什么，她爱他，不是吗？"

"她也恨他！""你怎么知道？"他再一次问。

"因为卢云飞不是人，他是个魔鬼！"她咬了咬牙，眼神更加悲凉，还有层难以掩饰的愤怒，"梁心虹是个有骨气的女人，我佩服她，她做了一件她应该做的事！如果她不杀掉他，我也会杀掉他的！""怎么！"他更愕然了，"你与他有什么关系，你不是云扬的女朋友吗？""云扬！"她冷笑了一声，"云扬从头到尾，心里就只有一个梁心霞！我告诉你！"他摇摇头。"我糊涂了！"他说。"云飞告诉她，我是云扬的女朋友，多荒谬的谎言！而她也会相信！但是，我们谁不相信他呢？云飞，"她虚眯起眼睛，长睫毛静静地掩着一对乌黑的大眼珠，沉重的呼吸使她的胸膛起伏不已，她的声音骤然暗哑了，一种空虚的、苍凉的、梦似的声音，仿佛从什么遥远的深谷里回响而来，"我们谁能不信任云飞呢？他可以制控我们的思想、意识和一切！他要我们活，我们就活，他要我们死，我们就死！有时，我们明知他说的是谎话，却宁愿欺骗自己去信任他！哦，云飞！"她叹息，忽然用手蒙住了脸，无声地、压抑地啜泣起来。然后，她放下了手，面颊上一片泪光，她的眼睛水盈盈地望着狄君璞。"你满足了吗，狄先生？"她幽幽地问，"你看到了我，一个被云飞玩弄过又抛弃过的女人，一个永远生活在惊恐和患得患失中的女人！云飞曾是我的世界，但是……"她的眼光调向了窗外，好迷茫、好哀怨、好空洞的眼光，"现在，他去了！没有人再来抢他了！"

狄君璞看着萧雅棠，吃惊得说不出话来。后者已沉入了一份虚无缥缈的、幻梦似的境界里，她固执地望着窗外，不语也不动。好半天，她就这样像木偶一般站着，眼里一片凄凉的幽光。然后，摇篮里的孩子突然响亮地哭泣了起来，这惊动了她。她迅速地转过头，从摇篮里抱起了那婴儿，紧紧地揽在怀中，她摇撼他，拍抚他，呢呢喃喃地哄着他。她重新看到了狄君璞，一层红潮漾上了她的面颊，她的眼光变得非常温柔了。"对不起，狄先生，"她仓促地说，"我想我有点失态，请原谅我，并不是常有人来和我谈云飞，你知道。"

"是的。"他点点头，凝视着她，"我想我了解。"

孩子不哭了，她仍然继续拍着他。

"是云扬要你来的吗？"她再一次问这问题。

"是的。"

她凝视他，这是他进来后的第一次，她在深深地、研究地打量着他。"那么，你绝不是警方的人员吧？那案子早已经结了，栏杆朽成那样子，谁都靠不住会失足的！"她忽然又重复地问，而且前后矛盾地掩护起心虹来。

"我不是警方的人！"他再一次说，迎视着她。这是个有思想、有教养、有风度的女人呵！"我写小说，笔名叫乔风。我住到农庄来，是想有个安静的、写作的环境！"

"乔风？"她惊动了，"你就是乔风吗？我知道你！《两粒细沙》的作者，是吗？"又是《两粒细沙》！他头一次知道这本书有这么多读者。没有等他答复，萧雅棠又接了下去："你写了两粒细沙，事实上，这世界上岂止两粒细沙呢？有无数无数的细沙呵！"她叹口气，又说："那么，你追查这件事，是在收集小说资料吗？"

"不尽然是。"他望着她，对她有了更高的估价，"主要是想挽救……""梁心虹？"她问。

"是的，我在尝试恢复她的记忆。"

"何苦呢？"她说，"如果我能患失忆症，我会跪下来祷谢上苍。并不是每个人都有失去记忆的幸运，她何必还要恢复？狄先生，你如果真想帮助她，就帮助她忘记这一切吧，否则，恢复记忆的第一件事，就是无边无尽的痛苦！何苦呢？"

"但是，生活在黑暗里，也不是快乐的事。假若这是一个脓疮，我们应该给她拔脓开刀，剜去毒疮，让它再长出新肉，虽然痛苦，却是根治的办法。而不应该用一块纱布，遮住毒疮，就当作它根本不存在。要知道这样拖延，毒疮会越长越大，蔓延到更多的地方。将来对她的伤害反而更大。"

她迟疑片刻。"或者，你也有道理。"她说，在藤椅上坐了下来，示意让他也坐，狄君璞这时才坐下了。她把孩子抱在怀中，孩子已睡着了。她低头望着那婴儿白白嫩嫩的脸庞，低低地说："既然这样，我可以把我所知道的事告诉你。而且，既是云扬让你来，我也应该告诉你，这世界上，如果我还有一个尊敬而信任的人，那就是云扬了。"她抬起眼睛来，看着狄君璞，"云扬和他哥哥完全不同，他是热情而耿直的，愿上天保佑他！"狄君璞望着她，颇有一些感动的情绪。她又低下头去，整理着孩子的衣襟，不再抬起眼睛来，她很快地说："我认识卢家兄弟已经有五六年了。我的家在台中，我的父亲是个木匠，我上面有两个哥哥，我是家中唯一的女孩子。父亲很穷，却知道读书的重要性，他让我们兄妹全读了书，六年前，大哥到台北来读大学，把我也带了来读高中，因为台北的学校好，将来考大学容易，那时我只有十六岁。来台北才两个月，就认识了云飞，他是大哥的同学。"她顿了顿，再看了他一眼，"这就是我噩运的开始，这个卢云飞，他征服我，走入了我的生命，再也和我分不开来。大哥责我为荡妇，要把我送回家去，我逃走了，住到这个镇上来，为了靠近云飞，可是，云飞却认识了梁心虹。"她注视他，"你知道他的野心和哲学吗？他一径要征服这个世界，却不想循正当的途径。他告诉我：'雅棠，我要打入上流社会，我要那个食品公司，我做给你看！'于是，他在受完军训后，就顺利地打入了梁家，得到了食品公司的工作，同时，他也开始对梁心虹全力进攻了。我成了什么呢？幕后的情人，黑市的情人！

"但他常拥着我，要我少安毋躁，说他真真正正是爱着我的，梁心虹只是他进身之阶而已。他向我指天誓日，说一旦得到了金钱和权势，必定娶我为妻，他常说得声泪俱下。哦，我相信他，我百分之百地相信他，相信他是为了我要闯一个天下，为了要给我一个安定舒适的生活和美丽高贵的家！但我求他不要玩火，不要欺骗那个女孩子，我说我甘愿跟他吃苦，甘愿陪他讨饭，但他捏住我说：'别傻！雅棠，你这样一个美人，是该穿绫罗锦缎、吃美果茶浆的！我爱你，雅棠，我不忍让你跟着我受苦！求你允许我为你努力吧！我要你生活得像个皇后，你必须给我机会！因为我那么那么爱你！至于你责备我用欺骗的手段，你错了，雅棠，这世界就是一个大的骗局，谁不在欺骗呢？'好吧！我屈服了。担忧地、痛苦地、惊惧地等待着他。每天我等在他家里，捡拾一些他和心虹亲热之后的余暇。你能了解那份痛苦吗？有时心虹来找他，我还必须躲在一边，扮演成云扬的爱人，这样的日子，我一直过了两三年之久。这之中，真正同情我的，只有云扬，他也曾和云飞起过许多次的冲突，责备云飞所有的行为！但是，云飞是我行我素的，没有人管得了他，也没有人驾驭得了他！

"接着，就发生了一年多以前的那个悲剧。"

她停住了，眼中又隐约地浮起了一片泪光，她望着孩子，脸上充满了悲壮之色，狄君璞燃上了一支烟，他静静地抽着，不想去打扰她，一任她陷在那痛苦的回忆里。

"一年多以前，云飞的情况不再良好了，显然梁逸舟已看穿了云飞的真面目，他在公司中待不下去了。那几个月，他的脾气暴躁而易怒，我一再一再地恳求他，放弃吧，放弃这一切吧，我愿跟他吃苦，我愿跟他流浪，我愿做他的使婢，我愿为他讨饭！但他不放手，怎么也不放手。然后，我常常找不到他，我不知道他在忙些什么。接着，那使我震惊得要昏倒的消息就传来了，他带着她跑了，你可知我那时的心情吗？"

她望着他，他默默地点了点头。

"他带着她跑了，跑得不知去向，我到处找寻他，却一点影子也找不出来，可是，十天后，他回来了。他对我说，他将娶心虹做妻子，因为只有造成既成事实，他才能谋得梁家的财产，我求他，我跪在地下求他，我哭得泪竭声嘶，但他推开我说：'这样不是也很好吗？等到我谋得梁家的财产之后，我可以再和她离婚呀！而且，我跟她结婚之后，你依旧可以做我的情妇，一切和现在不会有什么不同的！我会好好安排你，你又何必在乎妻子这个名义呢！'我到这时才发现，我的一切都落空了，我为他已经牺牲了学业，背叛了家庭，我的父母和哥哥们都不要我了，而最后，云飞也将遗弃我！我什么都没有了！于是，我打听出来那晚他们要见面，那最后的一晚！云飞计划那晚将带走心虹，和她正式结婚。我决心要阻挠这件事，所以，那天我整整一晚都躲在霜园的门外，到晚上，心虹果然出来了，我把她拉到山谷里，和盘托出了我和云飞的整个故事，我求她不要跟他走，不要再步我的后尘。当时，心虹的样子十分可怕，她对我咬牙切齿地说，那个人是个魔鬼，她说她恨不得杀了他，为人群除害！她谢谢我告诉她这些事，然后，她走了，走向农庄。我也回到家里，清晨，他们就告诉我，云飞坠崖而死了。"她停止了叙述，含泪的眸子静静地望着狄君璞。叙述到这一段，她反而显得平静了。虽然依旧泪光莹然，她唇边却浮起了一个凄凉的微笑。"这就是我的恋爱和我所知道的一切。刚得到云飞死亡的消息，我痛不欲生，几次都想结束自己的生命，但是，接着，我想明白了，即使云飞活着，他也不会属于我，而且，说不定有一天，我会杀了他呢！他去了倒好，我可以永远死了这条心了。我没有自杀，我挺过去了，因为，我还有个必须活着的原因……"她低头看着怀里的孩子，"这个小东西！他出生在云飞死后的六个月。这就是云飞给我留下的最后的纪念品！"她站起身来，把孩子抱到狄君璞的面前来，递进狄君璞的手中，"看看他！狄先生，他不是很漂亮的孩子吗？他长得很像他爸爸。但是，我希望他有一颗善良而正直的心！有个高贵而美丽的灵魂！"狄君璞抱着那孩子，不由自主地望着那张熟睡的脸孔，那样安详，那样美丽，那样天真无邪！他再抬头望着萧雅棠，后者脸上的痛苦、悲切、愤怒、仇恨……

到这时都消失了，整个脸庞上，现在只剩下了一片慈和的、骄傲的、母性的光辉！狄君璞把孩子还给她，注视着她轻轻地把孩子放进摇篮，再轻轻地给他盖上棉被，他觉得自己的眼眶竟微微地潮湿了。

萧雅棠站直了身子，温柔地望着狄君璞。

"你是不是得到了你想知道的东西，狄先生？"

狄君璞熄灭了烟。"还有一个问题，"他思索地说，"心虹出走十天之后，为什么又回来了？既然回来，为什么又和他约会？"

"这个——我就不清楚了。我想，是梁心虹看清了他的一些真面目，她逃了回来，但是云飞很镇定，他一向有自信如何去挽回女孩子的心，他必定又借高妈或老高之手，传信给心虹，约她再见一面。他自信可以在这次见面里扭转劣局，把心虹再带走。可是，他没有料到我先和心虹有了一篇谈话，更没想到心虹会那样狠，这次约会竟成了一次死亡的约会了。"她的分析并非没有道理，相反地，却非常有条理。这年轻女人是聪明而有思想的。狄君璞站起身来，他已经知道了许多出人意料的事情，他可以告辞了。

"再有一句话，"他又说，"你似乎很有把握，是心虹把他推下去的，而不是一个意外。"

"真正是意外的可能性毕竟太少，你知道。"她说，"那栏杆朽了，那悬崖危险，是所有的人都知道的，何况他们经常去那儿，怎会这样不小心？不过，我们不能怪心虹，如果我处在她的地位，甚至是我自己的地位，我也会这样做，你不知道一个在感情上受伤的、暴怒的、绝望的女人会做些什么！梁心虹，这是个奇异的女人，我恨过她，我怨过她，我也佩服她！我想，云扬对她也有同样的看法，他知道是她杀了他，但他一句话也不透露，对警方，他也说他相信是个意外。他了解他哥哥，人已经死了，死者又不能复生，他也不愿深究下去，何况，梁家在事后，表现得非常好，他们治疗卢老太太，又厚葬了云飞，还送了许多钱给云扬，但云扬把那些钱都退回去了，他对我说，他哥哥是前车之鉴，不管多苦，他愿意自食其力！至于他哥哥的死于非命，也有一半是咎由自取。但他虽然说是这样说，可是，在他心中，他也很痛苦，手足之间，毕竟是骨肉之亲呵！唉！"她摇摇头，叹了口气，"可怜的云扬！他也有多少矛盾的苦恼呵，那份爱和那份恨！他在忍受着怎样的煎熬！"

狄君璞注视着她，惊奇于她脸上那份真诚的同情与关怀，她似乎已忘怀了自己的苦恼，却一心一意地代别人难过。怎样一个感情丰富而又善良的女性！那个卢云飞，先有了萧雅棠，后有了梁心虹，他几乎占有了天下之精英，而都不知珍惜！那是怎样一个男人呵！

他走向了楼梯。"那么，我不打扰你了，谢谢你告诉我这些事。除了我以外，你还曾把这些事告诉别人吗？例如梁逸舟或梁心霞？"

"不，从来没有。只有云扬知道。我并不希望这些事有别人知道啊！""我了解。"他点点头，再看了她一眼，那张清新、美丽、年轻而温柔的脸庞！带着一个私生的、无父的孩子，这小小的肩上背负着怎样的重担呵！他站住了，几句肺腑之言竟冲口而出："多多保重你自己，萧小姐，还有那孩子。别难过，总有一天，你会碰到新的人，再开始一段真正的人生。相信我，以往会随着时间俱逝，不要埋葬掉你的欢乐。我希望，你很快能找到真正属于你的幸福。"

一片红潮染上了那苍白的面颊，她凄然微笑，眼睛里涌上了一层泪影。"谢谢你，"她低声地说，带着点哽咽，"你会再来看我吗？""一定会！"他看看那简陋的屋子，"这房子是租的吗？谁在维持你们母子的生活？"

"是云扬！他的薪水不高，他已经尽了他的全力了，我有时帮楼下房东太太做衣服，也可以赚一点钱。"

他点点头，走下了楼梯，她送到楼梯口来，站在那儿对他低低地说了声再见。他对她挥手道别，到了楼下，他再回头看看她，她站在楼梯口的阴影里，好孤独，好落寞，又好勇敢，好坚强。他的眼眶再一次地潮湿了。翻起了衣领，他很快地穿过那裁缝店，走到屋外那明亮的阳光里。

第十七章

　　午后，狄君璞坐在书房中，望着窗外那耀眼的阳光和枝头那苍翠的绿，心中充塞着几千万种难言的情绪。心虹马上要来了，他不知道自己将对她说些什么，经过一上午的奔波，会合了各种的资料、所有的线索，都指出了一条明确的路线：云飞是个坏蛋，而心虹在盛怒之下，将他推落了悬崖！事后，却在这一刺激下生病，丧失了记忆！这是综合了事实，再加上理智的分析后，所得到的答案。但是，以情感和直觉来论，狄君璞却不愿承认这事实，他实在无法相信，以心虹的柔弱和善良，即使是在暴怒的状况之下，她似乎也无法做出这种事情来。而且，这种"泄愤"的行为未免太可怕了，这关系了一条活生生的生命呵！不管云飞怎样罪该万死，心虹却不能假天行道！他深思着，不能遏止自己痛苦、懊恼而若有所失的情绪。自从他第一眼看到心虹，他就觉得她惊怯纯洁雅致得像个小白兔，至今，他对她的印象未变，这小白兔竟杀过一个人，这可能吗？不，他对自己猛烈地摇头。

不，那只是一个意外！一个绝对的意外！他深信这个，比所有的人都深信，因为别人或者不像他这样了解心虹！那个充满了诗情画意的小女孩！那个经常要把自己藏在阁楼里的小女孩！那个对着星河做梦的小女孩！不不，她做不出这件事情来！他重重地甩了一下头，对这件事作了最后的一个结论：这是一个意外！

这结论作过之后，他却忽然间轻松了下来，好像什么无形的重担已经交卸了。同时，他也听到小蕾在广场上踢毽子的声音，一面踢着，她在一面计数似的唱着歌："一二三，三二一，一二三四五六七，三个娃娃踢毽子，三个毽子与天齐。踢呀踢呀不住踢，三个毽子不见了！两个飞到房顶上，一个进了泥潭里！"

他不由自主地微笑起来，怎样的儿歌，不知是谁教她的，想必是心霞顺口胡诌的玩意儿。他站起身来，走到广场上，小蕾正踢得有劲，老姑妈搬了一张椅子，坐在阳光下，笑吟吟地看着，手里仍然在编织着她那些永远织不完的毛衣。

山坡上出现了一个小小的人影，他定睛看着，白毛衣，白长裤，披着那件她常披的黑丝绒披风，长发在脑后飘拂。修长，飘逸，雅致，纯洁，在阳光下，她像颗闪亮的星星，一颗从星河里坠落到凡尘里来的星星。她走近了，小蕾欢呼着："梁姐姐，我会背你教我的儿歌了！"

是她教的？他竟不知她何时教的。

她站定了，气色很好，面颊被阳光染红了，额上有着细小的汗珠。这天气，经过一连两天的阳光普照，气温就骤然上升了，尤其在午后，那温热的阳光像一盆大大的炉火，把一切都烤得暖洋洋的。心虹对老姑妈和狄君璞分别点点头，就揽着小蕾，蹲下来，仔细而关怀地审视她，一面说："让我看看，小蕾，这几天生病有没有病瘦了。"站起身来，她微笑地拂了拂小蕾的头发，"总算还好，看不出瘦来，就是眼睛更大了。"望着狄君璞，她又说，"我知道一个偏方可以治气喘，用刚开的昙花炖冰糖。然后喝那个汤，清清甜甜的，也不难喝。""是吗？"狄君璞问，"可是，哪儿去找刚开的昙花呢？"

"霜园种了很多昙花，你们准备一点冰糖，等花一开我就摘下来给你们送来，马上炖了喝下去。不过，今年花不会开了，总要等到明年。""昙花是很美的东西，可惜只能一现。"狄君璞颇有所感地说。"所有美丽的东西，都只能一现。"心虹说。

狄君璞不自禁地看了她一眼。还没说什么，小蕾已绕在心虹膝下，要心虹教她再唱一支儿歌，心虹捉住了她的小手，把她带到一块石头上坐下来，真的挽着她唱起歌来。她的歌喉细腻温柔，唱得圆润动听，却不是什么童谣，而是那支有名的世界名曲："井旁边大门前面，有一棵菩提树，我曾在树荫底下，做过甜梦无数……"

狄君璞倚在门框上，望着她们，心虹的头倚着小蕾那小小的、黑发的头，她的手握着小蕾的手，她的歌声伴着小蕾的歌声，她的白衣服映着小蕾的红衣服。金色的阳光包裹着她们，在她们的头发上和眼睛里闪亮。她们背后，是一棵大大的枫树，枫叶如火般灿烂地燃烧着。这是一幅画，一幅太美的画。但是，不知为什么，这画面却使狄君璞心头涌上一股酸涩而凄楚的感觉——这该是个家庭图呵！如果那不是心虹，而是美茹，他心中像插进了一把刀，骤然地一痛。他看不下去了，掉转身子，他急急地走进了书房里。

在椅子中坐下来，他喝了一口茶，沉进一份茫然的冥想中。窗外的歌声仍然清晰传来，带着那股说不出的苍凉韵味。他有好长的一刻，脑子里是一片空漠，没有任何思想，只依稀觉得，"人"是一个奇怪而复杂的动物，只有"人"，才能制造奇怪而复杂的故事。他不知坐了多久，窗外的歌声停了。半晌，房门一响，心虹推开门走了进来。"怎么？你为什么躲在这儿？"她问，合上门走了过来。

他落寞地笑笑。"小蕾呢？"他问。

"姑妈带她去镇上买绣花线了。"

狄君璞没有再说话，心虹却一直走到书桌前来，立即，她把一张发着光的脸庞凑近了他，一对闪亮的、充满希冀的眸子直射着他，她迫切地说："快！告诉我吧！你找到我那个遗失的世界了吗？快！告诉我！"狄君璞的心脏紧缩了一下，面对着这张兴奋的、焕发的、急切的脸庞，他怎样说呢？那遗失的世界里没有璀璨的宝石，没有艳丽的花朵，所有的只是惊涛骇浪和鬼影幢幢！他如何将这样一个世界，捧到这张年轻的、渴望的面孔之前来呵？

他的沉默使她惊悸了，笑容立即从她唇边隐去，她脸上的红霞褪色了，她的眼睛睁得很大，光彩消失，取而代之的是惊惶、恐惧、畏缩和怀疑。

"怎样？怎样？"她焦灼地说，"你找到了一些什么？告诉我！请你告诉我，不管是好的或是坏的！"

他推了一张椅子到她面前。

"坐下来！"他几乎是命令地说。沉吟地、深思地看着她，多么单纯而信任的一张脸！

她到底能承受多少？

她坐了下来，更加急切和不安了。

"到底是怎样的？你都知道了，是吗？"

"不，"他深沉地说，"我只知道一部分。"

"那么，把这一部分告诉我吧！请你告诉我！不要再犹豫了！不要再折磨我！"她的话深深地打动了他。

"心虹，你真的想知道吗？"他蹙着眉问。

"你明知道的！你明知道的！"她嚷着，"你答应了帮助我的！你不能后悔！你一定要告诉我，求你！""那并不是美丽的，心虹。"

她的脸色惨白了，嘴唇微颤着。

"不管是多么丑恶，我一定要知道！"她坚决地说。

他再沉吟了几秒钟，然后，他下定了决心，心虹那种迫切哀恳和固执折服了他。他从椅子里站了起来，大声地说："好吧！那么，你跟我来！"

她惊愕地看着他，不明所以地跟在他身后，走出了书房。狄君璞开始向阁楼上爬去，他仍然抱着一种希望，就是心虹会自己回忆起一切，而不用他来告诉她。那么，这阁楼是个最好的、唤起记忆的所在。他没有变动阁楼上任何的东西，只是曾经把里面清扫过一次，拭净了那一年多来厚积着的灰尘。

到了阁楼上面，他把心虹拉了上来，心虹惊愕而不解地站在那儿，并不打量四周，只是呆呆地看着狄君璞，困惑地说："为什么你要在阁楼里告诉我？书房不是很好吗？"

"四面看看，心虹，你对这阁楼还有印象吗？"

心虹向四面张望着，狄君璞仔细地注视着她，研究着她面部的变化。心虹的目光立即被那张书桌和摇椅所吸引了。她发出一声兴奋的轻喊，就对那张摇椅直冲了过去，坐在椅子中，她摇动了起来，高兴地说："这是我的摇椅、我的宝座。"抬起头来，她注视着屋顶上那透明的天窗。狄君璞这时才发现，这摇椅的位置是正对这天窗的，现在，阳光正从那天窗里斜射进来，成为一条闪亮的光，心虹就沐浴在这条阳光里。她的眼睛被阳光照射得睁不开来，虚眯着眼睛，她像沉浸在一个梦里一般，说："晚上，坐在这摇椅里，正可以从天窗看到外面天空中的满天星斗，那些星闪亮着，一颗颗亮晶晶的，像是什么小天使的眼睛，悄悄地注视着我。星星多的时候，就会有那条星河，我总是幻想着，我会摇一条小船，在那星河中荡漾，河水是由无数的星星组成的，每颗星星中有一个梦，我一面摇船，一面捞着那些星星，捞了一船的星星，堆在那儿，对着我闪烁。"

她述说得好美好美，她脸上的表情温柔如梦，狄君璞几乎为之神往。她低下头来，看着狄君璞，眼睛里有着梦似的光辉。"我很傻，是不？""不。"狄君璞说，"但是，这是什么时候的事？"

"什么时候？"她有些困惑，"小时候吧！不不，小时候这摇椅在爸的书房里，我们搬家以后才搬上来的。那么，是前几年吧，我喜欢到这空的农庄里来。"

"晚上吗？一个人在这空的农庄阁楼上看星星，你不怕吗？"
"啊，我……我不知道，我……我想……"她嗫嚅着，轻蹙着眉头，她在费力地思索，"我想，或者，或者是心霞陪我来，我不记得了。啊，这书桌……"她跳起来，走到书桌背后，坐进那椅子中，她立刻看到了桌上那颗雕刻着的心形。她扑过去，用手摩挲着那颗心，审视着那心中写的字迹，她的嘴唇发白了。抬起眼睛来，她看着狄君璞，惶恐地说："这是我的字，但是，我不记得，为什么……为什么我要写这些？这是谁刻的，我吗？"他紧紧地望着她。"应该由你来告诉我，"他说，"是你吗？"

她重新瞪视着那颗心，一种惊恐的、惶惑的表情浮上了她的脸，她的眼睛直瞪瞪的。她的意识正沉浸在一个记忆的深井中，在那黑暗的井水中探索，探索，再探索！然后，她猛地一惊，迅速地拉开了那书桌的抽屉，她发现了那些纸团，那些揉皱的、撕裂的纸张。她开始一张一张地打开来看，一张一张地研究着，她找着了那张写满名字的纸，她喃喃地念着："卢云飞、卢云扬、江梨、魏如珍、萧雅棠……天哪，我只知道一个江梨，她是心霞的同学，在霜园住过，后来去美国了。但是，其他的是些什么人呢？卢云飞，卢云飞，卢云飞……"她费力地、挣扎地思考着，她的嘴唇更白了，脸上毫无血色。她开始颤抖，眼睛恐怖地瞪着那张纸，她的意识在那深邃的井中回荡，旋转。逐渐地、逐渐地、逐渐地……有什么东西在她的脑中复活。慢慢地、慢慢地、慢慢地蠢动着复活……她惊悸着跳起来，喘息地、受惊地瞪视着狄君璞。

"不许昏倒！"狄君璞命令地说，语气是坚定的、有力的，"你没有任何昏倒的理由！你身体上没有病！现在，告诉我，你想起了什么？"她的眼睛睁得好大好大，里面盛载着一个令人惊惧的、遗忘的世界。她嗫嚅地、结舌地呢喃着:"那是……是叫卢云飞吗?"她可怜兮兮地、没有把握地问,"那……那男人!是……是有一个男人,是吗?他……他叫卢云飞,是……是吗?"

"看下面一个抽屉!"他命令着。

她惊惧地拉开了,那里面是一叠小说:《巴黎圣母院》《七重天》《战地钟声》《嘉莉妹妹》……

她的眼光射向旁边的摇椅。

"是了!"她骤然说,"我总是拿一本小说,坐在那摇椅上看,一面等着他!等着他!等着他!常常一等好几小时!有时等得天都黑了,我就……就……"她抬头看那天窗,"是了,我就看着那条星河做梦!"

"他是谁?"他用力地问。

"云飞!"这次,答复是迅速而干脆的。

"说下去!"他再命令。

她惊惶了,因为吐出那个名字而惊惶了。她的眼睛瞪得更大,脸色更白。她面上的表情几乎是恐怖的,望着他,她的身子不由自主地往椅子的深处退缩,好像他就是使她恐惧的原因。她的头震颤地、急促地摇动着。

"不不不,"她一迭连声地说,"不不不!我不知道了!我什么都想不起来!我不知道!我怕,我怕……"

"怕什么?"他追问。

"我……我不知道!我真的不知道!"

"想!用你的思想去想!"他低沉地、有力地说,"你如果真要知道谜底,不要退缩,不要怕!想!努力地想!你想起什么了吗？是的，那人名叫云飞，怎样？还有些什么，你告诉我！""不，"她逃避地把头转开，眼底的恐惧在加深，"不！我想不出来！想不出来！"她猛烈地摇头。

"那么，这个能帮助你记忆吗？"他从口袋里掏出了那本小册子，放到她面前的桌子上。

她瞪视着那本册子，畏怯地看着那封面上的玫瑰花，惊惶地低语："这是我的。你……你在哪儿拿到的？"

"就在这书桌的抽屉里。现在，打开来，看下去！"

她怯怯地伸出手来，好像这是什么会爆炸的机关，一翻开就会把整个阁楼都炸成粉碎似的。迟迟疑疑地，她终于翻开了那小册子。一行一行，一段一段，一页一页，她开始看了下去，而且，即刻就看得出神了。随着那一页页的字迹，她的面色也越来越白，眼神越来越凄惶，那记忆之匙在转动，又转动，再转动……那笨重的、生锈的铁门在沉重地打开，一毫，一厘，一分，一寸……她终于看完了那本小册子，她的眼睛慢慢地抬了起来，望着那站在对面的狄君璞。她的大眼睛是蒙蒙然的，一层泪浪逐渐地漫延开来，迅速地淹没了那眼珠，像雨夜芭蕉树叶上的雨滴，一滴滴地沿着面颊滚落，纷纷乱乱地跌碎在那书桌上的小册子上面。她微张着嘴，低低地在说着什么，他几乎辨不清楚她的语音，好一会儿，他才听出来她是在背诵着什么东西："……于是，它在岩石上磨着、碾着、揉着，终于弄碎了它自己。但是，一阵海浪涌上来，把它们一起卷进了茫茫的大海，那磨碎了的沙被海浪冲散到四面八方，再也聚不拢来……"原来她背诵的竟是《两粒细沙》里的句子！背到这里，她已泣不成声，她弯下了腰，仆伏在桌上，把面颊埋在臂弯中，哭泣得抬不起头来。她还想说什么，但是没有一个句子能够成声，只是在喉咙中干噎。狄君璞扑了过去，捉住了她的手臂，让她面对自己，他摇撼着她，焦灼地喊着："心虹！心虹！抬起头来，看着我！心虹！"

她泣不可仰，头仍然垂着，泪珠迸流。她哭得那样厉害，以至于浑身痉挛了起来，她把自己缩成了一团，和那痉挛徒劳地挣扎着。狄君璞大惊失色，又急又痛，他迅速地把她拥进了怀中，用自己的胳膊紧抱着她，想遏止她的哭泣和痉挛。他把她的头埋在自己的怀里，拍抚着她抽动着的背脊，用各种声音呼唤她的名字，一面痛切地自责着："心虹！心虹！都是我不好，我不该让你看这本小册子，我不该逼你回忆！哦，心虹！心虹！你不要哭吧！求你不要哭，请你不要哭吧！哦，心虹！心虹！我怎么这样傻，这样笨，这样愚蠢！我干吗要让你再被磨碎一次？呵，心虹！请不要哭吧！请你……"他把她的头扳起来，使她的脸正对着他。她闭着眼睛，湿润的睫毛抖动着，面颊上泪痕狼藉，新的泪珠仍然不断地从眼角涌出，迅速地奔流到耳边去。她的嘴微张着，吐出无数的抽噎、无数的呜咽，她的痉挛和哭泣都无法停止。他掏出手帕，徒劳地想拭干她的泪痕，他拥抱她，徒劳地想弄温暖那冰冷的身子。他继续恳求着："别哭吧！心虹，那些事都早已过去了，它再也伤害不到你了，别哭吧！别哭吧！求你，别哭吧！"

她仍然在哭，不停不休地哭，他望着她，眼看着那张苍白的脸被泪痕浸透，眼看着那痛苦在撕裂她，碾碎她，而自己却无能为力。眼看那瘦弱的身子抖动得像寒风中枝上的嫩叶……他焦灼痛楚得无以自处。然后，忽然地，他自己也不知道在做什么，他竟俯下头来，一下子吻住了那抖动战栗着的嘴唇，遏止了那啜泣抽动的声音。

时间不知道过去了多久，他慢慢地移开了自己的唇，抬起头来，注视着她。她的睫毛扬起了，一对浸在水雾里的眸子，好惊愕，好诧异，又好清亮、好晶莹地望着他。那颤抖、痉挛和哭泣都像奇迹般地消失了。她只是那样看着他，那样不信任地、恍惚如梦地看着他。

天窗外，已近黄昏的光线柔和地射了进来，把她的脸笼罩在一片温柔的落日余晖之中。

"嗨，心虹。"他试着说话，喉咙是紧逼而痛楚的，他几乎控制不住自己的声音。这一个意外的举动，使他自己都受惊不小。"你好些了吗？"他柔声地问，想对她微笑，却笑不出来。她仍然惊愕而不信任地看着他，一瞬不瞬。半晌，她抬起手来，用那纤长的手指，轻轻地、轻轻地碰触他的嘴唇，低声地说："你吻了我。""是的。"他轻声说。她的身子软软地倚在他的怀中，她的眼光也软软地望着他，然后，她低低叹息，慢慢地合上了眼睛。

"我好累，好疲倦，"她叹息着说，"我现在想睡了。想好好地睡一下。""你可以好好地睡一下。"他说，抱起她来，把她抱下了楼梯，抱进了书房里，他把她放在躺椅上，拿了自己的棉被，轻轻地盖住了她。她合上眼睛，真的睡了。

第十八章

　　两小时后，心虹从一段甜甜的沉睡中醒来，蒙蒙眬眬地睁开眼睛，她首先看到的，就是书桌上那盏亮着的台灯和窗外那迷蒙的夜色。然后，她看到了狄君璞，他正坐在距离她不远的地方，手里握着一本书，眼睛却静静地望着她。两人的目光一接触，他立刻站起来，走到她面前，对她温存地一笑。"你睡得很好，"他低低地说，"现在，舒服了一点吗？"

　　她有些神思恍惚，一时间，她似乎弄不清楚自己为什么睡在这书房里。但是，立即，整个下午的事都在她脑中飞快地重演了一遍，对过去的探索、阁楼、摇椅、写着名字的纸张、小说，和那本小记事册！然后，然后是什么？她的眼光再度和狄君璞的相遇，她的心脏不禁猛地一跳，一股热烘烘的暖流从胸口向四肢迅速地扩散。呵！他吻了她！这是真的吗？他竟吻了她！她下意识地伸手抚摩自己的嘴唇，似乎那一吻的余温仍在。她的脸红了，像个初恋的、羞赧的小妇人，她的头悄悄地垂了下去。"饿了吗？"他俯视她，声音那样温柔，那样细腻，那样充满了一种深深切切的关怀之情，"我让阿莲给你下碗面，我们都吃过晚饭了。"他站直了，想走到门口去。

她一把拉住了他，她的眼光楚楚动人地望着他。

"不要。"她轻声说，"不要离开我！请你！"

"我马上就来，嗯？""等一下，我现在还不想吃。"

"那么，好吧。"他拉了一张椅子过来，坐在她面前，用手按着她说，"你再躺一会儿，好吗？看样子，你还有点懒懒的呢！"她依言躺着，用一只手枕着头，另一只手在被面上无意识地摩挲着，她的思绪在游移不定地飘浮，半晌，她不安地说："我来了这么久，家里没有找我吗？"

"高妈在饭前来过了，小蕾告诉她，说你陪她玩累了，所以睡着了。我已经跟高妈说过，要你父母放心，我晚上负责送你回去。所以，你不必担心，好好地躺着吧！"

她点点头。呵！小蕾！那个善于撒谎的小东西呵！她的思想又在飘浮了，飘出了书房，飘上了阁楼，飘到了那本小册子里，她的眉头猛然皱紧，下意识地把头往枕头里埋去，似乎这样子就可以躲掉什么可怕的东西。狄君璞用手抚摩她的头发，把她的脸扳了过来，使她面对着自己。他的眼睛炯炯有神地望着她，脸上带着股坚毅和果断，他用低沉有力的声音清晰地说："听着，心虹。我知道你现在已经记起了过去的事，你一定感到又痛苦又伤心！但是，那些事都早已过去了，你要勇敢些，要面对它们，不要让它们再来伤害你，听到了吗？知道了吗？想想看，心虹，有什么可悲的呢？不是另有一段新的人生在等着你吗？"她瞅着他，眼神是困惑而迷惘的。

"但……但是,"她怯怯地说,"'过去'到底是怎样的呢?"

他一惊,紧盯着她。"怎么!"他愕然地说,"你不是已经记起来了吗?关于你和卢云飞的一切!""卢云飞?是了!"她像骤然又醒悟了过来,不自禁地闭了闭眼睛,"云飞,对了,他的名字叫云飞。我常在阁楼里等他,我们相偕去雾谷,我们有时整日奔驰在山里,有时又整日坐在阁楼中静静相对。他是爸爸公司里的职员,他有个弟弟叫云扬,他们住在镇外的一个农舍中,生活很清苦。"

"你瞧!你不是都记起来了吗?"狄君璞兴奋地说,"但是,今天已经够你受了,我不要你今天讲给我听。等过几天,你完全平静以后,你再慢慢地告诉我!"

"不!"她说,陷进了记忆的底层,努力地在思索着。她做了个阻止的手势,说:"别打扰我,让我想!是的,父亲不赞成我和云飞恋爱,说他太油,太滑,太不走正路。我们的恋爱很痛苦,同时,我发现云飞对我并不忠实,他也追求心霞,又和江梨调情,还有别的女人,很多很多。他要我跟他走,我始终没有勇气,因为我在潜意识中并不信任他。可是,另一方面,我又爱他爱得如疯如狂!没有他我就活不下去。然后,爸爸把他从公司里开除了,他们在霜园大吵,云飞又说要带我走。爸爸把我关了起来,然后,然后……"她尽力思索,眉心紧紧地蹙在一起,"爸爸把我锁在屋里,我想逃出去。我哀求高妈帮助我,看在我已死的母亲面上帮助我。然后……然后……然后……"她睁大眼睛,惊慌地看着他,"然后怎样了?我怎么又一点也想不起来!然后我就生病了吗？就失去记忆了吗？"狄君璞凝视着她。一开始，那记忆的绳索已经理清楚了，可是到了这重要的关口，就又打了结。在心理学上要分析起来，从她出走到云飞的死，一定是她最不愿回忆的一段，一定也是对她最痛苦的一段。他沉吟了一下，提示地说："记得萧雅棠吗？""萧雅棠……她不是云扬的女朋友吗？长得很美的一个女孩子。"

"她是云扬的女朋友吗？"他追问。

"怎么……她……啊，是的，她和云飞也有一手，这就是云飞，他还说他在这世界上只爱我一个！他欺骗我，他玩弄我，我为他可以死，而他……而他……"她喘息，又不能自已地愤怒了起来，"而他这样欺侮我呵！"

"你怎么知道他和萧雅棠也有一手呢？"他再问。

"我知道了！我就是知道了！"她暴怒地说，眼睛冒着火，"我不知道怎样知道的，但是我知道了！他欺侮我，他骗我！他是魔鬼，他不是人！而我那样爱他，那样爱！我可以仆伏在他脚下，做他的女奴！他却欺侮我，那样欺侮我呵！"

他坐到她的身边，拥住了她，捧着她的脸，抚摩她的头发，温温柔柔地望着她。"别生气，心虹，别再想这些事了，都已经过去了，不是吗？来，擦干眼泪，擤擤鼻涕吧！"

她在他的大手帕里擤了擤鼻子，擦净了脸。坐起身来，她望着他。她的长发蓬松着，双眸如水，那神态，那模样，是楚楚堪怜的。"怪不得，"她幽幽地说，"我总是觉得有人叫我跟他一起走！怪不得我总是觉得忧郁，怪不得我总依稀恍惚地觉得我生命里有个男人，原来……原来是这样的！"

"抛开这件事，不许再想了，心虹！"狄君璞站起身来。正好有人敲门，他走过去打开房门，是笑容满面的老姑妈，手里正捧着一碗热腾腾的肉丝面，笑吟吟地说："我听到你们在屋里讲话，知道梁小姐一定睡醒了，快趁热把面吃了吧！"她走进来，笑着对心虹说："梁小姐，你多吃一点，包管就会胖起来，身体也会好了！"

心虹有些局促，慌忙推开棉被，坐正身子，羞涩地喃喃着："这怎么好意思，姑妈！"

"别客气，这是我自己下厨做的呢，就不知道梁小姐是不是吃得来！"老姑妈笑着说。

狄君璞已经端了一张小茶几，放在心虹面前，姑妈把面放在小几上，一迭连声地说："快吃吧，趁热！来，别客气了。"

心虹只得拿起筷子，老姑妈看着她吃了几口，殷勤地问着咸淡如何，心虹表示好极了。

老姑妈有些得意，更加笑逐颜开了。看了看心虹，再看了看狄君璞，她心中忽然有了意外之想，真的，为了美茹，狄君璞已经消沉了这么久。眼前这个女孩，又有哪一点赶不上美茹呢？难得她和小蕾又投缘。虽然对狄君璞而言，心虹是显得太年轻了一点，但是，男的比女的大上十几岁，也不算怎么不妥当。假如……假如……假如能成功，老姑妈越想越乐，忍不住嘻嘻一笑，那才真好呢！她可别在这儿夹萝卜干碍事了！她慌忙向门口走，一面对狄君璞说："君璞，你陪梁小姐多谈谈哦，碗吃好了就放着，明天早上阿莲会来收去洗。我照顾小蕾睡觉去，你就别操心了，只管陪梁小姐多聊聊。嘻嘻！"她又嘻嘻一笑，急急忙忙地走了，还细心地关上了房门。她这一连两个嘻嘻，使心虹莫名其妙地涨红了脸。狄君璞也不自禁地暗暗摇了摇头，他知道老姑妈在想些什么，自从美茹离去以后，她是每见一个女孩子都要为他撮合一番的。

心虹吃完了面，她是真的饿了，一碗面吃得干干净净。她的好胃口使狄君璞高兴，望着她，他问："再来一碗？""不了，已经够了，真的。我平常很少吃这么多。"用狄君璞的手帕擦了擦嘴，她站起身来，想收拾碗筷，狄君璞说："让它去吧！"他们把茶几搬回原位，心虹把躺椅上的棉被折叠好了，把碗筷放到一边去，又去盥洗室洗了洗手脸，折回到书房里来，她坐在书桌后面的椅子上，翻了翻狄君璞桌上的手稿，她没有说话，沉默忽然间降临在她和狄君璞之间了。

在这一刻，他们谁都没有再想到云飞和那个遗忘的世界。他们想着的是那一吻，是未定的前途，是以后的故事，和他们彼此。室内很静，窗外的穹苍里，又有月光，又有星河。

室内，台灯的光芒并不很亮，绿色的灯罩下，放射着一屋子静静的幽光。她坐在灯下，长发梳理过了，整齐地披在背上。那沉静的、梦似的脸庞，笼罩在台灯的一片幽光之下。那眼神那样朦胧，那样模糊，那样带着淡淡的羞涩和薄薄的醉意。温柔如梦，而光明如星！他看着她，不转睛地看着她，心里隐约地想着梁逸舟对他说过的那些警告的话，但那些话轻飘飘的，像烟，像云，像雾，那样飘过去，在他心中竟留不下一点重量和痕迹。他眼前只有她，他心里，也只有她！

那沉默是使人窒息的，是比言语更让人心跳、更让人呼吸急促、更让人头脑昏沉的。他慢慢地移近了她，站在她对面，隔着一个书桌，对她凝视。她迎视着他，他可以在她的瞳仁中看到自己。她的手指，无意识地卷弄着一张空白的稿纸，把它卷起来，又把它放开，放开了，又卷起来，是一只神经质的、忙碌的小手！终于，他的手盖了下来，压在那只忙碌的小手上。而她呢？发出了那样一声热烈的、惊喜的、压抑的轻喊，就迅速地低下头来，把自己的面颊紧贴在他的手背上，再转过头去，把自己的唇压在那手背上。

他的心猛跳着，跳得狂烈，跳得凶野。这可能吗？那磨碎的细沙又聚拢了，重新有一个完整的生命和一份完整的感情，这可能吗？他望着那黑发的头颅，这不是也是一颗磨碎了的细沙吗？两粒磨碎了的细沙如果相遇，岂不是可以重新组合，彼此包容，结为一体？不是吗？不是吗？不是吗？他的呼吸急促了，他兴奋着，也惊喜着。翻转了自己的手，他托住了她的下巴，把她的脸托起来。天哪！她有怎样一对热烈而闪烁的眼睛呀！他觉得自己被融解了，被吞噬了。他喘息地低唤："心虹！"她一瞬不瞬地望着他。

"嗯。"她轻哼着。"这是真的吗？"他问。

"我不知道，"她说，眼光如梦，"请你告诉我。"

"这是真的！"他说，突然振奋了，"我见你第一眼的时候就该知道了。"他喉咙喑哑，"过来！"他说，几乎是命令的。

她站起身来，绕过桌子，一直走到他身边。仰着头，垂手而立。她脸上焕发着光彩，眼睛清亮如曙色未临的晨星。面如霞，眉如画。那小小的嘴唇嫣红而湿润，轻嗫着一个少女的梦和火似的热情。他的心脏在胸腔中擂鼓似的猛击着，他的头昏昏然，目涔涔然，眼前只看到那焕发的、燃着光彩的脸。他无法控制自己，哑着声音，他还想抗拒自己的意识："你可想离开这儿？""不，我不想。"她说。

他叹息，揽住她，他的唇压了下来，压在她那温软的、如花瓣似的唇上。她紧偎着他，她的手环抱着他的腰，她热烈地响应着他。她所献上的，不只是她的唇，还有她那颗受过创的、炙热的、破碎过而又聚拢来的心。他的唇如火，他的心如火，他的头脑里也像在烧着火。意识、思想，都远离了他，他只一心一意地吻着，辗转地、激烈地吻着。

这就是人类最美丽的一刻，不是占有，不是需索，而是彼此的奉献。在这一吻中，宇宙已不再是洪荒，世界也不再是荒漠。整个地球、宇宙和天地，都从亘古的洪荒中进入了有生命的世纪。花会开，鸟会鸣，月会亮，星星会闪烁，草木向荣，大地回春，人——会呼吸，会说话，会哭，会笑，会——爱。狄君璞抬起头来，用手捧着她的脸，他望着她。她星眸半掩，睫毛半垂。醉意盎然的脸庞上半含微笑半含愁。这牵动他的神经，搅动他的五脏。

他拉着她在躺椅上坐下来，把她的手合在他的双手中。他轻唤："心虹。""嗯？"她扬起睫毛，眼珠像是两粒浸在葡萄酒中的黑葡萄，带着那样多的酒意望着他。

"你知道这意味着什么？"

"不需要知道。"她摇摇头，眼珠却忽然潮湿了，"你为什么不在四年前出现呢？"她哀愁地问，"那么，我可以少受多少苦呵！而且，我献给你的，将是一个多么干净而纯洁的灵魂！"四年前？四年前美茹还没有离开他，即使相遇，又当如何？人生，有的是奇妙的遇合与安排。他深吸了口气，凝视着她，恳切地说："你的灵魂永远干净而纯洁，心虹。在人生的路上，在感情上，我们都经过颠踬和打击，我们都曾摔过跤，都曾碰得头破血流。但是，现在我们相遇，让我们彼此慰藉，让我们重新开始。再去找寻那个我和你都深信的、存在着的美丽的世界。好吗，心虹？"

心虹的眼里仍然漾着泪光，仍然那样痴痴地看着他。

"你会不会认为我不够完美？"她说，"我总觉得遗憾，你应该是我的第一个爱人！"

"你也不是我的第一个爱人，"他说，"你在乎吗？"

她摇摇头。"只愿是最后一个！"她说。

"而且，是唯一的一个！"他补充道，把她揽在胸前，让她的头紧倚在他宽阔的胸膛上。

她闭上眼睛。"天哪！"她叹息地低语，"我现在才知道，这一年多以来，我是多么地疲倦。像在浓雾里茫无目的地追寻！我奔跑！我寻觅！我经常落入那黑暗的深井里，又冷、又潮湿、又孤独、又无助。我挣扎又挣扎，奔跑又奔跑！这是多么漫长的一段旅程！现在，我终于找到了港口。呵，你可让我这条疲倦的船驶入港口吗？""是的，心虹。你休息吧！让我来帮你遮着风雨，挡着波涛。你没有什么需要害怕的事了，因为……"他吻吻她的头发，他的嘴凑在她的耳边，"有我在这儿。"

"我们的前面没有风浪吗？"她低问。

他震动了一下。"即使有，让我去克服。我不要你担任何的心。"

她沉思片刻，"我可以问你一个问题吗？"

"是的。""如果你有了我，你能把你以前的太太完全忘怀吗？"

他沉默了一下。"你现在有了我，你能忘怀云飞吗？""我已经不记得他了，事实上，我早就不记得他了。我患了失忆症，不是吗？是你把他找回来的。"

"我是傻瓜！"他低语，诅咒地，"现在，你能再患失忆症吗？""如果你希望我患。""我希望。""已经患了！"她笑着说，抬起头来，天真而坦白地望着狄君璞，"现在，我的生命像一张白纸一样地干净，这张白纸上，只写着一个名字：狄君璞！啊！"她凝视他，猛地又扑进他的怀里，抱住了他的颈项，"啊！救我，狄君璞，我早就知道你是我唯一的救星。救我！保护我，狄君璞，让我不要再遭受任何的风雨摧折了！"

他揽住了她，紧紧地，他的眼里有泪。是的，这是一场漫长的跋涉，不只她，还有他。

在感情的途径上，他们都曾遭受过怎样致命的风暴！而现在，他们静静相依。在他们的前途上，还会有风暴和雷雨吗？她，这个小小的、依附着他的人儿呵！他是不是有足够的力量，来保护她，给她一段全新的、美好的未来？他的背脊挺直了，他的胳膊更加强而有力地揽紧了她。窗外，那天上的星河里，无数的星星在静悄悄地闪烁着，像许多美丽的、天使们的、窥探着的眼睛。

第十九章

一夜无眠，幸福来得那样快、那样突兀，狄君璞简直不敢相信，这一切是不是真的。当早晨的阳光，灿烂地射入了窗内，一直照到他的床上，他仍不想起床。整夜，他脑子里都回旋着她的影子，她的笑，她的泪，她的凝视，她的沉思。还有她那份炙烈而奔放的热情。

呵，这是上天的安排吗？当他以为自己早已心如死灰，早已不能爱也不能恨的时候，他却会搬到这农庄里来，神奇地碰到了心虹！偏偏她也是愁肠万斛，迷离失所。他还记得第一次听到她在雾谷中婉转低吟：

"河可挽，石可转，那一个愁字，却难驱遣……"

现在，再也没有愁字了！生命是崭新的，感情是崭新的，那份喜悦，也是崭新的！"河可挽，石可转，那一个愁字，也可驱遣"哪！他翻身下床，披衣盥洗，眼前心底，都是一片灿烂的阳光。昨晚，他并没有送心虹回家。他们相对而坐，在那份迷迷糊糊、朦朦胧胧、恍恍惚惚的心情里，根本不知道时间的飞逝，然后，老高来了，他奉主人之命，前来接迎小姐，狄君璞只得让心虹跟着老高离去，他站在门口，看着他们隐入那月光下的枫林小径，看着她的长发飘飞，衣袂翩然，再也没有一个字可以形容他当时的心境，是惊？是喜？是温柔？是迷糊？是充实？是空虚？是甜蜜？是惆怅？人类的一个"情"字，是几千百种句子，也无法形容其万一的。

她昨晚睡得好吗？可曾也像他一样失眠？她现在起床了吗？她是不是在记挂着他呢？她现在在做什么呢？唱歌？念诗？在花园中散步？几千几万个问题，几千几万种关怀。最后，这些问题和关怀都会合成了一个强而有力的渴望：他要马上见她！他想立即去霜园。也由于这一念头，他才认真地想起梁逸舟曾给过他的警告。他是不会喜欢这件事情的！当梁逸舟知道之后，会怎么说呢？他会认为他在勾引心虹？在欺骗一个少女的心？他会反对？会坚持？会认定心虹跟着他将会不幸？他想起梁逸舟对他说过的话："……那样一个生活在梦幻里的孩子，她是不务实际的，她常会冲动地走入感情的歧途。她根本不会想到你比她大那么多，又是她的长辈，又有孩子，又有过妻子……"

"见鬼！"他不自禁地诅咒，谁规定过有孩子和"有过"妻子的男人就不能恋爱？为什么爱上他就是"走入感情的歧途"？梁逸舟！你未免太不公平！他愤怒地咬了咬嘴唇。不行！他非去看梁逸舟不可，他一定要铲除这条爱情之路上的荆棘！什么荆棘？天知道！这很可能是一块阻路的岩石呢！

他走到客厅，老姑妈用一种含笑的而又神秘的眼光迎接着他，说："早餐想吃什么？""不，我不吃了，我马上要出去办点事！"

"爸！"小蕾在一边叫着，"我跟你一起去！"

"糊涂孩子！"老姑妈慌忙把小蕾拉进自己的怀中，笑吟吟地说，"你爸爸要出去办正经事，怎么能带你去呢？你还是在家里陪着婆婆吧！"她抬头看着狄君璞，"去吧！办事去！回不回来吃午饭？"

"大概回来吧！"狄君璞没把握地说。

"一个人还是两个人？"姑妈问。

"什么？"狄君璞没听懂，诧异地望着姑妈。

"你不带梁小姐回来吃午饭吗？"姑妈对他笑眯眯地挤了挤眼睛，"我自己下厨房，给你们炒一个辣子鸡丁。"

狄君璞不禁失笑了，拍了拍老姑妈的肩膀，他笑着点了点头说："不管怎样，我想吃你的辣子鸡丁。"

走出了农庄，他丝毫也没有犹豫，就沿着那条小径，往霜园的方向走去了。小径两边的枫树，这几天落叶落得十分地快，在树枝尖端，嫩绿中带着微红的新叶，正一片片地冒了出来。这提醒了狄君璞，严冬将逝，春意先来。他踏着那簌簌的落叶，心头不知怎么，竟有点暖烘烘的了。

"嗨！狄先生，我正要找你！"

一个清脆的声音吓了他一跳，抬起头来，心霞正亭亭然地站在他面前，依然是一身火似的红，一对锐利而有神的眸子正直视着他。"哦，是你！"他回过神来，如果是心虹多好！

"你怎么没去学校？今天没课吗？""你一定日子过糊涂了，

快过阴历年了，学校在放假，我们有两星期寒假。""哦，怪不得姑妈和阿莲整天忙着晒香肠！"狄君璞说。过年！随着年龄的增长，他对过年的兴趣一年比一年淡，到了现在，过年反而徒增惆怅了。"你说你在找我？"他问。

"是的。""一面走一面说好吗？我正想去看你父亲。"

"为什么？为了姐姐吗？"心霞迅速地问。

狄君璞一惊，不自禁地看了心霞一眼，这个女孩子又知道些什么呢？她绝非"无所为"而来呵！

"你想说些什么？"他问。

"我想劝你放手！"她大声而有力地说。

"放手？你是什么意思？"

"云扬告诉我，你去看过他了，你也去找过萧雅棠，你到底想要知道些什么？"她紧盯着他，眼光和语气都是咄咄逼人的。"我现在什么都不想知道了。"他轻声地说。

她站住了，深深地望着他。在一瞬之间，她眼底的那抹敌意就消失了。取而代之的，是一种恳挚的、祈求的、忧愁而深沉的眼光。"狄先生，你听我说。"她说了，语气是平和而恳切的，"我希望你不要再深入地去打听姐姐的故事，这对姐姐并没有好处。你现在已经知道得不少，我想，我不如坦白告诉你，假若你听了之后能够放手的话。姐姐是个个性很强的人，她敢爱，她也敢恨，你不要看她外表文文弱弱，实在，她有一颗像火一般的心。我想，我对不起姐姐，云飞……他……他曾追求我，我只是好玩，我太年轻，根本不懂事，所以，也……也没有完全拒绝他，我好奇，我从没跟男孩玩过。云飞，他教我接吻，他劝我嫁给他，他说我比姐姐可爱……"她苦恼地摇摇头，"我实在是幼稚！他满足了我的虚荣感！结果，姐姐知道了一切的事……"

"你不用告诉我，这一段我全知道了。"狄君璞打断了她。

"是吗？"她惊奇地战栗了一下，"那么，你要把这件事告诉爸爸吗？""原来你爸爸竟不知道！"

"求你别告诉他！"她焦灼地说，"在爸爸心目中，我一直是个天真的小孩子，你别告诉他好吗？"

"你放心，心霞，我要和你爸爸谈的事与这件事情一点关系也没有。我不会吐露任何一个字。"

她松了一口气。他们继续往前走去。

"但是，我还是要告诉你。"她说，"我欺骗了姐姐，你猜姐姐发现之后怎么样？她抱着我哭，没有讲一句带责备的话，我后悔得要死，她反而安慰我，她说，如果有人错，不是她，不是我，应该是云飞！你懂了吗？所以，她后来在悬崖上杀了他！""哦，原来你也给你姐姐定了罪了。"狄君璞闷闷地、冷冷地说了一句。"你还是没有了解，"心霞有些烦躁不安，她焦灼而急切地说，"算了，我把一切都说出来吧。当我们在悬崖顶上的栏杆边找到姐姐的时候，姐姐并非完全人事不知的，爸爸抱住她的时候，她还曾睁开眼睛来，对爸爸说了一句话，我那时正在旁边，那句话我们两个都听得很清楚，她说：'爸，我终于杀了他了！'说完，她就昏倒了，以后就一直没清醒过，等她真的清醒时，她就患上失忆症了。我和爸爸，为了保护姐姐，都决定不提这句话，但我们心中都知道是怎么回事，反而庆幸姐姐是患了失忆症了。你懂了吗？这就是为什么，我们都不愿意你去追究真相的原因，你现在明白了吗？你不会说出去吧？"他看着心霞，那张年轻的脸庞上一片坦白的真挚，他知道她说的都是真话。掉头看着太阳，那明朗的天空，看不到任何的阴云，但他的心情却沉重了起来。

"事实上，云飞也不是很坏，他只是用情不专。"她又说了下去，"在这件事件里，我也不能逃掉责任，有时，我觉得我才是凶手！姐姐是无辜的！我真不知道，怎样才能向姐姐赎罪。"他深思了一会儿，觉得心中澎湃着一股难以遏止的激情，他忽然站定了，注视着心霞，他的呼吸急促，他的眼睛闪亮，他的面颊发红。他很快地、一连串地说："听着，心霞！让我告诉你我心里所想的！不管有多少事实向我证明心虹推落了云飞，甚至心虹亲口承认过，但是，我决不相信这件事！心虹会暴怒如狂，会痛不欲生，但是她不会杀人！她连一条小虫子都不会伤害！这件坠崖的事件必然是个意外！我坚信不疑！因为我知道心虹，她在绝望之时只会自苦，不会杀人！我知道她知道得太清楚太清楚了！她的每根纤维、每个细胞、每丝细微的感情，我都知道！"

她惊愕地站在那儿，瞪大了眼睛望着他，那样惊愕，她有好半天都说不出话来。然后，她深吸了口气，喃喃地说："嗨，你爱上她了！""是的！"狄君璞毫不掩饰地承认，仍然在激动的状况中，"我爱上她了，不只我爱上了她，她也爱上了我，你知道这意味着什么吗？是一棵枯死了的树又发出了新芽，有了新的生命和生机，你懂吗？心霞，你一心想要帮助你姐姐，那么尽你的力量吧，促成这件事！我现在要去见你父亲，他必然会反对，如果你真爱你姐姐，想办法帮帮她，也帮帮我吧！"

她的眼睛里闪耀着一片惊异的光芒，一瞬不瞬地瞪视着他，是震惊的，也是兴奋的。

然后，忽然间，她扬了一下头，把短发甩向脑后，对狄君璞很快地伸出一只手来，喜悦而激动地嚷："嗨，狄君璞！你有一个同志了！握手吧，让我们联盟促成这件事！你真是个奇异的人，我不能不承认，你让我感动呢！但愿你也能同样感动我父亲！"

狄君璞握住了她的手，激动渐消之后，他惊奇于自己的表现竟像个初坠爱河的小伙子。

但是，他在心霞的眼睛里看到了眼泪，这个少女是真的感动了。她的眉毛高扬，她的眼睛发亮，她的唇边带着那样欣慰的、激赏的笑。在兴奋与激动中，她竟说了句："好好保护她呵，姐夫。她在爱情上是受过伤的呢！"

"你放心吧，心霞。"他松开了握着她的手，他们又继续往前走，穿过雾谷之后，霜园在望了。狄君璞忽然想起了什么，转过头，他对心霞说："有几句话我也想告诉你。"

"是什么？"她惊奇地问。

"我昨天见到了云扬，"他诚挚地说，深深地注视她，"如果你错过了这个男孩子，那么你就是天字第一号的大傻瓜！"

她的脸红了，眼睛闪亮。

"你是说真话吗？"她问。

"当然！""那么，说不定有一天，我们还需要你的说明呢！"

他们相对而视，都不由自主地微笑了。一层了解的情绪贯通了他们，在这一瞬间，他们已成为最坚固的同盟了。

心霞看了看手表，叫了一声："哎呀，你必须快一点，要不然爸爸会到公司去了。我到楼上去陪着姐姐，你和爸爸的谈话，最好不要让姐姐听到，等会儿爸爸一反对起来，姐姐又会大受刺激。"

看不出来，她的顾虑倒很周全，他们快步向霜园走去，到了大门口，心霞又站住了，叮咛地说："如果爸爸反对，或说些你们不该恋爱的大道理，那么，你就问他，他年轻时是怎样恋爱的？"

"什么意思？"狄君璞不解地问。

"我告诉过你，我妈不是我爸的第一任太太，但是，在我另外那个母亲未死以前，我爸就和我妈恋爱了。所以，很多人说心虹的母亲是给我爸和妈气死的。她死后才三个月，我爸就娶了我妈。所以，我爸应该可以了解爱情的那份强烈。"

狄君璞不禁想起心虹在那本小册子中写的，关于她母亲的事。他点点头，说："谢谢你给我的资料，但我希望我用不着这件武器才好。"

"那么，你还没有完全了解我的父亲！"心霞说，"你只看到他温和的一面，还没看到他的坏脾气和固执起来的蛮不讲理。总之，别让他打败你！"

"我不认为自己会被打败！"

他们又彼此交换了一瞥，才迈进霜园的大门。梁逸舟已走出客厅，正站在花园里，等着老高开车子过来。心霞急急地迎上前去说："爸爸，狄先生来看你，他说有话要和你谈。"

梁逸舟诧异地看了狄君璞一眼，后者脸上那份宁静、沉着和坚定的神情使他吃惊了。

他想起昨日心虹曾整日待在他那里，心里已隐隐猜到狄君璞的来意。一种强烈、不安的情绪升进他的心中，他对狄君璞点了点头，就默默地走进客厅，领先向书房走去。心霞对狄君璞做了个鼓励的眼色，又比了个胜利的手势，就三步并作两步地往楼上冲去了，在楼上，正传来心虹低而柔的歌声，在唱着"教我如何不想他"。

第
二
十
章

　　这是第二次，狄君璞在这间书房里和梁逸舟谈话，那一次是深夜，这一次是清晨，这两次的谈话，无论在气氛上、内容上，都有多么大的不同！梁逸舟在一开始，就有一种备战的姿态，燃起一支烟，他沉坐在那张安乐椅中，除了深深地、不断地喷吐着烟雾以外，他什么话都不说，只是等着狄君璞开口。这种气氛是逼人的，但是狄君璞并没有被梁逸舟吓着，他也燃起一支烟，深吸了一口，平平静静地说："梁先生，我今天来，是希望你答应我一件事，把心虹嫁给我。"梁逸舟瞪视着狄君璞，他虽然已揣测到了狄君璞此来必定与心虹有关，但是仍然没有料到他一开口，就是这样突兀的一句话。他的确吃惊不小，但，他并没有把惊异的神色流露出来。喷出一口浓浓的烟雾，他透过那层烟雾，直视着狄君璞的脸，不慌不忙地说："君璞，你可能是工作过度了！"

　　换言之，这句话也就是说："你昏了头了！"狄君璞轻蹙了一

175

下眉头，迎视着梁逸舟的眼光，他的眼神是坚定而沉着的。"梁先生，我没有工作过度，我的理智和感情都非常清楚，我知道我在做什么。我也知道你反对这件事，你上次对我说的话，言犹在耳，我并没有忘怀。但是，我仍然请求你，把心虹嫁给我！""你认为你配心虹是很合适的吗？"梁逸舟问，对方那种冷静、那种安详、那种坚决和胸有成竹的态度使他激怒了。当初他把农庄租给他的时候，再也不会想到会发展成今天这个局面！他简直有种"引狼入室"的感觉，他不只生狄君璞的气，也在生自己的气。那农庄，早就该放把火把它烧成平地，又不在乎几个钱，干吗要把它租出去？出租也罢了，又偏偏租给什么劳什子的作家！这种人天天编故事，编糊涂了，就要把自己编成故事的主角。所以很少的作家会有幸福安定的婚姻，就在于他们时时刻刻要当主角。不行！这件事是怎样也谈不通的，他必须断绝他的念头！

"我认为我会给心虹幸福和快乐。"狄君璞答复了他的问题，"我会尽我的全力来爱护她。"

"你的回答避重就轻了！君璞。"梁逸舟的眼光是锐利的，"你觉得你的'条件'能和心虹结婚吗？"

"你在暗示我不合条件了。"狄君璞说，"我不相信你对爱情的看法是像一般世俗那样的。你指的'条件'又是什么呢？梁先生，坦白说，我并没料到会爱上心虹，在你上次和我谈过话后，我也抗拒过，回避过，可是……"他叹口气，声音压低了，"或者人世的一切发展，都有命定的安排。谁知道呢？"

"命定？"梁逸舟抬了抬眉毛，"君璞，你用了两个很滑稽的字，你们这段爱情是'命定'的吗？别忘了，你比她大了十几岁，一个作家，一个在社会上混了这么多年的人，又是个在爱情上极有经验的人！而心虹呢？她的社会和世界就是霜园、农庄和山谷。何况她又有病。君璞，我认为你这样做有失君子风度。"狄君璞领教了梁逸舟说话的厉害了，他开始了解心霞在霜园外警告他的话。一层薄薄的怒意掩上了他的心头，可是，他压制了自己，他决不能发怒，那是成事不足败事有余的。

"是的，我比心虹大了十几岁，是的，我是个作家，也是的，我结过婚，有过爱情的经验……"他说，"可是，这些并不足以阻止我爱心虹，也不足以阻止心虹爱我。爱情，往往没有道理好讲，当它发生的时候，一切其他的因素，都会变得太渺小了。""你不必给我开爱情课，君璞。"梁逸舟打断了他，"那么，你来这儿，是来征求我的同意，问我愿不愿意把心虹嫁给你，对不对？""是的。""我可以简单答复你，也不必深谈了。我不愿意，君璞，你做我的女婿，未免太大了。"

狄君璞涨红了脸，他的冷静已经维持不住了。

"心虹已经二十四岁了，梁先生。"他冷冷地说，"她早就超过了法定年龄。""是的。"梁逸舟沉着地说，"但是，你忘了，她是个精神病患者，我有医生的证明，她的心智并不健全，所以，她根本不能自作决定。"

狄君璞凝视着梁逸舟，这是怎样一个冷心肠的男人！

"想当初，云飞遭遇过和我同样的困难吧！"他冲口而出地说。他犯了一个大错误，梁逸舟暴怒地站起了身子，指着他的鼻子，怒吼着说："你少提卢云飞，那根本是一个流氓！你如果愿意，将来把小蕾嫁给流氓吧，心虹是我的女儿，我有权关心她的幸福！"

"就是这句话，梁先生。"狄君璞很快地说，"你如果真关心心虹的幸福，你如果真爱她，就请不要干涉我和她的恋爱。你可知道她一直很忧郁吗？你可知道她经常生活在一个黑暗的深井里？你可知道她彻夜失眠，常哭泣到天亮？你可知道她脑子里有个黑房间，她常常害怕得要死？不！梁先生，你并不知道，你没有真正关心过她，你没有真正去研究过她，帮助过她。而现在，你盲目地反对我和她恋爱，你主观地认为这对她一定有害。但是，你错了，梁先生，你竟不知道我使她复活了！我让她从那个大打击里复苏过来，使她又能生活，又能笑，又能唱歌，又能爱了！而你这位父亲，伟大的父亲，你站起来指责我勾引你的女儿，你以一个保护者的姿态出现，好像我是个魔鬼或罪魁。事实上，你根本一丝一毫也不了解心虹。你可以破坏我们，你可以驱逐我，你可以不把她嫁给我，但是，谁给你权利，因为你是一个父亲，就可以置心虹于死地？"他一连串地说着，这些话像流水一般从他的嘴中冲出来，他简直连思考的余地都没有。他喊得又急又响，在那种愤怒而激动的情况下，他根本无法控制自己的语言和思想。当这一连串的话说完，室内那份骤然降临的寂静，才使他惊愕地发现，自己竟说得那样严厉。

梁逸舟有好几分钟都没有说话，只是瞪大了眼睛，看着狄君璞，浓浓的烟雾不住地从他的鼻孔和口腔中冒出来。他的脸色有些苍白，太阳穴在跳动，这一切都显示出他在极度的恼怒中。但他也在思考，在压制自己。好半天，他才冷冰冰地说了一句："什么叫置心虹于死地？你倒说说明白！"

狄君璞深吸了一口烟，他拿着烟斗的手在颤抖，这使他十分气恼，将近四十岁的人了，怎么仍然如此地冲动和不平静？这和他预先准备"冷静谈判""以情动之"的场面是多么不同！看样子，他把一切都弄糟了！

"梁先生，"他竭力使自己的声调恢复平稳，"我只是想提醒你，心虹是个脆弱而多情的孩子，头一次的恋爱几乎要了她的命，这一次，你就放她一条生路吧！"

"你认为，她上一次的恋爱悲剧是我导演的吗？"梁逸舟大声地问。"不，我不是这意思，"狄君璞急急地说，"我知道云飞是个流氓，我知道他的劣迹恐怕比你知道的还多。那个悲剧或者是不可避免的，但是，即将来临的悲剧却是可以避免的！"

"是的，是可以避免的！"梁逸舟愤愤地说，"假如当初我不那样好心，把农庄让给你住，那么，一切都不会发生了！狄君璞，我以为你是个君子，却怎么都没料到你竟是条色狼！你认为你的桃色新闻闹得还不够多？躲到这深山里来，仍然要扮演范伦铁诺！"

狄君璞跳了起来，再一次控制不住自己："梁先生，你犯不着侮辱我的人格，只因为我爱上你的女儿！假如你能够冷静一点，能够仔细分析一下目前的局面，你会发现，侮辱我并没有用处，并不能解决问题！"

"我有解决问题的办法，"梁逸舟坚定地说，"请你马上搬出农庄，我要把那幢房子整个拆掉！请你远离霜园，远离我们的家庭！""梁先生，你考虑过这样做的后果吗？你知道你这样会杀掉心虹吗？""你不要动不动就拿心虹的生命来威胁我！"梁逸舟恼怒地大声吼，"心虹是我的女儿！我知道怎样做对她有利！她根本不能明辨是非，她根本还没有成熟，第一次，她去爱一个小流氓；第二次，又去爱个老骗子……"

"梁先生！"狄君璞站起身来，打断了对方的怒吼，奇怪，到这一刻，他反而平静下来了。他的声音是低沉而稳重的，稳重得让他自己都觉得惊奇。可是，这低沉的语调却把梁逸舟的吼声给遮盖淹没了。"我知道和你没有什么可谈了。我常常觉得奇怪，许多人活到了五六十岁的年纪，经验过了半个世纪的人生，却往往对于这世界和人类仍然一无所知。许多我们自己经历过的痛苦和感情，如果若干年后，再来临到我们的子女或朋友身上，我们反而会嗤笑他，仿佛自己一直是圣人似的！这岂不是可笑吗？梁先生，我没什么话好说了，刚刚认识你的时候，你让我折服，我认为你是个懂得人生、懂得感情，有深度、有思想、有灵性的人。现在，我发现，你仅仅是个刚愎自用、目空一切的暴君！我不愿再和你谈下去，在短时间之内，我不准备离开农庄，你可以想尽办法来拆散我和心虹，随你的便吧，梁先生！但是，你会后悔！"他抓起椅子上自己的大衣，又说了一句，"你有一对好女儿，有个好妻子，可是，要失去她们，也是非常容易的事！"

他把大衣搭在手臂上，开始向门口去，但是，梁逸舟恼怒地喊了一声："站住！狄君璞！"狄君璞站住了，回过头来。

"你不要对我逞口舌之利，狄君璞。"梁逸舟本来苍白的脸色现在又涨红了，"我不听你那一篇篇似是而非的大道理！你明天就给我从那农庄里搬出去！"

"你无权让我搬出去，梁先生。"狄君璞静静地说，"我搬进来之前，曾和你订过一张两年为期的租赁合约，现在只过了半年，我并没有亏欠房租，所以，在期满之前，你无权要我搬走！"梁逸舟暴怒了。"狄君璞，你是个混蛋！"他咒骂着，"你给我注意，从今以后，再也不许走进霜园的大门。"

狄君璞注视着梁逸舟，好一会儿，他说："我很想问你一句话，梁先生，你恋爱过吗？"

梁逸舟一愣，愤愤地说："这个用不着你管！你别用'恋爱'两个字，去掩饰你那种丑恶而不正当的追求！恋爱应该要衡量彼此的身份，发乎情，止乎礼，才是美丽的！像你！你有什么资格谈'恋爱'两个字，你对你第一个妻子的感情呢？记得你那个婚姻也曾闹得轰轰烈烈呵！不正当的恋爱算什么恋爱呢？那只是罪恶罢了！"

狄君璞咬了咬牙，"谢谢你给我的教训，我承认不负责任的滥爱是罪恶，可是，真挚的感情和心灵的需求也是罪恶吗？梁先生，你这样义正词严，想必当初，你有个极正当的恋爱和婚姻吧！"

说完这几句话，他不再看梁逸舟一眼，他心中充满了一腔厌恶的、郁闷的情绪，急于要离开这幢房子，到屋外的山野里去呼吸几口新鲜空气。拉开了房门，他冲出去，却差点一头撞在吟芳的身上。她正呆呆地站在那房门口，似乎已经站了很久很久。显然地，她在倾听着他们的谈话。狄君璞把对梁逸舟的愤怒，本能地迁移了一部分到吟芳的身上，瞪视了她一眼，他一语不发地就掠过了她，大踏步地走向客厅，又冲出大门外了。吟芳看着他的背影，她不自禁地向他伸出了手，焦灼地低唤了一声："君璞！"可是，狄君璞并没有听到，他已经消失在大门外了。吟芳颓然地放下了手，叹口气，走进书房。梁逸舟正涨红了脸，瞪着一对怒目，在室内像个困兽般走来走去。看到了吟芳，他立即恨恨地叫着说："你知道发生了什么大新闻吗？"

"是的，"吟芳点了点头，轻轻地说，"我全知道，我一直站在书房外面，你们所有的谈话，我都听到了。"

"那么，你瞧！完全被你说中了！这事到底发生了。心虹真是个只会做梦的傻蛋！这个狄君璞，他简直是个卑鄙无耻的伪君子！"

吟芳望着他，默然不语，眼神是忧郁而若有所思的。半天之后，她走近他，用手握住了他的胳膊，她轻声地、温柔地说："坐下来，逸舟。"梁逸舟愤愤地坐下了。掏出一支烟，取出打火机，他连按了三次，打火机都燃不起来，他开始咒骂。吟芳接过了打火机，打燃了火，递到他的唇边。他吸了一口烟，把打火机扔在桌上，说："瞧吧！我一定要给他点颜色看看！"

"因为他揭了你的疮疤吗？"吟芳不慌不忙地问。

"你是什么意思？"梁逸舟瞪视着吟芳。

"逸舟，"吟芳站在梁逸舟的身后，用手揽住了他的头，温柔而小心地说，"事实上，狄君璞说的话，并不是完全没有道理的。""什么？"梁逸舟掉过头来，"你还认为他有道理吗？难道你……""别急，逸舟。"吟芳把他的头扳正，轻轻地摩挲着他，"你知道我并不赞成这段恋爱，当初还要你及早阻止。可是，许多时候，人算不如天算，这事还是发生了。以前，我们曾用全力阻挠过心虹的恋爱，结果竟发生那么大的悲剧。事后，我常想，我们或者采取的手段过分激烈了一些，我们根本没有给心虹缓冲的余地，像拉得太紧的弦，一碰就断了。但是，云飞确实是个坏坏子，我们的反对，还可以无愧于心。而狄君璞……"

"怎么？你还认为他是个正人君子不成？"梁逸舟暴躁地打断了她。

"你不要烦躁，听我讲完好吗？"吟芳按了按他的肩，把他那蠢动着的身子按回到椅子里，"我知道他配心虹并不完全合适。可是，从另一个观点看，他有学识，有深度，有仪表，还有很好的社会地位和名望。除了他年纪大了些和离过婚这两个缺点以外，他并不算是最坏的人选。而且，我以一个母性的直觉，觉得他对心虹是一片真心。"

"看样子，你是想当他的丈母娘了！"梁逸舟皱着眉说，把安乐椅转过来，面对着吟芳。

"逸舟！"吟芳温柔地喊，在梁逸舟面前的地毯上坐下来，把手臂伸在他的膝上，恳切地说，"别忽略了心虹！狄君璞说的确是实情，如果硬行拆散他们的话，心虹会活不下去！"

梁逸舟瞪视着吟芳。"你不知道，"吟芳又说了下去，"今天整个早上，心虹一直在唱歌，这是一年多来从没有的现象！而且，她在衣橱前面换了一上午的衣服，你知道这是什么意思吗？士为知己者死，女为悦己者容！"梁逸舟继续看着吟芳，他的眉头蹙得更紧了。

"还有，你没有看到她，逸舟。她脸上焕发着那样动人的光彩，眼睛里闪耀着那样可爱的光芒！真的，像狄君璞说的，她是整个复活了！"吟芳的语气兴奋了，她恳求似的望着梁逸舟，眼里竟漾满了泪。梁逸舟沉思了一段时间，然后，他烦恼地甩了一下头，重重地说："不行，我无论如何也不能同意这件事！这等于在鼓励这个不正常的恋爱！""什么叫不正常的恋爱？他们比起我们当初来呢？"

梁逸舟惊跳起来。"你不能这样比较，那时候和现在时代不同……"

"时代不同，爱情则一。"

梁逸舟盯着吟芳。"你是昏了头了，吟芳！你一直都有种病态的犯罪感，这使你脑筋不清楚！你不想想看，这样的婚姻合适吗？一个作家，你相信他的感情能维持几分钟？他以往的历史就是最好的证明了。假若以后狄君璞再遗弃了心虹，那时心虹才真会活不下去呢！而且，你看到刚才狄君璞的态度了吗？这件婚事，随你怎么说，我决不赞成！"

"不再考虑考虑吗，逸舟？"

"不。根本没什么可考虑的。"

"那么，答应我一件事吧！"吟芳担忧地说，"不要做得太激烈，也不能软禁心虹，目前，你在心虹面前别提这件事，让他们继续来往，另一方面，我们必须给心虹物色一个男友，要知道，她毕竟已经二十四岁了。"

"这倒是好意见，"梁逸舟沉吟地说，"早就该这么做了！或者，心虹对狄君璞的感情只是一时的迷惑，如果给她安排一个年轻人很多的环境，她可能还是会爱上和她同年龄的男孩子！"他高兴地站起身来，拍拍吟芳的手，"就这样做！吟芳，起来！你要好好地忙一忙了。"

"怎么？""我要在家里开一个盛大的舞会！我要把年轻人的

社会和欢乐气息带到心虹面前来！"

"你认为这样做有用吗？"吟芳瞅着他。

"一定的！"

吟芳不再说话了，顺从地站起身子。但是，在她的眼底，却一点也找不出梁逸舟的那种自信与乐观来。

第二十一章

午后，狄君璞闷坐在书房中，苦恼地、烦躁地自己跟自己生着气。上午和梁逸舟的一篇谈话，始终回荡在他的脑海里。他懊恼，他气愤，他坐立不安，他又后悔自己过于激动，把整个事情都弄得一败涂地。但是，每每想起梁逸舟所说的话，所指责诅咒的，他就又再度怒火中烧，咬牙切齿起来。老姑妈很识相，当她白炒了一盘辣子鸡丁后，她就敏感地知道事情并不像她想象的那样如意。于是，她把小蕾远远地带开，让狄君璞有个安静的、无人打扰的午后。

这午后是漫长的，狄君璞不能不期待着心虹的出现，每一分钟的消逝，对他都是件痛苦的刑罚。他一方面怕时间过得太快，另一方面又觉得时间过得太缓慢、太滞重了。他总是下意识地看手表，不到十分钟，他已经看了二十次手表了。最后，他熄灭了第十五支烟，站起身来，开始在房子里来来回回地踱着步子，表上已经四点了，心虹今天不会来了。或者，是梁逸舟软禁了她，反正，她不会来了。

他停在窗前，太阳快落山了，山坳里显得阴暗而苍茫。他伫立片刻，掉转身子走回桌前，燃上了第十六支烟。

忽然有敲门声，他的心脏"咚"地一跳，似乎已从胸腔里跳到了喉咙口。抛下了烟，他三步并作两步地冲进客厅，冲到大门口。大门本来就是敞开的，但是，站在那儿的，并不是他期待中的心虹，而是那胖胖的、满脸带笑的高妈。狄君璞愕然地站住了，是惊奇，也是失望地说了句："哦，是你。"高妈笑吟吟地递上了两张折叠的纸，傻呵呵地说："这是我们小姐要我送来的，一张是大小姐写的，一张是二小姐写的，都叫我不要给别人看到呢！"

狄君璞慌忙接过了纸条，第一张是心霞的，写着：

狄君璞：

　　妈妈爸爸已取得协议，暂时不干涉姐姐和你来往，怕刺激姐姐。但是，他们显然另有计划，等我打听出来后再告诉你。姐姐对于你早上来过的事一无所知，你还是不要让她知道好些。珍惜你的时间吧！别气馁呵！

　　高妈已尽知一切，她是我们这边的人，完全可以信任！

心霞

再打开另一张纸条，却只有简简单单的一句话：

请我吃晚饭好吗？

虹

狄君璞收起了纸条，抬起眼睛来，他的心里在欢乐地唱着歌，他的脸上不自禁地堆满了笑，对高妈一迭连声地说："谢谢你！谢谢你！谢谢你呵！"

高妈笑了，说："大小姐马上就会来了，晚上老高会来接她。"

"不用了，我送她到霜园门口。"

"我们老爷一定会叫老高来接的，我看情形吧！"

高妈转过身子走了。狄君璞伫立半晌，就陡地转了身子，不住口地叫着姑妈。姑妈从后面急匆匆地跑了出来，紧张地问："怎么了？怎么了？哪儿失火了吗？"

"我心里，已经烧成一片了！"狄君璞欢叫着说，对那莫名其妙的老姑妈咧开了嘴嬉笑，一面嚷着，"辣子鸡丁！赶快去准备你的辣子鸡丁！"折回到书房，他却一分钟也安静不下来了，他烧旺了炉火，整理了房间，在火盆旁，他安置好两张椅子，又预先沏上一杯好茶，调好了台灯的光线，拭去了桌上的灰尘。又不知从哪儿翻出一对蜡烛和两个雕花的小烛台，他一向喜欢蜡烛的那份情调，竟坚持餐桌上要用烛光来代替电灯，因而和老姑妈争执了老半天，最后，姑妈只好屈服了。当一切就绪，心虹也姗姗而来了。看到心虹，狄君璞只觉得眼前一亮，他从来没有看到心虹这样打扮过，一件黑丝绒的洋装，脖子上系了一条水钻的项链，外面披着件也是黑丝绒的大衣，白狐皮的领子。长发松松地挽在头顶，用一个水钻的发饰扣住。脸上一反从前，已淡淡地施过脂粉，更显得唇红齿白，双眉如画。她站在那儿，浅笑嫣然，一任他上上下下地打量着自己，只是含笑不语。那模样，那神态，有说不出来的华丽、说不出来的高贵、说不出来的清雅，与说不出来的飘逸。

好半天，狄君璞才深吸了一口气说："心虹，你美得让我心痛。"

把她拉进了书房，他关上房门，代她脱下大衣，立即，他把她拥入了怀中。深深地凝视着她，深深地对她微笑，再深深地吻住了她。她那娇小的身子，在他的怀抱中是那样轻盈，她那小小的唇，是那样温软。她那长而黑的睫毛，是那样慵慵懒懒地垂着，她那黑黑的眼珠，是那样醉意盎然地从睫毛下悄悄地望着他。他的心跳得猛烈。他的血液运行得急速。一早上所受的闷气，至此一扫而空。他吻她，不住地吻她，不停地吻她，吻了又吻，吻了再吻。然后，他轻声地问："你爸爸妈妈知道你来我这儿吗？"

"爸爸去公司了。我告诉妈妈我不回去吃晚饭，她也没问我，我想，她当然知道我是到这儿来了。除了这儿，我并没有第二个地方可去呀！"狄君璞沉默了一会儿，他不知道梁氏夫妇到底准备怎样对付他，但他知道一点：投鼠忌器，他们也怕伤害心虹。这成了他手中唯一的一张王牌。他现在没有别的好办法，除了等待与忍耐以外。命运既已安排他们相遇，应该还有更好的安排。等待吧！看时间会带来些什么！

"你有心事，"心虹注视着他，长睫毛一开一合的，"告诉我，你在想些什么？""没有什么。"狄君璞牵着她的手，把她引到火边的椅子上坐下。他坐在她旁边，把她的手合在他的手中。"我等了你整个下午，怎么这样晚才来？"

"你为什么不去霜园？"她问，心无城府地微笑着，"难道一定要我来看你？唔，"她斜睨着他，"我看你被我宠坏了，什么都要我迁就你。但是，"她热烘烘地扑向他，"我会迁就你，无论你要我做什么，我都会迁就你，我知道你不喜欢到霜园来，那儿的气氛不适合你，你宁愿要这朴朴实实、笨笨拙拙的农庄，也不愿要那豪华的霜园，对吧？好，你既然不喜欢去霜园，那么，我来农庄！如果你不讨厌我，我就每天来吃晚饭！"狄君璞心中通过了一阵又酸楚又激动的暖流，这孩子，这痴痴的傻孩子呵！她已经在为他的不去造访而代他找借口了。一时间，他竟冲动地想把早上的事告诉她，但他终于忍住了，只是勉强地笑笑说："你知道，心虹，你家里的人太多，而我，是多么希望和你单独相处呵！""嘘！"心虹把一个手指头压在嘴唇上，脸上有一股可爱的天真，"你不用解释，真的，不用解释！我每天都来就是了！记住，君璞，你高兴怎么做就怎么做，我不要改变你。假如你愿意，给我命令吧，你是我的主人，而我，一切听你吩咐，先生。"狄君璞拿起她的手来，轻轻地吻着她的手指，他用这个动作来掩饰他眼底的一抹痛楚。呵，心虹！她怎样引起他心灵深处的悸动呵！"告诉我，"他含糊地说，"我有什么地方值得你这样爱我？""呵，我也不很知道，"她深思地说，忽然有点羞涩了，"在我生病的时候，我常常看你的小说，它们吸引我，经常，我可以在里面找到一些句子，正是我心中想说的。我想，那时我已经很崇拜你了。后来，爸爸告诉我，有一个作家租了农庄，我却做梦也想不到是你，等到见到你，又知道你就是乔风，再和你接近之后，我忽然发现，你就像我一生所等待着的，所渴求着的。

"呵，我不会说，我不会描写。以前我并非没有恋爱过，云飞给我的感觉是一种窒息的、压迫的、又发冷又发热的感觉，像是一场热病，烧得我头脑昏然。而你，你带给我的是心灵深处的宁静与和平，一种温暖的、安全的感觉。好像我是个在沙漠中迷途已久的人，忽然间找到了光，找到了水，找到了家。"她抬眼看他，眼光是幽柔而清亮的，"你懂吗？"他紧握了一下她的手，算是答复。注视着她，他没有说话。迎视着他那深深沉沉、痴痴迷迷的注视，她也不再说话了。好长一段时间，他们只是默默相对。室内好静好静，只偶尔有炉火的轻爆声，打破了那一片的沉寂。窗外，太阳早就落了山，暮色慢慢地、慢慢地，从窗外飘进室内，朦胧地罩住了室内的一切。光线是越来越黝黯了，他们忘了开灯，也舍不得移动。房间中所有的家具物品，都成了模糊的影子。他们彼此的轮廓也逐渐模糊，只有炉火的光芒，在两人的眼底闪烁。"心虹。"好久好久之后，他才轻唤了一声。

"嗯？"她模糊地答应着，心不在焉的。仍然注视着他，面颊被炉火烤成了胭脂色。

"我有件东西要拿给你看。"他说。

"是什么？"

他满足地低叹了一声，很不情愿地放开了她的手，站起身来，走到书桌边去。拿起一张稿纸，他扭亮了台灯，折回到心虹身边来，把那张稿纸递给了她。她诧异地看过去，上面写着一首小诗，题目叫《星河》，这是他昨夜失眠时所写的。她开始细声地念着上面的句子：

星 河

在世界的一个角落，我们曾并肩看过星河，山风在我们身边穿过，草丛里流萤来往如梭，我们静静伫立，高兴着有你有我。

穹苍里有星云数朵，夜露在暗夜里闪闪烁烁，星河中波深浪阔，何处有鹊桥一座？

我们静静伫立，庆幸着未隔星河！

晓雾在天边慢慢飘浮，晨钟将夜色轻轻敲破，远处的山月模糊，近处的树影婆娑，我们静静伫立，看星河在黎明中隐没。

心虹念完了，抬起头来，她的眸子清亮如水。把那张稿纸压在胸前，她低声地说："给我！""给你。"他说，俯下头去吻她的额。

她摊开那张纸，又念了一遍，然后，她再念了一遍，她眼中逐渐涌上了泪水，唇边却带着那样陶醉而满足的笑。跳起来，她攀着狄君璞的衣襟，不胜喜悦地说："我们之间永远不会隔着星河，是不是？"

"是的。"他说。揽住她的肩，把她带到窗前。他们同时都抬起头来，在那穹苍中找寻星河。夜色才刚刚降临，星河未现，在那黑暗的天边，只疏疏落落地挂着几颗星星。他们两相依偎，看着那星光一个个地冒出来，越冒越多，两人都有一份庄严的、感动的情绪。忽然间，心虹低喊了一声，用手紧紧地环抱住狄君璞的腰，把头深深地埋在他胸前，模糊而热烈地喊："呵，君璞，我爱你！我爱你！我爱你！"

他揽紧了她，把下颌紧贴在她黑发的头上，默然不语。而门外，老姑妈已经在一迭连声地叫吃晚饭了。

于是，他们来到了餐桌上。这是怎样的一餐饭呀！在烛火那朦胧如梦的光芒下，在狄君璞和心虹两人那种恍恍惚惚的情绪中，一切都像披上了一层梦幻的轻纱。似乎连空气里都涨满了某种温馨、某种甜蜜。狄君璞和心虹都很沉默，整餐饭的时间中，他们两人都几乎没说过什么，只是常常忘了吃饭，彼此对视着，会莫名其妙地微笑起来。在这种情形下，坐在一边的老姑妈和小蕾，也都跟着沉默了。老姑妈只是不时地以窥探的眼光，悄悄地看他们一眼，再悄悄地微笑，而小蕾呢？她是被这种气氛所震慑了。她好奇，她也惊讶。瞪着一对圆圆的眼睛，她始终注视着心虹。最后，她实在按捺不住了，张开嘴，她突然对心虹说："梁阿姨，你为什么要有很多名字？"

"什么？"心虹不解地问，她的思绪还飘浮在别的地方。她和狄君璞都没注意到，她已经把"梁姐姐"的称呼改成了"梁阿姨"。"你看，你以前的名字叫梁姐姐，婆婆说，现在要叫梁阿姨了，再过一段时间，还要叫妈妈呢！"小蕾天真地、一本正经地说着。老姑妈蓦地从喉咙里干咳了几声，慌忙把头低了下去，再也没想到孩子会把这话当面给说了出来，老姑妈尴尬得无以自处。心虹却飞红了脸，把眼睛转向了一边，简直不知该怎么办好。狄君璞望着小蕾，这突兀的话使他颇为震动。美茹在小蕾还没懂事前就走了，事实上，美茹一直不喜欢孩子，她嫌小蕾妨碍了她许多的自由。因此，这孩子几乎从没得到过母爱。他注视着小蕾，伸手轻轻地握住了小蕾的手，说："小蕾，你愿意梁阿姨做你的妈妈吗？"

小蕾好奇地看看心虹，天真地问："梁阿姨做了我妈妈，是不是就可以跟我们住在一起？"

"是的。"狄君璞回答。

孩子兴奋了，她喜悦地扬起头来，很快地说："那么，她从现在起，就做我的妈妈好吗？"

心虹咳了一声，脸更红了。老姑妈已乐得合不拢嘴。狄君璞含笑地看着孩子，忍不住在她额上重重地吻了一下，多可人意的小东西呵！这篇谈话对心虹显然有了很大的影响，因此，在饭后，心虹竟一直陪伴着小蕾，她教她做功课，教她唱歌，给她讲故事。孩子睡得早，八点钟就上了床，心虹一直等她睡好了，才离开她的床前。挽着狄君璞，她提议地说："到外面走走，如何？"

狄君璞取来她的大衣，帮她穿上，揽着她，他们走到了山野里的月光之下。避免去农庄后的枫林，狄君璞带着她走上了那条去雾谷的小径。枫林夹道，繁星满天。那夜雾迷离的山谷中，树影绰约，山色苍茫。他们相并而行，晚风轻拂，落叶缤纷，岩石上，苍苔点点，树叶上，露珠晶莹。这样的夜色里，人类的心灵中，除了纯净的美的感觉以外，还能有什么呢？爱，是一种至高无上的美。他拥住她，吻了她。抬起头来，他们可以看到月亮，看到月华，看到星云，看到星河。她把头靠在他的肩上，低声说：

"我很想许愿。""许吧！""知道冯延巳的那阕《长命女》吗？"

他知道。但他希望听她念出来。于是，心虹用她那低低的、柔柔的声音，清脆地念着："春日宴，绿酒一杯歌一遍，再拜陈三愿：一愿郎君千岁，二愿妾身常健，三愿如同梁上燕，岁岁长相见！"她的声音那样甜蜜，那样富于磁性，那样带着心灵深处的挚情。他感动了，深深地感动。揽紧了她，他们并肩站在月光之下。他相信，如果冥冥中真有着神灵，这神灵必然能听到心虹这阕"再拜陈三愿"，因为，她那真挚的心灵之声，是应该直达天庭的呵！

"看！一颗流星！"她忽然叫着说。

是的，有一颗流星，忽然从那星河中坠落了出来，穿过那黑暗的广漠的穹苍，不知落向何方去了。狄君璞伸出手来，做了一个承接的手势，心虹笑着说："你干吗？""它从星河里掉下来，我要接住它，把它送给你，记得你告诉过我的话吗？你曾幻想在星河中划船，捞着那些星星，每颗星星中都有一个梦。我要接住这颗星，给你，连带着那个梦。"他做出一个接住了星星的手势，把它递在她手里。她立即慎重地接了过来，放进口袋中。两人相对而视，不禁都笑了。他们再望向天空，那星河正璀璨着。她又低声地念了起来："在世界的一个角落，我们曾并肩看过星河，山风在我们身边穿过，草丛里流萤来往如梭，我们静静伫立，高兴着有你有我。"

他们伫立着，静静地，久久地。

第二十二章

　　心虹的生命是完全变了。

　　忽然间，心虹像从一个长长的沉睡中醒来，仿佛什么冬眠的动物，经过一段漫长的冬蛰，一旦苏醒，睁开眼睛，第一眼看到的就是春天那耀眼而温暖的阳光。于是，新的生命来临了。随着新生命同时来临的，是无尽的喜悦、焕发的精神和那用不完的精力。不知从何时开始，心虹不再做噩梦了，每晚，她在沉思和幻梦中迷糊睡去，早晨，再在兴奋和喜悦中醒来。那经常环绕着她的暗影也已隐匿无踪，花园里，山谷中，枫树前，岩石后，再也没有那困扰着她的鬼影或呼唤她的声音。那种神秘的、无形的、经常紧罩着她的忧郁也已消失，她不再无端地流泪、无端地叹息、无端地啜泣。揽镜自照，她看到的是焕发的容颜、光亮的眼睛、明艳的双颊和沉醉的笑影。她惊奇，她诧异，她愕然……狄君璞，这是个怎样的男人，他把她从黑雾弥漫的深谷中救出来了。

她的变化是全家都看到的，都感觉到的。当她轻盈的笑声在室内流动，当她衣袂翩然地从房里跑出来，如翩翩的小蛱蝶般飞出霜园，飞向山谷，飞向农庄。当她在夜深时分踏着夜雾归来，看到仍等候在客厅里的吟芳，她会忽然扑过去，在吟芳面颊上印下一吻，喘息地说："呵！好妈妈！我是多么地高兴哪！"

这一切，使全家有着多么不同的反应。单纯而忠心的高妈是乐极了，她不住地对吟芳说："这下好了，太太，我们大小姐的病是真好了！"

她开始盲目地崇拜狄君璞，能使小姐病好的人必然是英雄和神仙的混合品！她更忠心地执行着代小姐传信的任务，成了心虹和狄君璞的心腹。

吟芳是困扰极了，她实在不能确知心虹的改变是好还是坏。也不敢去探测心虹那道记忆之门是开了还是依然关着，云飞的名字在霜园中，仍然无人敢于提起。对于狄君璞，她很难对此人下任何断语，所有的作家在她心目中都是种特殊的人物，她不敢坚持狄君璞和心虹的恋爱是对的，也不敢反对梁逸舟。看到心虹快乐而焕发的脸庞，她会同情这段恋爱，而衷心感到阻挠他们是件最残忍的事情。但，想到狄君璞的历史和家庭情形，她又觉得梁逸舟的顾虑都是对的。她深知一个"后母"的个中滋味。就在这种矛盾的情绪中，她困扰，她焦虑，她也时时刻刻感到风暴将临，而担惊不已。

梁逸舟呢？在这段时期中，他是又暴躁，又易怒，又心情不定。既不能阻止心虹去看狄君璞，又不能把狄君璞逐出农庄，眼看这段爱情会越陷越深，他是烦躁极了。好几次，他想阻止心虹去农庄，都被吟芳拉住了。于是，他开始邀约一些公司里的年轻男职员回家吃饭，开始请老朋友的子女来家游玩，但，心虹对他们几乎看都不看，她一点也不在意他们，就像他们根本不存在一样。于是，他开始积极地筹备一个家庭舞会。并计划把这个家庭舞会变成一个定期的聚会，每星期一次或每个月两次，他不只为了心虹，也要为心霞物色一个男友。

天下最难控制的是儿女之情，最可怜的却是父母之心！梁逸舟怎能料到非但心虹不会感谢他的安排，连心霞也情有所钟。在大家都为心虹操心的这段时间里，梁逸舟夫妇都没注意到心霞的天天外出有些特别。吟芳只认为心霞是去台北同学家，心霞一向活泼爱交朋友，所以，她连想都没想到有什么不妥之处。梁逸舟是总把心霞看成"天真的孩子"的，还庆幸她有自己的世界，不像心虹那样让他烦心。他们怎会想到在这些时间中，心霞都逗留在不远处的一个小农舍里，常和一个半疯狂的老妇作伴，或和一个浓眉大眼的年轻人驾着摩托车，在乡间的公路上疾驰兜风。

心虹的心房是被喜悦和爱情所涨满了，她是多么想找一个人来分享她的喜悦！多么想和人谈谈狄君璞！高妈虽然忠心，却笨拙而不解风情。吟芳是长辈，又不是她的生母。梁逸舟更别谈了，整天板着脸，仿佛和她隔了好几个世纪。于是，只剩下一个心霞了！偏偏心霞也是那样急于要和姐姐倾谈一次！所以，在一个晚上，心霞溜进了心虹的房间，钻进了她的被褥，姐妹两个并肩躺着，有了一番好知心的倾谈。

"姐姐，我知道你的秘密，"心霞说，"你去告诉狄君璞，叫他请我吃糖。"心虹脸红了，怎样喜悦而高兴的脸红呵！

"爸爸妈妈是不是都知道了?"她悄悄问,"他们会反对吗?你想。"心霞沉吟了片刻,"我猜他们知道,但是他们装作不知道。"

　　"为什么呢?他们一定不赞成,就像当初不赞成云飞一样。但是,我现在的心情很奇怪,我反而感谢他们曾经反对过云飞,否则,我怎么可能和狄君璞相遇呢?"

　　心霞呆呆地看着心虹,她已听狄君璞说过心虹恢复了一部分的记忆,但是,到底恢复了多少呢?

　　"姐姐,你对云飞还记得多少?"

　　"怎么!"心虹蹙起眉毛,很快地甩了甩头,"我们别谈云飞,还是谈狄君璞吧!你觉得他怎样?"

　　"一个有深度、有学问、有思想,又感情丰富的人!"心霞说,真挚地,"姐姐,我告诉你,好好爱他吧,因为他是真心爱着你的!我们的一生,不会碰到几个真正有情而又投缘的人,如果幸福来临了,必须及时把握,别让它溜走了。"

　　"嗨,心霞!"心虹惊奇地瞪着她,"你长大了,这是我第一次听到你这种谈话,你不再是个黄毛丫头了!告诉我,你碰到些什么事?也恋爱了吗?只有恋爱,可以让人成熟。"

　　"姐姐!"心霞叫,挤在心虹身边。

　　"是吗?是吗?"心虹支起上身,用带笑的眸子盯着她,"你还是从实招来吧!小妮子,你的眼睛已经泄露了。快,告诉我那是谁!你的同学吗?我认不认得的人?快!告诉我!"

　　心霞凝视着心虹,微微地含着笑,她低低地说:"姐姐,是你认识的人。"

　　"是吗?"心虹更感兴趣了,她抓住了心霞的手腕,摇撼着,

"快，告诉我，是谁？我真的等不及地要听了，说呀！再不说我就要呵你痒了。"

心霞把头转向了一边，她的表情是奇异的。"你真要知道吗，姐姐？"

她的神色使心虹吃惊了。心虹脸上的笑容消失了，她的心往下沉。"总不会也是狄君璞吧，"她说，"你总不该永远喜欢我所喜欢的人！"心霞大吃一惊，立即叫着说："哎呀，姐姐，你想到哪儿去了？不是，当然不是！"她掉回头来看着心虹，原来……原来……原来她也记起了她和云飞的事！她不禁讷讷起来："姐姐，你知道以前……以前我根本不懂事，我并不是真的要抢你的男朋友，云飞……云飞他……""哦，别说了，"心虹放下心来，马上打断了心霞，"过去的事还提它做什么，忘了它吧！我们谈目前的，你告诉我，那是谁呢？"心霞咬咬嘴唇，"你不告诉爸爸妈妈好吗？他们会气死！"

"是吗？"心虹更吃惊了，"你放心，我一个字也不说，是谁呢？""卢云扬！"她轻轻地说了。

这三个字虽轻，却有着无比的力量，室内突然安静了。心虹愕然地愣住了，好半天，她都没有说话，只觉得脑子里像一堆乱麻一样混乱。自从在农庄的阁楼上，她恢复了一部分的记忆之后，因为紧接着，就是和狄君璞那种刻心蚀骨的恋爱。在这两种情绪中，她没有一点缓冲的时间，也没有一点运用思想的余地，只为了狄君璞在她心目中占据的分量太重太重，使她有种感觉，好像想起云飞，都是对狄君璞的不忠实，所以，她根本逃避去想到有关云飞的一切。也因此，自从记起有云飞这样一个人以后，她就没有好好地回忆过，也没有好好地研究过，到底云飞现在怎样了？他到何处去了？对她而言，都是一个谜。她本不想追究这个谜底，而且巴不得再重新忘记这个人。而现在，心霞所透露的这个名字，却把无数的疑问和过去都带到她眼前来了。

"怎么，姐姐？"她的沉默使心霞慌张，或者她做错了，或者她不该对她提这个名字，"你怎么不说话了？"

"啊，"心虹仍然怔怔的，"你让我想想。"

"你在想什么？"心霞担心地问。

"云飞。"她低声说。忽然间，她抓住了心霞的手臂，迫切地俯向心霞，她的眼睛奇异地闪烁着，声调里带着痛苦的坚决，"你告诉我吧，心霞，那个……那个云飞现在在哪里？"

"姐姐！"心霞低呼着。

"说吧！好妹妹，我不怕知道了，我也不会再昏倒了，你放心吧！告诉我！他走了吗？到什么地方去了？为什么你会碰到云扬？他们还住在镇外的农舍里吗？说吧，心霞，都告诉我，我要把这个阴影连根拔去。快说吧，云飞到什么地方去了？""他……他……"心霞结舌地，终于，她决心说出来了，她忽然觉得，早就应该这样做了。或者，狄君璞是对的，不该遮着伤口就算它不存在啊！至于心虹是否推落了云飞这一点，她可以不提。于是，她轻声地说了："他死了。姐姐。"

"啊！"心虹惊呼了一声，片刻沉寂之后，她慢吞吞地问，"生病吗？""不。是意外，他从农庄后面的悬崖上摔了下去。"

她又沉默了许久，她的眼睛怔怔地望着心霞，里面闪烁着又像痛苦、又像迷茫的光芒。

"什么时候的事？前年秋天？"这时已是一月底了，"当时有别人在场吗？"

"是前年秋天，当时只有你在场，我们找到你的时候，你正昏倒在栏杆旁边，我想，你是目睹他摔下去的。"

"啊！"她轻喘了口气，脸色有些苍白，"这就是我生病的原因，是吗？""是的。"

她又沉默了。紧紧地蹙着眉头，她在搜索着她的记忆，苦苦地思索。但是，她失败了。

"怎会发生这样的事？"她困惑地问。

"栏杆朽了。他可能是靠在栏杆上和你说话，栏杆断了，他就摔了下去。也可能是在栏杆那儿滑了一下，那晚下着毛毛雨，地上滑得不得了，如果他跌倒在栏杆上，栏杆一折断，他就必定会摔下去。反正，是个意外。这种意外，谁也没办法防备的，是不？"

心虹忽然间跳了起来，坐在床上，说："是了，我想起来了！"

"你想起来了？"心霞惊异地问。

"不不，不是那件事。我想起几个月之前，狄君璞刚搬来的时候，我曾经在山谷中被一个疯老太太扯住，她说我是凶手，要我还她儿子来！原来……原来那是云飞的母亲，后来那个年轻人就是云扬，他们恨我，以为……"

"是的，那就是云扬和他母亲，那老太太失掉了儿子，就有点精神不正常，因为那天晚上云飞是去见你，她就认为这悲剧是因你而发生的。你不要把她说的话放在心上，事实上，卢老太太现在已经很好了，只是糊涂起来，还总认为云飞没有死，还向我问起你来呢！问你怎么不去她家玩，是不是和云飞闹翻了。"

"啊，可怜的老太太！"心虹喃喃地说，眼中竟映出了泪光。她显然丝毫也没有想到她有杀害云飞的可能。"我想去看她，"她由衷地说，看着心霞，"我可以去看她吗，你想？"

"我想可以的。""啊，"心虹转动着眼珠，深深思索，"我懂了，怪不得你们都并不积极治疗我的失忆症，你们怕我痛苦。怪不得我每次看到悬崖顶上的栏杆都要发抖……那栏杆是出事之后才换的，是不是？""是的，出事之后，附近镇上都说这农庄危险，因为有时也会有些牧童到那儿去玩的，所以，爸爸就重新筑了一排密密的栏杆，再漆上醒目的红油漆！"

"哦！"心虹长吁了一口气，脸色依然苍白。这答案使她难过而昏乱，但是，在她的精神上，却也解除了一层无形的桎梏。"哦！"她低语，"这是可怕的！"

"但是，姐姐，一切都早已过去了！"心霞急忙说，让心虹躺了下来，她用手搂着她。

"你不要再去想这件事了，现在，你已有一段新的生命了，不是吗？新的爱情，新的人生，把云飞抛开吧。姐姐，老实说……"她沉吟了一下，"我最近才知道一些事……呵，算了，别提了，让过去的都过去吧！我为你和狄君璞祝福！"心虹的思想仍然萦绕在那个悲剧上，她看着心霞，担忧地说："心霞，云扬和你……你们很相爱吗？云扬会不会也像他母亲一样恨我？""哦，姐姐！"心霞很快地说，"云扬不恨你，姐姐。最初，他很难过，可能也迁怒到你身上，可是，后来他想通了。自从和我恋爱以后，他更不恨你了，非但不恨你，他还和我一样，希望你快乐幸福。他说，在他的幸福中，他愿全天下的人都幸福，他说，你是我的姐姐，就凭这一点，他也无法恨你，何况，那件意外又不是你的责任！所以，姐姐，你看，我们一定可以处得很好！我现在最担心的是爸爸和妈妈，他们以前反对云飞，认为他是流氓，对于云扬，他们一定也有相同的看法。悲剧发生后，爸爸就说，希望和卢家再也不要搭上关系！而且，云扬曾拒绝爸爸给他介绍的工作，又拒绝爸爸金钱的帮助，那时悲剧刚发生，他的心情很坏，数度和爸爸正面冲突。所以，姐姐，我真烦恼极了。如果爸妈反对，我会活不下去！姐姐，你知道爱情是怎样的，是吗？"

"我怎么可能不知道呢！"心虹幽幽地说，揽紧了她的妹妹，"都是我不好，如果没有云飞的事，你和云扬大概也就没有问题了。""那也说不定，你别怪到你身上，你根本没有什么错。姐姐，你知道爸爸的，他温和的时候真好，但是固执起来却比谁都固执，我真不知道应该在怎样的时机里，才能把我和云扬的事情告诉他！""我也面临同样的问题呢，心霞。"

"姐姐。"心霞叫了一声，却又不知要说什么，一时间，姐妹二人深深地相对注视，一种同病相怜的情绪使她们偎偎得更紧了。那种知己之感和彼此间深切的了解与关怀，比姐妹之情更深更重地把她们环绕在一起了。好半天，心霞才又开了口："姐姐，你注意到爸爸近来尽带些男孩子到家里来吗？"

"是的。""那是为了你，我想。"

"他们为什么不能接受狄君璞呢？爸爸不是一开始也说狄君璞是个很好的人吗？""他们认为狄君璞结过婚，又有孩子……"

"妈嫁给爸爸的时候，爸爸不是也结过婚，有了孩子吗？"心虹很快地解释。

"如果他们能这样想就好了。"心霞叹了口气，"大人们的问题，就在于他们常常忘记自己也恋爱过，常常忘记自己是怎样度过这个年代的。我真不懂，为什么他们不会为我们设身处地地想一想呢！并不是因为他们是父母，爱我们，带大了我们，他们就成为我们思想与感情的主宰呀！"

"你要知道，心霞，在父母的心目里，我们永远不会长大，他们常常无法接受一个事实，就是我们有了独立的思想与看法，不再和他们处处走同一路线了。我想，这对他们来说，也是很难的一件事。许多时候，他们会把我们的独立看成一种背叛、一种反抗！两代之间永远有着距离，就在于父母永远忘不了，儿女是他们生下来的、是他们创造的这件事实！

"噢，心霞，有一天我们也会有儿女，也会变老，等那一天来临的时候，我们会不会也和我们的父母犯同样的毛病呢？"

"我想可能的。你说呢？"

"我也这样想。现在我们是儿女，到了那时候，我们可能又有一篇属于父母的、主观的见解了。"

"姐姐，我们现在先说定好不好，假若二三十年后，我们对我们的子女，有太主观的见解，或固执的主张时，我们彼此都有责任提醒对方，回忆一下今天晚上！"

"好！""勾勾小指头！一言为定！"

心霞伸出小手指，姐妹两个的指头勾在一起了。她们相视而笑，紧紧依偎。心霞喃喃地说："姐姐，你真不该和我是异母的姐妹，我多爱你呀！"

"别给妈听到了，她待我真比亲生母亲还好！"

"姐，我今晚不回房间了，就跟你一床睡好吗？"

"当然。"姐妹俩并肩而卧。经过了这一番彼此心灵的剖白，她们忽然觉得这样亲密、这样融洽。从没有一个时候，她们之间的感情，比这时更深挚、更浓厚了。

第二十三章

　　第二天午后，在狄君璞的书房里，心虹把昨夜和心霞的谈话内容都告诉了狄君璞。用一种略带责备和埋怨的眼光，她瞅着他，有些忧愁地说："你为什么不把云飞坠崖的事告诉我呢，君璞？"

　　他望着她。"你太善良，心虹。所以你会患上失忆症，我何苦告诉你，再引起你的伤心呢？如果有一天，你自己记起了一切，不是比较自然吗？""其实，告诉我也好，"她深思地说，"我初听到的时候震惊而难过，但是，现在，我却觉得像心灵上解除了一层负荷似的。奇怪，我真不了解我自己。那还是个我爱过的人，为什么我知道他死了，并不像你们想象的那样大受刺激，我竟能平静地接受这件事。为什么呢？是因为我有了你吗？"她看着他，"君璞，你不认为我这人很可怕吗？有了新的爱人就丢了旧的！""呵！你的毛病就是思想太多了，又太善于责备自己了！"狄君璞说着，揽住她，吻着她，"忘了这一切吧，你答应过我不再提了，是吗？""我只是觉得对那个老太太很有歉意，我想为她做点什么事，君璞，我能为她做点什么事吗？"

狄君璞深思地望着她，点了点头。

"我想我们可以的，心虹。"

"是什么呢？""让我慢慢再告诉你吧！现在，如果你有心情的话，"狄君璞笑望着她，"我有一样礼物要送给你。"

"真的？"心虹高兴了起来，"是什么？"

"伸出手来，闭上眼睛！"狄君璞命令着。

"君璞，你可不许使坏呵！"心虹怀疑地说。

"人格担保！"

心虹闭上眼睛，伸出了手。狄君璞看着她，那垂着的长睫毛在那儿不安静地颤动着，唇边微微地带着个轻颦浅笑。伸出的手掌白皙修长，仿佛托着一个美丽的梦。

他不自禁地用唇压在那手掌上，心虹低低地惊呼，仍然闭着眼睛，她问："这就是你的礼物吗？"

"不。还有别的！"一样凉沁沁的东西轻轻地落进了她的掌心中，接着，是一条链条细碎地滑入了她的手掌，她忍不住了，睁开眼睛，她看到自己所托着的，竟是一颗光彩夺目的星星，她不禁惊叫了。拿起来，她细细地看着，那是一个K白金的胸饰，上面垂着K白金的链条，胸饰是个星形，上面缀着水钻，因此，整个星星闪烁而夺目，璀璨而晶莹。她抬起眼睛来，怔怔地看着狄君璞。"这……这是什么？"她结舌地问。"那颗从星河里坠落下来的星星，我不是答应过要把它送给你的吗？每颗星星里包着一个梦，你要知道这颗星星里包着什么梦吗？打开它！心虹！"

原来那颗星星和普通的鸡心胸饰一样能够打开来，里面可以放张照片或是什么的。她打开了它，立即，她看到那里面镌刻着细小的字迹，她低低念着，却是那首《星河》的第一段：

在世界的一个角落，我们曾并肩看过星河，山风在我们身边穿过，草丛里流萤来往如梭，我们静静伫立，高兴着有你有我！

心虹惊喜地扬起头来，那样兴奋，那样喜悦，那样难以相信！她嚷着说："你从哪儿弄来的？""天上！"他笑着。这是他在珠宝店中定制的。合起了那颗星星，他把它挂在她的颈项上，那颗星星垂在她胸前，刚好她穿了件黑色的洋装，衬托得那颗星星分外闪亮，像暗夜中第一颗升起的星光。"呵！君璞！"她叫着，"这多美呵！只有你才想得出这种花样！谁知道我真的把星河里的星星摘下来了！还连带着那个梦呢！"她用手圈住了狄君璞的脖子，热情地吻他，说："我们是不是会永远并肩看星河呢？"

"永远！"他反复地吻她，每吻一下，就说一句，"永远！"然后，他审视着她，问："高兴吗？""高兴！""快乐吗？""快乐！""心情愉快吗？""愉快！""不难过了吗？""不难过了！""那么，我要带你出去一趟。""去哪儿？""去看一个朋友。"

心虹不再说话，只是用一种惊奇的眼光看着狄君璞。

狄君璞从架子上拿了两罐包装好的奶粉和一大盒的香肠及食品，说："好了，我们走吧。""要去台北吗？你要把我介绍给你的朋友吗？我需不需要换一件衣服？""停止你那许许多多的问题吧！跟我来，但是，答应我永远保持你的好心情。来吧！"

他带着心虹走出了书房，告诉姑妈不一定赶得及回来吃晚饭，就走出农庄，沿着那条通往镇上的路走去。心虹不再问问题了，她对狄君璞是那样信任，即使他将带她走入地狱，她也会含着笑去的。

很快地，他们来到了镇上，走完了一条街，转进一条狭窄的巷子，他们来到一家裁缝店的门口，心虹愕然地说："你要给我做衣服吗？"

"问题又来了！"狄君璞微笑地说，"跟我来吧，你马上就可以知道答案了。"带着她走到那狭隘的楼梯口，他却又站住了，深深地望着心虹，他说："你答应过我要永远保持好心情的，是不？""是的。"她说，有点不安，"你在弄什么花样？别吓唬我，君璞。"

"不会吓你，心虹。"他说，"我早就想带你来了，这儿住着一个孤独的女孩子，她需要友谊，需要安慰。自从我发现她之后，就常到这儿来，她知道我和你的事。你愿意给她一份友谊吗？""当然！君璞！"她说着，惊异而狐疑地看着他。

"那么，来吧！"他领先走上了楼梯，一面上楼，一面扬着声音喊，"有人在家吗？客人来了！"

萧雅棠立即冲到楼梯口来，手里抱着孩子，高兴地说："是狄先生吗？怎么……"她一眼看到心虹，就张口结舌地愣在那儿了。狄君璞上了楼，笑着说："我说过要带心虹来。你们见见吧，我想，总不必我再介绍了！"心虹站在楼梯口，也呆住了。两个女人面面相觑，都怔在那儿说不出话来。最后，还是萧雅棠先恢复神志，振作了一下，她陡地叫了起来："啊，梁心虹，你让我太意外了！"

"我和你一样意外，"心虹这才讷讷地说出话来，"君璞只说带我来看一个朋友，并没有说是你。你怎么……怎么搬到这儿来住了？""这里房租便宜。"萧雅棠毫不掩饰自己的窘况，"生了宝宝之后，就搬到这儿来了，云扬给我租的房子。"

"宝宝？"心虹困惑地看着她怀里的孩子。

"是的，就是……我告诉过你我有孕了，不是吗？那晚在山谷里的时候。这就是那孩子，云飞的儿子——我叫他宝宝。"

心虹是更困惑了，不只困惑，而且惊慌，在她的记忆中，这一环始终没有和前面的连锁到一起。她瞪视着那孩子，茫然不知所措。萧雅棠也愕然了，半晌，她才怔怔地说："怎么……你……原来你仍然没有记起来！"她求助似的看了看狄君璞，后者给了她一个宽慰的眼色。她恢复了自然，对心虹静静地微笑着。"这是云飞的儿子！"她如同是第一次告诉她一样地说着，"我的日子曾经很艰苦，但是，现在已经好多了，狄先生和云扬都很照顾我。你看！这就是那个混蛋给我留下的！"她把孩子递到心虹面前，"愿意帮我抱抱他吗？我去倒茶！"

心虹下意识地接过了孩子，依然茫然而困惑，她呆呆地瞪着孩子那张粉妆玉琢的小脸。

孩子很乖巧可爱，一到了心虹手中，就咧着小嘴对她嬉笑，又伸出胖胖的小手来，碰触着心虹的面颊，嘴里咿咿唔唔地诉说着没有人懂的语言。萧雅棠到后面去倒茶了，心虹掉过头来，看着狄君璞，低低地说："你一点都没告诉我，有这样一个孩子！"

"假若昨晚心霞没把云飞坠崖的事告诉你，我仍然不会带你来的。你要知道，我无法预测这事在你心中会引起怎样的反应。""你怕我怎样呢？生气？嫉妒？你以为我对云飞还有爱情吗？还会吃醋吗？"心虹责难地低语，"你早就该带我来了！可怜的雅棠！想想看，我也很可能变成今日的她！如果我早知道，我可以尽量帮她的忙呵！"

"现在也为时未晚，"狄君璞轻声说，"我不是带你来了吗？告诉你，她最需要的是友情！她已经在孤独和轻视中挣扎了很久了！她真是个勇敢的女孩子！"

他们在藤椅中坐了下来，心虹不能自已地打量着那个孩子，掩饰不住她对这孩子所生出的一种复杂的情绪。萧雅棠端着两杯茶出来了，对狄君璞说："你怎么每次来都要带东西呢？"

"别提了。"狄君璞说，"最近还好吗？"

"总是这样子。啊，"她忽然想了起来，"上星期云扬带心霞来过。""心霞？"心虹惊异地叫了一声。她也知道这回事呵，怪不得昨晚她吞吞吐吐，欲说又止，大概就是这件事了！她看着萧雅棠，后者对她微笑了一下。

"你很惊奇呵！"她说，"我倒觉得云扬和心霞是很好的一对，你现在总不会还把我当云扬的女朋友吧？"

"当然。"心虹急忙说，有点赧然了。

"你可以对云扬放心，"萧雅棠的脸色忽然变得庄重而严肃，她的眼光是诚恳的，"云扬和云飞完全是不一样的人，虽然他们是兄弟，但是，在做人和品格方面，云扬是高出云飞太多了！"心虹点了点头，她的眼底有着感动的光芒。萧雅棠伸手去抱过孩子，心虹望着那婴儿，低声地说："孩子很漂亮，长得像云飞。"

"我本来想拿掉他的，"萧雅棠说，用手托着孩子的头，让他躺在她的手腕上，用一种又怜爱又忧愁的眼光，她注视着孩子，"云飞死了，这孩子出世就会是个私生子，我恨透云飞，连带使我也恨这孩子。我想拿掉他，却不知该怎么去拿，也没有勇气，我去找云扬，求他帮忙。但是，云扬却对我说，拿掉他是件残忍的事，孩子何辜，该失去一条生命？他说他负责生产费，要我生下他来，如果我仍然不要他，就送给云扬，他愿意收养这孩子。就这样，我就把这孩子生下来了。谁知道，一生下来，我就再也离不开他了。"她举起孩子，深深地吻着孩子的面颊和颈项。孩子怕痒，开始舞动着双手，咯咯咯咯地笑了起来。"现在，"萧雅棠继续说了下去，"这孩子却成为我的生命和我的世界，也是我活在这世界上唯一的意义。"心虹静静地听着，她的眼睛一瞬不瞬地望着她，眼里充盈着泪。萧雅棠说完了，室内有片刻的沉静，她的眼光仍然痴痴地停驻在孩子的面庞上。然后，心虹开了口："我很抱歉。雅棠。"萧雅棠很快地抬起头来，望着心虹。

"为什么？"她问，"因为云飞的死吗？""总之，如果不是因为我，他是不会死的。"心虹说。

"那么，他会在什么地方呢？我打赌不会在你身边，也不会在我身边，不知道他会在哪一个女人的身边，也不知道他会再造多少的孽。说不定还有更多的私生子要来到这个世界上呢！抱歉？你不必对我抱歉，心虹，我从没有为这件事恨过你或怪过你，从没有。如果我要恨，我恨的是云飞，不是你。"心虹凝视着萧雅棠，这番话完全出乎她的意料，萧雅棠说得那样坦白、那样诚恳。她没有责怪她，没有像那个老太太那样指责她是凶手。心虹觉得心中有份说不出的安慰和温暖。她凝视着萧雅棠的眼光里立即说出了她心中的思想，同时，萧雅棠也立即从心虹的眼光中读出了这份思想。两个女人禁不住地都相视微笑了起来。就在这相视微笑中，一层了解的、崭新的友谊就滋生了。

"孩子多大了？有一周岁了吗？"心虹问，含笑地望着那肥肥胖胖的小婴儿。"没有，才八个月，块头很大，是吗？才能吃呢！将来一定很结实。"萧雅棠回答。不由自主地流露了一份母性的骄傲，她那看着孩子的眼光是宠爱而得意的。

"再给我抱抱好吗？"心虹无法遏止自己对这孩子的好奇，云飞的孩子！那个差点做了她丈夫的男人！

萧雅棠把孩子交给了心虹，站起身来说："正好我该给他冲奶了，你抱着，我去冲去。"

狄君璞以一种感动而欣慰的眼光望着这一切，他坐在一边，几乎一句话也不说。望着这两个女人化解了她们之间那种微妙的尴尬，建立起友情与亲密，这是动人的，他不愿说任何的话，以免破坏了她们之间的气氛。但是，楼梯上一阵急促的脚步声，打破了室内的宁静，接着一个女性的声音喊了起来："萧雅棠在吗？我们来了！"

萧雅棠惊奇地站住了，狄君璞和心虹也惊奇地站了起来，同时，那刚跑上来的一男一女也惊奇地站住了。来的不是别人，却是心霞和云扬。"嗨，怎么会是你们？你们怎会在这里？"心霞愕然地叫着。"你能来，我怎么不能来呢？"心虹笑着说，不由自主地兴奋了。

"狄先生!"云扬向狄君璞打着招呼,他手里也拎着许多奶粉和什么的。狄君璞和云扬笑着点了点头,这真是一个奇怪的聚会,他一生没碰到过比这更特殊的场面了。这群人彼此间的关系实在微妙,但场面却是兴奋而热闹的。萧雅棠显然是惊喜交集,她嚷着说:"到底今天是个什么特殊的日子,你们会一起跑来了?你们是约好的吗?""不是,不约而同而已。"云扬说,把东西放了下来,不住地以惊奇的眼光看着心虹和她手中的孩子。

心虹的眼光和云扬的接触了,两人似乎都有点不安。可是,兴奋和欢愉的气息是富传染性的,旧恨早已过去,新的关系里却有着温情,云扬很快就抛开了那困扰着他的一丝恼意,他对她大踏步地走了过来,由衷地说:"很高兴见到你,心虹。"

他的唇边带着微笑,他的眼底有着友情,他直呼她的名字,像以前他经常出入霜园时一样,这表示所有的仇恨都已过去了。这一群年轻人,把新的友谊建筑起来了,这是一些多么热情而善良的人哪!

"嗨,大家坐吧!不要都站着!"萧雅棠忽然想起她是主人来了,她把椅子上的东西拿开,高声地招呼着,又要向楼下跑,"这样难得的聚会,必须好好热闹一下,你们都不许走,我出去买点东西,今晚大家都在我这儿吃晚饭!"

"等一下!"云扬说,"你怎么做得了我们这么多人吃的?"

"我可以帮忙!"心虹说。

"我提议,"狄君璞阻止了大家的吵声,"假若你们大家不反对,我想请你们去台北吃沙茶火锅!"

"沙茶火锅!"心霞首先赞同,"好极了!就是沙茶火锅!"

"孩子呢？带去吗？"心虹问，她对那孩子显然已生出一份微妙的感情。"我可以把他托给楼下的房东太太！"萧雅棠说，"你们等一等，我先给他喝瓶奶！"她往后面冲去，又兴奋又激动。生活对于她，在好长的一段时间里，都成了一件无可奈何的事。而现在，那属于年轻人的、活泼的、喜悦的日子，似乎又回来了！这些访客，这些朋友，她知道，他们都渴望着给她快乐的！她是多么感激他们呵，他们何止带来快乐呢？他们还带来一份崭新的生命呵！片刻之后，这一群人已浩浩荡荡地向台北的方向出发了，带着欢愉，带着喜悦，带着无穷无尽的对未来的希望，他们向前迈着步子，把曾有过的那些乌云和阴影都抛向脑后了。

　　未来，对他们是一条神奇的路，他们都已振作着，准备去探索、去追寻了！

第二十四章

　　但是，这条神奇的路会是一条坦途吗？是没有荆棘没有巨石的吗？是没有风浪没有困厄的吗？迎接着他们的到底是些什么？谁能预测呢？在这些日子里，梁逸舟是更加热衷于带朋友回家吃饭了，各种年轻人，男的、女的，开始川流不息地出入于霜园。心虹和心霞冷眼地看着这一切的安排，她们有些不耐，有些烦躁，巴不得想远远地躲开。可是，父母毕竟是父母，她们总不能永远违背父母的意思，因此也必须要在家里应酬应酬这些朋友。而梁逸舟的选择和安排并不是盲目的，他有眼光，也有欣赏的能力，这些年轻人净都是些俊秀聪颖的人物。再加上年轻人与年轻人是很容易接近的。因此，当春天来临的时候，这些年轻人中已经有好几个是霜园的常客了。在这之中，有个名叫尧康的男孩子，却最得心虹和心霞两姐妹的欣赏，也和她们很快地接近了起来。

　　尧康并不漂亮，瘦高挑的身材，总给人一种感觉，就是太瘦太高了，所以，心霞常常当面取笑他，说他颇有"竹感"。他今年二十八岁，父母双亡，是个苦学出来的年轻人，毕业于师大艺术系，现在在梁逸舟的食品公司中负责食品包装的设计，才气纵横，常有些出乎人意料的杰作，在公司里很被梁逸舟所器重。他的外形是属于文质彬彬的一类，戴副近视眼镜，沉默时很沉默，开起口来，却常有惊人之句出现，不是深刻而中肯的句子，就是幽默而令人捧腹的。但是，真使心虹姐妹对他有好感的，并不在于他这些地方，而是他还能拉一手非常漂亮的小提琴。

美术、文学和音乐三种东西常有类似之处，都是艺术，都给人一种至高无上的美感，都能唤起人类心灵深处的感情。通常，喜爱这三者之一的人也会欣赏其他的两样，心虹姐妹都是音乐的爱好者。因此，尧康和他的小提琴就在霜园奠定了一个良好的基础。尧康是个相当聪明的人，走进霜园不久，他就发现梁逸舟的目的是在给两个女儿物色丈夫。他欣赏心虹的雅致，他也喜欢心霞的活泼。可是，真正让他逗留在梁家的原因，却不见得是为了心虹姐妹，而是霜园里那种"家"的气氛，对于一个孤儿来说，霜园实在是个天堂。所以，对心虹姐妹，他并没有任何示爱或追求的意味，这也是他能够被心虹姐妹接受的最大的原因。就这样，连狄君璞也可以经常听到尧康的名字了，他没有说什么，只是常常默默地望着心虹，带着点窥探与研究的意味。当有一天，心虹又在赞美尧康的小提琴的时候，狄君璞沉默了很久，忽然跳了起来，用唇猛地堵住了她的嘴，在一吻以后，他的嘴唇滑到她的耳边，他轻轻地在她耳边说："你觉得，我需要去学小提琴吗？"

"呵！"心虹惊呼了一声，推开他，凝视着他的脸，然后，她发出一声轻喊，迅速地抱住他的脖子，热烈地吻住他，再叫着说，"哦！你这个傻瓜呵！一百个尧康换不走一个你呀！你这个傻透傻透的傻人！"从此，狄君璞不再芥蒂尧康，反而对他也生出浓厚的兴趣，倒很希望有个机会能认识他。

就在这时候，霜园里举行了第一次的家庭舞会。

当舞会还没有举行的时候，心虹和心霞都有些闷闷不乐，参加舞会的人绝大部分是梁逸舟邀请的，另外还有些是心霞的男女同学。心虹的同学，很多都失去联系了，她也无心去邀请他们。对这个舞会，她是一点兴趣也没有，她宁愿在农庄的小书房里，和狄君璞度过一个安安静静的晚上。她也明白，如果自己不参加这舞会，父亲一定会大大震怒的，所以，她曾表示想请狄君璞来参加，梁逸舟深思了一下，却说："他不会来的，这是年轻人的玩意儿，他不会有兴趣！"

"他并不老呵！"心虹愤愤地说。

"也不年轻了！"梁逸舟说了一句，就走开了。

"如果他愿意来呢？"心虹嚷着说。

梁逸舟站住了，他的眼睛闪着光。

"如果他愿意来，"他重重地说，"就让他来吧！"

可是，狄君璞不愿意去。揽着心虹，他婉言说："你父亲之所以安排这样一个舞会，就是希望在一群年轻人中，给你找一个男友。我去了，场面会很尴尬，对你对我，都不是一件愉快的事。我不去，心虹，别勉强我。但是，当你在一群男孩子的包围中时，也别忘了我。"

狄君璞并不笨，自从上次和梁逸舟冲突之后，他就没有再踏入过霜园。他明白梁逸舟对他所抱的态度,这次竟不反对他参加,他有什么用意呢?他料想那是个疯狂的、年轻人的聚会,或者,梁逸舟有意要让他在这些人面前自惭形秽。他是不会自惭形秽的,可是,他也不认为自己能和他们打成一片,再加上梁逸舟可能给他的冷言冷语,如果他参加,他岂不是自取其侮?心虹知道他说的也是实情,她不再勉强了,但在整个舞会筹备期中,她都是无精打采的。

心霞呢,她也对父亲提出了一个使他大大意外的要求:"我要邀请两个人来参加!"她一上来就开门见山,斩钉截铁地说。"谁?"梁逸舟惊奇地问。

"卢云扬和萧雅棠!""云扬?"梁逸舟竖起了眉毛,萧雅棠是谁,他根本记不得了,云扬他当然太知道了!看心霞把他们两个的名字连起来讲,他想,那个萧雅棠当然就是云扬的女朋友了,却做梦也想不到心霞和云扬的恋爱。"云扬!"他叫着,"为什么要请他们?姓卢的给我们的烦恼还不够吗?我希望卢家的人再也不要走进霜园里来!""爸爸,"心霞喊着,"冤家宜解不宜结呵!你正好借此机会,和他们恢复友谊呀!"

"我为什么要和他们恢复友谊呢?"梁逸舟瞪着眼睛说,"那个卢云扬!那个蛮不讲理的浑小子!比他哥哥好不了多少!我以前想要帮助他,他还和我搭架子、讲派头、发脾气、耍个性,这种不识抬举、不知天高地厚的小流氓,请他来干什么!""爸爸!"心霞的脸色发青了,"人家现在是××公司的工程师,整个公司里谁不器重他?你去打听打听看!人家是靠自己奋斗出来的,没有倚赖你,这就损伤了你的自尊吗?"

"心霞！"梁逸舟喊，"你怎么这样和爸爸说话！一点礼貌都没有！为什么你一定要让他们参加？当初他连我的帮助都不接受，现在又怎会参加我们家的舞会？"

"如果他愿意来呢？"心霞和心虹一样地问。

"如果他愿意来，就让他来吧！"梁逸舟烦恼地说，孩子们！她们怎么都有这么多的意见呢！但是，他对卢云扬，并没有太多的顾虑，他认为他不会来，即使来了，只表示他的怨恨已解，那也没有什么不好之处，就随他们去吧！

心霞邀请云扬，同样碰钉子，云扬很快地说："我不去！""为什么？""我发过誓，不再走进霜园！"

"你脑筋不清楚了吗？"心霞恼怒地嚷，"怪不得爸爸骂你是个浑小子呢！难道你预备一辈子跟我就不死不活地拖下去？你不借此机会，和爸爸修好，跟我们家庭恢复来往，还要等到什么时候？"云扬瞪着心霞。"懂了吗？"心霞喊，"我要爸爸看看你，我要让他知道，你不亚于任何一个他所找来的男孩子！你懂了吗？你这个傻瓜蛋！"

云扬拥住了她，吻住她的嘴。

"去吗？"心霞问。"去！"他简短地说。"带雅棠来。""你要她做我的烟幕弹？"

"我要她找回年轻人的欢乐，你哥哥不需要她殉葬，她才只有二十二岁呢！"他深深地吻她。"你是个好女孩，心霞。"他说，"一个太好太好的女孩。"

于是，那舞会终于举行了。整个的霜园，被布置得像个人间仙境。花园里，每一棵树上，都缀上了红红绿绿的小灯，闪闪烁烁，明明灭灭，仿佛有一树的星星。树与树之间，都有彩条连接着，彩条上，也缀着小灯。另外，在花园的假山下、岩石中，他们置放了一个个的小灯笼，灯笼是暗红色的，映得整个花园中一片幽柔的红光，像天际的彩霞。

室内，是烛光的天下。这是尧康的意见，他用烛光取代了电灯。在室内的墙上，他钉了烛台，点上了几十支蜡烛，烛光一向比电灯的光更诗意，那摇曳的光芒，那柔和的光线，使大厅中如梦如幻，如诗如画。

尧康是艺术家，又擅长美术设计，这次舞会的布置，他出了许多力。心虹本来对这舞会毫无兴趣，但后来，她也帮着尧康布置起客厅来，在这几日中，她和尧康十分接近，他们常在一边窃窃私语，也常谈得兴高采烈。这使梁逸舟沾沾自喜，吟芳也暗中欣慰。

舞会开始了，宾客如云。无论从哪一个角度看，这都是个太成功太成功的舞会。云扬带着萧雅棠来了，萧雅棠穿着件翠绿色的衣服，袖口和领口都缀着同色的荷叶边，头发盘在头顶，耳朵上戴了两个金色的大圈圈耳环，她的出现，竟引起全场的注意，像一道闪亮的光，把大厅每个角落都照亮了。云扬穿着一身黑色的西装，系了一条红色的领带，高高的身材，宽宽的肩膀，浓黑的头发与眉毛，漂亮而神采奕奕的眼睛。他扶着萧雅棠的手腕，把她带到梁逸舟和吟芳的面前，极有礼貌也极有风度地微微鞠躬，含笑说："梁伯伯，梁伯母，让我介绍萧小姐给你们！"

梁逸舟不能不暗中喝了一声彩。这实在是太漂亮、太引人注意的一对！他接受了云扬的招呼，把平日对他的不满都减少了不少，这样的晚上，他不会对谁生气的。何况，云扬接受了邀请，这表示他已经不再敌视他们了。

唱机是尧康在管理着，心虹在一边协助他。心虹今晚穿了一件纯黑色滚银边的晚礼服，长发垂肩，除了胸前垂着的一颗星星之外，她没有戴任何饰物，在人群中，她也像一颗闪亮的星星。尧康放了一张施特劳斯的《皇帝圆舞曲》，开始了第一支舞，一面对心虹深深一鞠躬："愿意我陪你跳第一支舞吗？"

心虹嫣然一笑，接受了尧康的邀请，他们翩跹于舞池中了。心霞早已带着萧雅棠，介绍给所有的人，面对这样一位少女，男士们都趋之若鹜了，因此，立即有人邀她起舞，而心霞呢，她的第一支舞当然是属于云扬的，就这样，舞池里旋转出无数的回旋。乐声悠扬，烛光摇曳，人影婆娑，无数的旋转，转出了无数个春天。那坐在一边观看的梁逸舟夫妇，不禁相视而笑了。萧雅棠的舞跳得十分好，她的身子轻盈，腰肢细软，每一次旋转，她那短短的绿裙子就飞舞了起来，成为一个圆形，像一片绿色的荷叶，她的人，唇红齿白，双颊明艳，恰像被荷叶托着的一朵红莲。一舞即终，许多人都对着她鼓起掌来，立即，她成为许多男士包围的中心，一连几支曲子，她都舞个不停。尧康看着心虹，说："那个绿衣服的女孩子今天大出风头了！"

"美吗？"心虹问。"是的。"他用一种艺术家审美的眼光看着萧雅棠，"艳而不俗，是很难得的！她有艺术设计的才干，那件绿衣服还硬是要配上那副大金耳环，才彼此都显出来了！配色是一项学问，你知道。"心虹微笑了，再对萧雅棠看过去，萧雅棠现在的舞伴是云扬。尧康带着心虹旋转了一个圈圈，又说："她那个男朋友对她并不专心，这是今天晚上他们合跳的第一支舞。看样子，那男孩子对你妹妹的兴趣还浓厚一些。"

"那男孩子叫卢云扬，女的叫萧雅棠，他们并不是你想象中的一对，云扬另有心上人。雅棠呢？"心虹沉思了一下，"她有个很凄凉的故事，有机会的时候，我会说给你听。"

"是吗？"尧康的眼光闪了闪，又好奇地对云扬和雅棠投去了好几瞥的注视。"我们舞过去，"心虹说，"让我给你们介绍。"

他们舞近了云扬和雅棠，心虹招呼着说："云扬，给你们介绍，这是尧康，学艺术的，精通美术设计。这是云扬，××公司工程师。萧小姐，萧雅棠。"心虹介绍着，然后又对云扬说，"云扬，我有事要找你谈，我们换一换怎样？"云扬松开了雅棠，心虹对尧康歉意似的笑笑，就把他留给雅棠，跟云扬滑开了。舞向了一边，他们轻松地谈着，时时夹着轻笑，然后他们又慎重地讨论起什么事情来。在一边默默观看的梁逸舟，不禁对吟芳说："看到吗？你猜怎么？这舞会早就该举行了！我想，我们担心的许多问题，都已经结束了！"

"但愿如此！"吟芳说，深思地看着心虹和云扬。

随着时间的消逝，舞会的情绪是越来越激烈、越来越高昂了，他们取消了慢的舞步，换上了清一色的灵魂舞的唱片，乐声激烈，那播动的鼓声震动了空气，也震动了人心，大家是更高兴了。心虹一向喜静而不喜动，今晚竟反常地分享了大家的喜悦。她又笑又舞，胸前的星星随着舞动而闪烁。她轻盈地周旋于人群中，像一片飘动的云彩，又像一颗在暗夜里闪烁的星辰。心霞呢，穿着件粉红色镶白边的洋装，一片青春的气息，活泼，快乐，神采飞扬。

笑得喜悦，舞得疯狂。这姐妹二人似乎已取得某种默契，既然父母都煞费苦心地安排这次舞会，她们也就疯狂地享受而且表现给父母看。整个晚上，这姐妹二人和萧雅棠成了舞会的重心人物。三种不同的典型：心虹飘逸而高贵，心霞活跃而爽朗，雅棠灿烂而夺目。却正好如同鼎上的三足，支持了整个的舞会。男士们呢，云扬的表现好极了，他请每一位女士跳舞，尤其是比较不受欢迎的那些小姐，他照顾得特别周到，他的人又漂亮潇洒，谈笑风生。再加上有礼谦和，舞步又跳得娴熟优雅。相形之下，别的男客未免黯然失色了。

尧康并不是一个很好的社交场合中的人物，他过分地恂恂儒雅，文质彬彬，又有点艺术家的满不在乎的劲儿。他的舞步并不熟，但他对音乐太熟悉了，节拍踩得很稳，所以每种舞的味道都跳得很足。不过，他始终不太受大家的注意，直到休息的时间中，他应部分熟悉的客人的坚决邀请，演奏了一阕小提琴。他拉了一支贝多芬的《罗曼史》，又奏了一曲《春之颂》。由于掌声雷动，盛情难却，他再奏了《孤挺花》和《深深河流》。大家更热烈了，更不放过他了，年轻人是喜欢起哄的，包围着他坚邀不止。于是，他拍了拍手，高声地说："你们谁知道我们的主人之一——梁心虹是个很好的声乐家？欢迎她唱一支歌如何？"

大家又叫又闹，推着心虹向前。心虹确实学过两年声乐，有着一副极富磁性的歌喉。她并没有忸怩，就走上前去。拉住尧康，她不放他走，盈盈而立，她含笑说："我唱一支歌，歌名叫作《星河》，就是这位尧康先生作的曲，一位名作家写的歌词。

现在，我必须请尧康用小提琴给我伴奏。"大家疯狂鼓掌。尧康有些意外，他看了心虹一眼，心虹的眼睛闪亮着，和她胸前的星光相映。他不再说什么了，拿起小提琴，他奏了一段前奏。然后，心虹用她那软软的、缠绵的、磁性的声音，清晰地唱了起来：

在世界的一个角落，我们曾并肩看过星河，山风在我们身边穿过，草丛里流萤来往如梭，我们静静伫立，高兴着有你有我。

穹苍里有星云数朵，夜露在暗夜里闪闪烁烁，星河中波深浪阔，何处有鹊桥一座？

我们静静伫立，庆幸着未隔星河。

晓雾在天边慢慢飘浮，晨钟将夜色轻轻敲破，远处的山月模糊，近处的树影婆娑，我们静静伫立，看星河在黎明中隐没！

歌曲作得十分优雅清新，心虹又贯注了无数的真挚的感情，唱起来竟荡气回肠。好一会儿，室内的人好静，接着，才爆发地叫起好来，大家簇拥着心虹，要求她再唱。心虹在人群里钻着，急于想逃出去，因为她忽然热泪盈眶了。心霞对云扬使了个眼色，于是，一张《阿哥哥》的唱片突然响了起来，心霞和云扬首先滑入舞池，热烈地对舞。大家的注意力被转移了，又都纷纷跳起舞来，一面跳，一面轻喊，鼓声、琴声、喇叭声、人声、笑声和那舞动时的快节拍的动作，把整个的空气都弄热了。夜渐渐地深了，蜡烛越烧越短，许多人倦了，许多人走了，还有许多人隐没在花园的树丛中了。

宾客渐渐地告辞，梁逸舟夫妇接受着客人们的道谢，这一晚，他们是相当累了。他们虽也跳过几支舞，但是，夹在一群年轻人中，总有些格格不入。所以大部分的时间，他们只是忙着调制饮料，准备点心，或和一些没跳舞的客人聊天。现在，当客人逐渐散去，他们忽然发现心虹和尧康一起失踪了。"他们两个呢？哪儿去了？这么晚！"梁逸舟问。

"可能去捉萤火虫去了！"心霞笑嘻嘻地说。

"捉萤火虫？"梁逸舟愕然地说，瞪着心霞，再看了吟芳一眼，他忽然若有所悟地高兴了起来，"啊啊，捉萤火虫！这附近的萤火虫多得很，让他们慢慢地捉吧！"他笑得爽朗，笑得得意。心霞也暗暗地笑了。只有吟芳没有笑，用担忧的眼光注视着窗外迷茫的夜色。心虹和尧康在哪里呢？真在捉萤火虫吗？让我们走出霜园，到农庄里去看看吧！这晚，对狄君璞而言，真是一个漫长而难挨的晚上。吃过晚饭没有多久，他就在室内有些待不下去，走出农庄，他在广场上看不着霜园，走到农庄后面，他不知不觉地来到那枫林里。凭栏而立，他极目望去，霜园中那些红红绿绿的小灯闪烁着，透过树丛，在夜色里依然清晰，依然引人注意，像一把撒在夜空里的星光。距离太远，他听不到音乐，但是，他可以想象那音乐声，旖旎的、缠绵的、疯狂的、振奋的。那些男女孩子耳鬓厮磨，相拥而舞，其中，也包括他的心虹。在这一刻，心虹正在谁的怀抱中呢？那个小提琴手吗？或是其他的男人？

整晚，他心情不定，在农庄内外出出入入。当夜深的时候，他就干脆停在栏杆前面，不再移动了。燃上了一支烟，他固执地望着那些小灯，决心等着它熄灭以后再回房间，他必须知道心虹不在别人怀抱里，他才能够安睡。傻气吗？幼稚吗？他这时才了解，爱情里多少是带着点傻气与幼稚的，它就会促使你做出许多莫名其妙而不理性的行为。

一支烟吸完了，他再燃上了一支，第三支，第四支……那些小灯闪烁如故。抬头向天，月明星稀，今晚看不到星河。是因为身边没有她吗，还是他们把星河里的星星偷去挂在树上了？他越来越烦躁不安，抛去手里的烟蒂，他再燃上了一支，那烟蒂带着那一点火光，越过黑暗的空中，坠落到悬崖下面去了，像那晚从星河中坠落的流星。他深吸了口气，心虹心虹，你可玩得高兴吗？心虹心虹，你可知道在这漫长的深夜里，有人"为谁风露立中宵"？

像是回答他心中的问题，他身后忽然响起了一个幽幽柔柔的声音，轻轻地说："你可需要一个人陪伴你看星河吗？"

怎样可爱的幻觉？他摇了摇头。人类的精神作用多么奇妙呀！他几乎要相信那是心虹来了呢！

"在世界的一个角落，我们曾并肩看过星河，"那声音又响了，这次却仿佛就在他的耳边，"那星河何尝美丽？除非有你有我！"这不正是他的心声吗？不正是他想说的话吗？心虹！他骤然回头，首先接触的，就是心虹那对闪烁如星的眸子，然后，是那盈盈含笑的脸庞，那袭黑色的晚礼服，那颗胸前的明星！心虹！这是真的心虹！他一把握住了她的手腕，惊喜交集，恍惚如梦，不禁讷讷地，语无伦次了："怎么，心虹，是你吗？真是你吗？你来了吗？你在这儿吗？""是的，是我。"她微笑着，那笑容里有整个的世界，"我费了很大的劲，使爸妈不怀疑我，我才能溜出来。如果今晚不见你一面，我会失眠到天亮。现在，离开这栏杆吧，这栏杆让我发抖。来，我介绍一个朋友给你，尧康。"

他这才看见，在枫林内，一个瘦高挑的男孩子，正笑吟吟地靠在一棵枫树上，望着他们。他立即大踏步地走过去，对这男孩子伸出手来，尧康重重地握住了他的手，眼睛发着光，一腔热情地说："乔风，我知道你！我喜欢你的东西，有风格，有分量！另外，我已知道你和心虹的故事，这几天，她跟我从头到尾地谈你，我几乎连你一分钟呼吸多少下都知道了！所以，请接受我的祝福。并且，我必须告诉你，我站在你们这一边，有差遣时，别忘了我！"

这个年轻人！这番友情如此热烘烘地对他扑来，他简直不知道该说些什么好了。只能紧握着那只手，重重地摇撼着。然后，他把手按在尧康的肩上，他说："我们去书房里，可以煮一壶好咖啡，作一番竟夜之谈。"

"我一夜不回去，爸会杀了我，"心虹说，笑望着尧康，"那你也该糟了，爸一定强迫把我嫁给你！"

"那我也该糟了！"狄君璞说。

大家都笑了。狄君璞又说："无论如何，总要进来坐坐。"

他们向屋里走去，心虹说："我们刚刚来，想给你一个意外，到了这儿，大门开着，书房和客厅里都没人，我知道你不会这么早睡，绕到外面，果然看到你在枫林里，我们偷偷溜过去，有没有吓你一跳？"

"我以为是什么妖魔幻化成你的模样来蛊惑我。"

"你焉知道我现在就不是妖魔呢?"

狄君璞审视着她。"真的,有点妖气呢!"他说。

大家又笑了。走进了书房,烧了一壶咖啡。咖啡香萦绕在室内,灯光柔和地照射着。窗外是迷迷蒙蒙的夜雾,窗内是热热烘烘的友情。好一个美丽的夜!

第二十五章

这天，狄君璞第一次带心虹去看卢老太太，同行的还有尧康。尧康对于这整个的故事，始终带着股强烈的好奇。他获得这个故事，一半是从狄君璞那儿，一半是从心虹那儿。这故事使他发生了那么大的兴趣，他竟渴望于参与这故事后半段的发展了。这是星期天，他们料想云扬也会在家，说不定心霞也在，因为心虹说，心霞一大早就出去了。走近了那简陋的农舍，心虹忽然有些瑟缩，那晚在雾谷中捉住她又撕又咬的疯妇，又出现在她眼前，她的脚步不由自主地滞重了，而且微微地打了个寒战，这一切没有逃过狄君璞的注意，他站住了，说："怎么了？""你真认为我可以去见卢老太太吗？"心虹不安而忧愁地问，"会不会反而刺激她，等会儿她又捉住我，说我是凶手？会吗？""以我的观察，是不会的。"狄君璞说，"她自从上次在雾谷发过一次疯之后，一直都没有再发作过，云扬告诉我，医生说她在逐渐平静下去。我几次来，和她谈话，她给我的印象，都是个又慈祥又可怜的老太太。在她的潜意识中，始终拒绝承认云飞已经死了。所以，我们见到她，千万顺着她去讲，就不会有问题了。但是，"他怜惜而深情地看着心虹，"假若你真怕去见她，我们就不要去吧！怎样？"

"哦，不不！我要去！"心虹振作了一下，对狄君璞勇敢地笑了笑，"我应该去，不是吗？如果不是为了我，她不会失去她的儿子，也不会发疯。虽然那是个意外，我却也有相当的责任。我应该去看她，只要不刺激她，我愿意天天来陪伴她，照顾她。""真希望，你这一片好心，会获得一个好的结果。"狄君璞自言自语似的喃喃说。尧康看了看心虹，深思地迈着步子，他知道狄君璞这句话，并不是指卢老太太的友谊而言，而是指云飞的死亡之谜而言。他再看看心虹，他在那张温柔而细致的脸庞上，找不着丝毫"凶手"的痕迹，她自己似乎一分一毫也没有想到她有谋害云飞的嫌疑。他们来到了那农舍前的晒谷场上。心虹望着四周，身子微微发颤，她的脸色苍白而紧张。

"我还记得这儿，"她低声说，"以前的一切，像一个梦一样。""你要进去吗？"狄君璞再一次问，"如果不要，我们还来得及离开。""我要进去！"她说，有一股勇敢的、坚定的倔强，这使狄君璞为之心折。在他想象中，遭遇过雾谷事件之后，她一定没有勇气再见卢老太太的。

伸手打了门。心虹紧偎着狄君璞，他可以感到她身子的微颤。门开了，出乎意料地，开门的既不是云扬，也不是心霞，而是抱着孩子的萧雅棠。

"怎么，你在这儿？"狄君璞愕然地问。

萧雅棠望着他们，同样地惊奇。看到尧康，她怔了怔，这个和她共舞多次的瘦长青年，怎会料到她是个年轻的母亲，有一段不堪回首的过去呢？她的脸红了红，顿时有点尴尬和不安。她不知道，尧康早就对她的故事了若指掌，对她和她的孩子，他十分好奇，却绝无轻视之心。她回过神来，把门开大了，她匆促地说："云扬和心霞约好去台北，早上云扬来找我，因为卢伯母又有点不安静，他怕万一有什么事，阿英对付不了，要我来帮一下忙。"

"怎么！"狄君璞有点吃惊，"卢老太太发病了吗？"他们怎么选的日子如此不巧！

"不不，不是的。"萧雅棠急忙说，"只是有点不安静，到东到西地要找云飞，一直闹着要出去。你们进来吧，或者，给你们一打岔，她就忘了也说不定。"

"你认为，心虹进去没关系吗？"狄君璞问，他是怎样也不愿冒心虹受刺激或伤害的危险。

"我认为一点关系也没有。"

狄君璞看看她怀里的孩子，低低地问："你告诉那老太太，这是她的孙儿了？"

"不，我没有。"萧雅棠的脸又红了一阵，"她以为我跟别人结婚了，这是别人的孩子，她说这样也好，说云飞见一个爱一个，嫁给他也不会幸福。"

"那么，她的神志还很清楚嘛！"狄君璞说。

萧雅棠摇摇头，"我也不知道她是怎么回事，有时她说的话好像很有理性，有时又糊涂得厉害。她一直望着这孩子发呆，那眼光好奇怪。她又常常会忘记，总是问我这孩子是从哪儿来的。你们来得正好，跟她谈谈，看看她会不会好一点。"

他们走了进去，心虹仍然紧偎着狄君璞，又瑟缩，又紧张。萧雅棠转过身子，想到里面去找卢老太太，可是，就在这时，卢老太太走出来了。她穿着一身蓝布的衫裤，外面套着件黑毛衣，花白的头发在脑后挽着髻。她的面色十分枯黄，眼睛也显得呆滞，但是，幸好却很整洁，也无敌意。一下子看到这么多人，她似乎非常吃惊，她回过头去望着雅棠，讷讷地、畏怯地说："雅棠，他们……他们要做什么？"

"伯母，那是心虹呀！"雅棠说，"你忘了吗？"

心虹立即走上前去，一眼看到卢老太太，她就忘了自己对她的恐惧，只觉得满怀歉意与内疚。这老太太那样枯瘦，那样柔弱，又那样孤独无依，带着那样怯生生的表情望着他们，谁能畏惧这样一个可怜的老妇人呢？她跨上前去，一把握住卢老太太的手，热烈地望着她，竟不能遏止自己的眼泪，她的眼眶潮湿了。"伯母，"她哽塞地喊，"我是心虹呀。"

卢老太太瞪视着她，一时间，似乎非常昏乱。可是，立即，她就高兴了起来，咧开嘴，她露出一排已不整齐的牙齿，像个孩子般地笑了。"心虹，好孩子，"她说，摇撼着她的手，"你和云飞一起回来的吗？云飞呢？"她满屋子找寻，笑容消失了，她惶惶然如丧家之犬，在屋子里兜着圈子。"云飞呢？云飞呢？"她再望着心虹，疑惑地，"你没有和云飞一起回来吗？云飞呢？"

心虹痛苦地望着她，十分瑟缩，也十分惶恐，她不知该怎么办了。雅棠跨上了一步，很快地说："伯母，你怎么了？心虹早就没有和云飞在一起了，她也不知道云飞在什么地方。"

雅棠这一步棋是非常有效的。在老太太的心目中，云飞没有死是真的，云飞不正经也是真的。她马上放弃了找寻，呆呆地看着心虹。"呵呵，你也没见着云飞吗？"她口齿不清地说，"他又不知道跑到什么鬼地方去了！呵呵，这个傻孩子，这个让人操心的孩子呵！"她忽然振作了一下，竟对心虹微笑起来，用一种歉意的、讨好似的声调说："别生气呵，心虹。你知道男人都是不正经的，等他回来，我一定好好地骂他呵！"

心虹那纤弱的神经，再也受不了卢老太太这份歉意与温存，眼泪夺眶而出，她转开了头，悄悄地拭泪。

"噢噢，心虹，别哭呵！"老太太曲解了这眼泪的意义，她是更加温柔、更加抱歉了。

"别哭呵！乖儿！"她拥着心虹，用手拍抚着她的背脊，不住口地安慰着，"你不跟他计较呵！我会好好骂他呵！乖儿，别伤心呵！别哭呵！我一定骂他呵！"

狄君璞望着这一切，这是奇异的，令人感伤而痛苦的。他真不敢相信，这个老妇就是那晚在雾谷如凶神恶煞般的疯子，现在，她是多么慈祥与亲切！人的精神领域，是多么复杂而难解呵！尧康走到狄君璞身边，低声地说："你认为带心虹来是对的吗？"

"是的。怎样？""你不觉得这会使心虹太难受了？"

"或者。但是，如果心虹能为她做点什么，会使心虹卸下很多心理上的负荷。而且，我希望她们之间能重建友谊，那么，对心虹来说，会减少一个危险，否则，那老太太一发病，随时会威胁到心虹。""我看，"尧康深思地看着那老太太，"我们能为那老太太做的事都太少了，除非让云飞复活，而这是不可能的事。现在，从她的眼神看，她根本就是疯狂的，我只怕，她的友谊并不可靠。"狄君璞愣住了，尧康的分析的确也有道理。他望着那拥抱着的一对，本能地向前迈了一步，似乎想把心虹从卢老太太的掌握中夺下来。就在这时，雅棠怀抱中的孩子忽然哭了起来，这立即就吸引了卢老太太的注意，她放开了心虹，迅速地回头，望着雅棠说："谁在哭？谁在哭？""是宝宝，"雅棠说，"他尿湿了。"抽掉了湿的尿布，她说："我去拿条干净的来。"望着里面的屋子，她一时决定不下来把孩子交给谁。

尧康伸出手去说："我抱抱，怎样？"雅棠的脸又一红，不知怎么，她今天特别喜欢红脸，默默地看了尧康一眼，她就把孩子交给了他。尧康抱着孩子，望着雅棠的背影，心里却陡然地浮起了一种又苍凉又酸楚的情绪。这些人，老的、小的、年轻的，他们在制造些什么故事呵！雅棠拿着尿布回来了，她身后跟着一个壮健的女仆，捧着茶盘和茶，想必这就是阿英。狄君璞料想，这阿英与其说是女仆，不如说是老太太的监视者更恰当。放下了茶，阿英进去了。雅棠接过孩子，把他平放在桌上，系好尿布。孩子大睁着一对骨碌碌的大圆眼睛，舞着拳头，嘴里咿咿唔唔地说个不停，老太太走了过来，用一种奇异的眼光望着那孩子，愣愣地说："这……这……这是谁家的孩子？"

"我的，伯母，我已经告诉过你了。"

"你的？"她的眼神更奇怪了，好像根本不了解似的。然后，她怯怯地对那婴儿伸出手去，祈求地、恳切地说："我能抱他吗?"是祖孙间那种本能的感情吗?是属于血缘的相互吸引吗?孩子也对老太太伸出手去,嬉笑着、兴奋着。雅棠是感动了,她小心地把孩子放进老太太的手中,一边谨慎地注意着她,生怕她一时糊涂起来,把孩子给摔坏了。

老太太一旦抱住了那孩子,她好像就把周遭所有的东西都忘记了,她脸上流露出那样强烈的喜悦来,痴呆的眼睛竟放出了异彩。退到墙边的一张椅子边,她坐了下来,紧紧地搂着那孩子。大家都不由自主地跟了过去,防备地看着她,尤其雅棠,她是非常地紧张和不安了。

孩子躺在老太太怀中,不住地用他那肥胖的小手,扑打着老太太的面颊。老太太低俯着头,定定地凝视着他,像凝视一件稀世的瑰宝。然后,她忽然抱紧了那孩子,摇撼着,拍抚着,嘴里喃喃地叫唤着:"云飞,我的乖儿!云飞,我的乖宝!云飞,我的小命根儿呵!"大家面面相觑,这一个变化是谁也没有意料到的。心虹那刚刚收敛住的眼泪又滚落了出来,狄君璞紧紧地揽住了她的肩,安慰地在她肩上紧握了一下。她在狄君璞的耳边轻声说:"难怪她会有这种幻觉,孩子长得实在像云飞。"

老太太摇着、晃着,嘴里不停地呢喃着:"乖宝,长大了要做个大人物呵!云飞,要爱你的妈呵!我的宝贝儿!我知道你是好孩子,世界上最好的孩子!又漂亮,又聪明,又能干!我的宝贝儿!谁说你不学好呢?谁说的?你是世界上最好的孩子!你孝顺你妈,你最孝顺你妈,苦了一辈子把你带大,你不会抛下你妈走掉的,是不?乖儿,你不会的!你不会就这样走掉的!妈最疼你,最爱你,最宠你,你不会抛下你妈的!你不会呵!"她把孩子搂得更紧了，"我的乖儿呵！不要走，不要离开妈，我们过穷日子，但是在一块儿！不要走！不要抛下你妈呵！乖儿！云飞呵！"

她的思想显然在二十几年前和二十几年后中跳跃，声声呼唤，声声哀求，一个慈母最惨切的呼号呵！大家都被这场面震慑住了，心虹把面颊埋在狄君璞肩上，不忍再看，雅棠的眼眶也湿润了。雅棠的心绪也是相当复杂而酸楚的，这老妇所呼唤的，不单是她的儿子，也是雅棠孩子的父亲呵！她吸了吸鼻子，一时心中分不出是苦是辣，是悲是愁，是恨是怨？那男人，那坠落于深谷的男人，是"一失足成千古恨"，而遗留下的这个摊子，如何收拾？她再吸了吸鼻子，没有带手帕，她用手背拭拭眼睛。身边有人碰碰她，递来一条干净的大手帕，她回过头，是尧康！他正用一种深思的、研究的，而又同情的眼光望着她。"人总有一死的，只是早晚而已。"他安慰地说。

"不！"她很快地回答，挺直了背脊，"我不为那男人流泪，他罪有应得！我哭的是，那失子的寡母和那无父的孤儿！"她忽然觉得自己说得冒失，就又颓丧地垂下头去。

"啊，"她低语，"你并不知道是怎么回事。"

"我知道，"他说，"我已经都知道了。"

她望着他，默然片刻。

"是吗？"她轻问，就又掉转头去看着孩子了。

老太太已经停止了她的呢喃低诉，只是做梦般地摇晃着孩子，眼珠定定的，一转也不转。眼光超越了面前的人群，不知落在一个什么地方，她的意识显然是迷糊而朦胧的。并且，逐渐地，她忘记了怀里的孩子，在片刻呆滞之后，她陡地一惊，像从一个梦中醒来，她惊讶地望着怀里的孩子，愕然地说："这……这是谁的小孩儿？"

"我的。"雅棠说，乘此机会，走上前去，把孩子给抱了过来，她已经提心吊胆了好半天了。

"啊啊，你的！"老太太说，又突然发现眼前的人群了，"怎么，雅棠，你带了好多客人来了，阿英哪，倒茶呀！""已经倒过了，伯母。"雅棠说。"啊啊，已经倒过了！"老太太说，颤巍巍地从椅子里站起来，又猛地看到了心虹，她怔了怔，立即脸上堆满了笑，对心虹说："心虹，你来了！"她把刚刚和心虹见面的那一幕早就忘得干干净净了。走上前去，她亲亲热热地拉住心虹的手，亲昵而又讨好似的说："云飞不在家，他出去了，去……"她晦涩地笑着，仿佛想掩饰什么，"他去上班了，上班……啊啊，可能是加班。要不然，就是有特别的应酬，男人家在外面工作，我们不好太管束他们，是不是？来来，你坐坐，等他一会儿。"这对心虹真是件痛苦的事情。狄君璞真有些懊悔把她带到这儿来了，像尧康说的，他们能为这老太太做的事情已经太少了。她已经疯成这样子，除非有奇迹出现，她是不大可能恢复正常了，他又何必把心虹带来呢？或者，在他的潜意识中，还希望由于她们的会面，而能唤回心虹那最后的记忆？

一小时后，他们离开了卢家。他们离去的时候，老太太已经很安静了，又几乎像个正常人一般了，只是殷殷注视着云飞的去向，因为她的样子不至于再发病，雅棠交代阿英好好伺候，就也跟着他们一起出来了。走出卢家那窄小的农舍，大家都不由自主地长长地吐出一口气来。

"如果我是云扬，"尧康说，"我干脆让她在精神病院中好好治疗。""她已经失去一个儿子，她无法再离开云扬了。"雅棠说，"而且，精神病院对云扬是个大的负担，云扬的负担已经太重了。""据我所知，梁家愿意拿出一笔钱来，给老太太治病。"狄君璞说。

"你认为在精神病院中就治得好她吗？"雅棠凄凉地笑了笑，问。狄君璞默然了。这又是尧康说的那句话：人力对她已无帮助了！他望着脚下的土地，沉思不语，一时间，他想得很深很远，想人生，想人类，想亘古以来，演变不完的人类的故事，他叹息了。"我想，"沉默已久的心虹忽然开口了，"我真是罪孽深重！"狄君璞一惊，急忙抬头看着心虹，他把她拉到身边来，用手揽住了她的肩，他深沉而严肃地说："记住！心虹，再也不要为那件事责怪你自己，你听到刚刚那老太太的自言自语吗？她一再叫云飞不要抛下她，这证明云飞在活着的时候，就想抛下她了。如果云飞不死，我想，他可能也抛下了他母亲，那么，那老太太未尝会不疯！"他忽然停住了，吃惊地喊："心虹！你怎么了？不舒服吗？"

心虹站住了，眼神奇异，神思恍惚，呼吸急促而不稳定。狄君璞已经很久没有看到她这种样子了，她似乎又掉入那记忆的深井中了。"心虹！心虹！心虹！"他连声喊着。

"哦！"心虹透出一口气来，又恢复了自然，对狄君璞勉强地笑了笑，她说，"我没有什么，真的，只是，刚刚忽然有一阵，我以为……""以为什么？""以为我想起了一些东西，关于那天晚上的。但是，就像电光一闪般，我又失去了线索。"

狄君璞怜惜地望着她："别勉强你去回忆，心虹。放开这件事情吧！让我们轻松一下。大家都到农庄去好吗？雅棠，我女儿看到宝宝，一定要乐坏了。"雅棠微笑着，没有反对。于是，他们都向农庄走去了。

第二十六章

自从上次开过一次成功的舞会以后，霜园是经常举行舞会了，梁逸舟沾沾自喜于计策的收效，浑然不知孩子们已另有一番天地，这舞会反而成为他们敷衍父母的烟幕弹了。在舞会中，他们都表现得又幸福又开心，而另一方面呢，一个真正充满了幸福和喜悦的聚会也经常举行着。

春天是来了，枫树的红叶已被绿色所取代，但是，满山的野杜鹃都盛开了，却比枫树红得还灿烂。农庄上那些栅栏边的紫藤，正以惊人的速度向上延伸，虽然现在还没有成为一堵堵的花墙，却已成为一堵堵的绿墙。尧康总说，这种把栅栏变为花墙的匠心，是属于艺术家的。因为只有艺术家，才能化腐朽为神奇！尧康已成为农庄的常客，每个周末和星期天，他几乎都在农庄中度过。他和狄君璞谈小说，谈人生，谈艺术，几乎无话不谈。在没有谈料的时候，他们就默对着抽烟凝思，或者，带着小蕾在山野中散步。尧康不只成为狄君璞的好友，也成为小蕾的好友，他宠爱她，由衷地喜欢她，给她取了一个外号，叫她小公主。这天早上，尧康就坐在农庄的广场上，太阳很好，暖洋洋的。狄君璞搬了几张椅子放在广场上，和尧康坐在那儿晒太阳，小蕾在一边嬉戏着。

"昨晚我去看了雅棠，"尧康说，"我建议她搬一个像样一点的家，但她坚持不肯。"

"坦白说，你是不是很喜欢她？"狄君璞问。

"很喜欢，"尧康笑笑，"但是不是你们希望的那种感情。"

"我们希望？我们希望的是什么？"

"别装傻，乔风。"尧康微笑着，"谁不知道，你一个，心虹一个，还有心霞和云扬，都在竭力撮合我和雅棠。我又不是傻瓜，怎会看不出来？"

狄君璞失笑了。"那么，阻碍着你的是什么？"他问，"那个孩子，还是那段过去？"

尧康皱皱眉，一脸的困惑。

"老实说，我也不知道是什么。我并不在乎那孩子，而且我还很喜欢那孩子，我也不在乎那段过去，谁没有'过去'呢？谁没有错失呢？都不是。只是，我觉得，如果我追求她，好像是捡便宜似的。""怎么讲？""她孤独，她无助，她需要同情，我就乘虚而入。"

"那么，你是怕她不够爱你？"

"也怕我不够爱她。我对她绝没有像你对心虹的那种感情。""我懂了。"狄君璞点了点头，"你曾经对别的女孩子有过这种感情吗？""糟的是，从没有。读书的时候，我也追求过几个出风头的女孩子，但都只是起哄而已，不是爱情。我常想我这人很糟糕，我好像根本就不会恋爱。"

"时机未到而已。"狄君璞笑笑说。

"那么你说我总有一天还是会恋爱？"

"是的，可能不是和雅棠，可能不是最近，但是总有一天，你会碰到某一个人，你会恋爱，你会发生一种心灵震动的感情。人，一生总要真正地爱一次，否则就白活了。"

"你是个作家，乔风，"尧康盯着他，"以你的眼光看，人一生只会真正地恋爱一次吗？"

"在我十八岁的时候，我认为人只能爱一次，但是，现在，我不这样说了。""为什么？""人是种奇异的动物。"狄君璞深思着，"人生又多的是奇异的遇合，在这世界上，我们所不懂的东西还太多了，包括人类的感情和精神在内，对我们的未来，谁都无法下断语。但是，我认为，在你爱的时候，你应该真正地去爱，负责任地去爱。""我懂了，"他说，"最起码，在爱的当时，你会认为这是唯一的一份。""是的。""而说不定，这个爱情也只是昙花一现？像你对美茹，像心虹和雅棠对云飞！""别这样说，这样就太残忍了！只是，人是悲哀的，因为他无法预测未来！而又无法深入认识对方。""那么，你认为你深入地认识了心虹吗？"

"是的。"

"那么，你认为云飞是被她推下悬崖的吗？"

"不是。"

"你怎能那样确定？谁能知道人在盛怒中会做些什么？你怎敢说百分之百不是她？"

"我怀疑过，但我现在敢说百分之百不是她！"

"为什么？凭你对她的'认识'吗？"

"是的，还有我的直觉！"

"假若有一天，你发现是她做的，你会失望吗？"

"不是她做的！"

"假若是呢？"

"不可能有这种'假若'！"

"你是多么无理地坚持呵！"尧康叫着，"你只是不愿往这条路上去想而已，所以，你也放弃了对心虹记忆的探求，因为你怕了！对吗？"狄君璞愕然了。"我说中要害了，是不是？"尧康的眼镜片在太阳光下闪烁，"你怕她确实杀害了云飞！是不？你不愿想，是不？你也和一切常人一样，宁愿欺骗自己，也不愿相信真实！"

"那不是她干的。"狄君璞静静地说了，"我仍然深信这一点！"

"假若是呢？"

"除非是出于自卫！否则没有这种'假若'的可能！"

"乔风，"尧康叹了口气，"我想，你真是如疯如狂地爱着她的！连她的父母，恐怕也没有你这么强的信心！那么，你为什么放弃了探索真相呢？"

"我没有放弃，我从没有放弃！但这事强求不来，我只能等待一个自然的时机，我相信揭露真相的一天已经不远了！"

"你怕那一天吗？""为什么要怕呢？我期待那一天。"

"你真自信呵！"尧康凝视着他。

"那么，你呢？你相信是她推落了云飞？"

尧康默然片刻，然后，他轻轻地说："事实上，你也知道的，每个人都相信是她在盛怒下做的。不只我，连她父母、老高夫妇、心霞、云扬和雅棠。只是，大家都原谅她，同情她而已。"

狄君璞望着前面的山谷，喃喃地说："可怜的心虹，她生活在怎样的沉冤中呵！我真希望有个大力量，把这个谜一下子给解开！"

尧康站了起来，在广场上踱着步子，不安地耸了耸肩，说："都是我不好，引起这样一个讨厌的题目！抛开这问题吧，我们别谈了！"他忽然站住了，大发现似的叫着说："嗨，乔风，你看谁来了！"狄君璞看过去，立即振奋了。在那小径上，心虹姐妹二人正联袂而来。心霞走在前面，蹦蹦跳跳的，手里握着一大把野杜鹃。心虹走在后面，步履轻盈，衣袂飘然。他和尧康都不自禁地迎了过去，心霞看到他们就笑了，高兴地嚷着说："今天是星期天，我们就猜到尧康在这儿，赶快，大家准备一下，我们一起找雅棠去！"

尧康回过头，对狄君璞抬抬眉毛，低声地说："瞧！热心撮合的人又来了！"

狄君璞有些失笑。心虹和心霞来到广场上，心霞把一大把花交给小蕾，拍拍她的肩膀说："快！拿去给婆婆，弄个花瓶装起来。"

小蕾热心地接过来，跑进屋去了。心霞说："我们有个计划，太阳很好，我们想买点野餐，约了云扬和雅棠，一起去镇外那个法明寺玩玩，再去溪边钓鱼，你们的意见如何？"法明寺在附近的一个山中，风景很好，山里有一条小溪，出产一种不知名的小银鱼，镇里的人常常钓了来出售，用油煎了吃，味道极美。"好呀！"尧康首先赞同，"晚上姑妈有东西加菜了！钓鱼我是第一能手！""先别吹牛！我们比赛！"心霞说，"分三组，怎样？心虹和狄君璞一组，我和云扬一组……"

"我和雅棠一组，对吗？"尧康笑嘻嘻地说，"好吧！比赛就比赛，输了的下次请吃涮羊肉！"

"一言为定吗？"心霞叫着。

"当然一言为定！"

小蕾又跑出来了，雀跃着跳前又跳后。"你们要去玩吗？你们不带我吗？"她焦灼地嚷着。

"当然要带你！"尧康把她一把举了起来，别看他瘦，他的力气倒不小，"如果我们的小公主不去，我也不去！"

小蕾是兴奋得不知道该怎么好了，又跳又叫地闹着要马上走。心虹到屋里取来了小蕾的大衣，怕晚上回来的时候天凉。狄君璞跟姑妈交代了，于是，这一群人来到了雅棠家里。

雅棠十分意外，也被这群热烘烘的人所振奋了。抱着孩子，她又有些犹豫，她是怎样也舍不得把孩子交给房东太太一整天的。尧康看出了她的心事，走上前去，他把孩子抱过来说："教你一个办法，去准备一个篮子，放好一打尿片和三个干净奶瓶，再用个保温瓶，冲好满保温瓶的奶，不就好了吗？我们把孩子带去，有这么多人，你还怕没人帮你照顾他？快！你去准备去！我给你抱着孩子！"

雅棠喜悦地笑了，看看心虹他们说："这样行吗？不会给你们增加麻烦？"

"怎么会？"狄君璞说，"快吧，趁你准备的时间，我去买野餐去！"他走下了楼。片刻之后，这群人就浩浩荡荡地到了云扬家中，云扬当然是开心万分地同意了。卢老太太站在门口，目送他们离去，一再傻愣愣地问他们，云飞怎么没有一起去？是不是又游荡在外面了？离开了卢家，这一行人开始向目的地走去，这真是奇妙的一群，有男有女，有孩子有婴儿！一路上大家嘻嘻哈哈地谈笑不停。小蕾和尧康在大唱着《踏雪寻梅》，尧康沉默起来像一块铁，开心起来就像个孩子。云扬扛着三副钓鱼竿，和心霞亲亲热热地走在一块儿，一面走着，钓鱼竿上的小铃就叮叮当当地响，和小蕾歌声中那句"铃儿响叮当"互相呼应，别有情趣。狄君璞和心虹走在最后面，是最安静的一对，两人依偎着，只是不住地相视而笑。

他们到了庙里，和尚们看到来了这样一大群人，以为来了什么善男信女，侍候周到。大家也玩笑般地求了签，又在菩萨面前许愿。庙里供的是释迦牟尼，狄君璞看着那佛像，忽然说："你们知道释迦牟尼为什么额头正中都有个圆包，右手都举起来做出弹东西的样子来？"

"这还有典故吗？"尧康问。

"当然，有典故。"狄君璞一本正经地说，"当年，有一天，释迦牟尼碰到了孔子，一个是佛家之祖，一个是儒家之主。两个人忽然辩论起来，孔子说佛家不通，释迦牟尼说儒家不通。两人都带了不少弟子。于是，他们就打起赌来，说只要对方能说出自己不通之处，就算赌赢了，赢家可以在输家额上弹一下。由孔子首先发问，于是，孔子说，佛家连字都不会念，为什么'南无阿弥陀佛'要念成'哪吗阿弥陀佛'？释迦牟尼答不出来，孔子胜了第一回合，孔子身边的子路，就得意扬扬地举起他的巨灵之掌，在释迦牟尼的额上弹了一下。子路身强力壮，力大无穷，这一弹之下，释迦牟尼的额上立刻肿起一个包包。然后，该释迦牟尼发问了，释迦牟尼就说，儒家也不会念字，为什么在感叹时，要把'于戏'二字念成'呜呼'？这一次孔子也被问倒了，讷讷地答不出来。释迦牟尼就得意地举起手来作弹状，要弹孔子，谁知子路一看，情况不妙，背起孔子就逃走了。所以，至今，释迦牟尼还带着他额上的肿包，举着手作弹状，等着弹孔子呢！"

这原是个北方说相声的人常说的笑话，但生长在南方的心虹心霞等人都从来没有听说过。一听之下，不禁都大笑了起来。心虹拉着他说："快走吧！你在这儿胡说八道，当心把那些和尚给气死！"

于是，他们来到了溪边。

这条溪水相当宽阔，并不太深，可能是淡水河的一条小支流。浅的地方清澈见底，可以涉水而过，深的地方也有激流和洄漩。河水中和两岸旁，遍布着巨型的岩石，石缝中，一蓬一蓬地长着茅花。那银白色的花穗迎风摇曳，在阳光下闪烁得像一条条银羽。溪边，也有好几棵合抱的大榕树，垂着长长的气根，在微风中摇荡。

他们很快地分成三组，每组找到了自己的落脚之处，开始垂钓了。心虹和狄君璞带着小蕾，坐在一块大岩石上。小蕾并不安静，脱掉了鞋袜，她不管春江水寒，不住地踩到水中去，而且跑来跑去地看三组的鱼篓。只一会儿，她就有些厌倦了，因为她发现大人们对于谈话的兴趣，都比钓鱼更浓厚，于是，她离开了水边，跑到草丛中去捉蚱蜢去了。心虹根本不敢弄肉虫子，连看也不敢看，都是狄君璞在上饵，在抛竿，然后交给心虹拿着。心虹今天穿着一身米色的春装，用条咖啡色的纱巾系着长发，别有种飘逸而潇洒的味道，狄君璞注视着她，不禁悠然而神往了。

"天哪！"他喃喃地说，"你真美！"

心虹垂着睫毛，看着手里的钓竿，唇边有个好温柔好温柔的浅笑。"你不注意浮标，尽看着我干吗？""你比浮标好看。"狄君璞说，忽然握住了她的手。"心虹！"他低低地叫。"嗯？"她轻轻地答。"你想，如果我最近去和你父亲谈，会碰钉子吗？"

"会。"

"那么，我们要等到什么时候？"他握紧她，"我一日比一日更强烈地想要你，你不知道这对我是怎样的煎熬！心虹，我们可以不通过你父亲那一关吗？"

"啊，不。"她瑟缩了一下，"我们不能。"她吸了口气，眉端轻蹙。是那旧日的创痕在烧灼她吗？她似乎怕透了提到"私奔"。"你放心，君璞，爸爸会屈服的。"

"我再找他谈去！"狄君璞说。

她很快地抬头看他。"你用了一个'再'字，"她说，"这证明，你以前已经找他谈过了！"狄君璞默然。"其实，你根本不用瞒我，"她瞅着他，眼光里柔情脉脉，"这么久以来，你不进霜园的大门，你以为我不会怀疑吗？上次要你去舞会，你说什么也不去，我就知道另有原因，后来我盘问高妈，她已经都告诉我了。你早就来求过婚了，爸爸拒绝了你，而且说了很难听的话，是吗？是吗？是吗？"

狄君璞咬咬牙。"他有他的看法，他认为我不会给你幸福。"

"他以为他是上帝，知道幸福在何处。"心虹抑郁而愤怒地说，她的情绪消沉了下去。

"我一定要再和你父亲谈谈，不能这样拖下去。"

她忽然扬起睫毛来，眼光闪亮。

"你不要去！"她说，"再等一段时间，他现在以为尧康是我的男朋友，让他先去误解，然后，我和心霞会和他谈，这将是个大炸弹，你看着吧，不只我的问题，还有心霞和云扬的事。这枚炸弹可能把霜园炸得粉碎！……"她又微笑了起来，显然不愿让坏心情来破坏这美好的气氛，"你在农庄注意一点，如果看到霜园失火的话，赶快赶来救火呵！"

"那才名副其实的火上浇油呢！"狄君璞说。

他们笑了起来，同时，远在另一块岩石上的云扬和心霞突然间大声欢呼，大家都对他们看去，云扬高举着的钓竿上，一条小银鱼正活蹦乱跳地挣扎着。云扬在骄傲地大声喊："首开纪录！有谁也钓着了吗？"

小蕾跑过来，拍着手欢呼。狄君璞对心虹说："我打赌我们竿子上的鱼饵早被吃光了！拉起竿子来，重上一下饵吧！"心虹拉竿，拉不动，她说："你来，钩子钩着水草了！"

狄君璞接过竿子，一下子举了起来，顿时，两人都呆住了！钓竿上本有三个鱼钩，现在，竟有两个鱼钩上都有鱼！一竿子两条鱼，又是这样子得来毫不费功夫！他们先吃惊，接着就又喊又叫又跳又笑起来。心霞和云扬也愣了，然后，心霞就大声嚷：

"好了！都有鱼了！尧康呢！那个钓鱼王呢！"

是的，尧康呢？他正远在一棵大榕树下，鱼竿的尖端静静地垂在水里，另一端被一块大石头压着，他和雅棠却都在榕树下，照顾着孩子吃奶呢！他们把一块大毛毯铺在草地上，让孩子躺在上面，雅棠扶着奶瓶，看着孩子吃奶，尧康则静静地望着她和孩子。她今天打扮得很素净，浅蓝色的毛衣、白色的短裙和白色的发带。那样年轻，那样充满了青春的气息，那样稚嫩，还像一朵含苞未放的花，却已是个年轻的母亲了！看着她低俯着头，照顾着婴儿，衬着那白云蓝天和那溪水岩石，是一幅极美的画面。但是，这幅画面里，却不知怎么，有那样浓重的一股凄凉意味。他看着看着，心里猛地怦然一动，想起心虹心霞对他的期盼与安排，想起早上和狄君璞的谈话，想起自己的孤独，想起雅棠的无依……在这一瞬间，有几千几百种思想从他心头掠过。他竟突然间，毫不考虑地、冲口而出地说："雅棠，我们结婚好吗？"

雅棠一愣，迅速地抬头看他，她的眼睛是深湛而明亮的。好一会儿，她低低地说："你是开玩笑还是认真的？"

"认真的。"他说，自己也不了解自己，在这时，他竟生怕会遭遇到拒绝。她又垂下了眼睛，看着孩子。把奶瓶从孩子嘴中轻轻取出，那孩子吃饱了，嘴仍然在嚅动着，却已经蒙眬欲睡了。她拿了一条毯子，轻轻地盖在孩子身上。再慢慢地抬起头来看他，她眼里竟蓄满了泪。"非常谢谢你向我求婚。"她说，声音低而哽塞，"但是，我不能答应你。""为什么？"他问，竟迫切而热烈地说，"我会把你的孩子当我自己的孩子，不会要你和他分开的。"

"不，不，"她轻声说，"不为了这个。"

"那么，为什么？难道你还爱那个——卢云飞？"他苦恼从喉咙里逼出了那个名字，感到自己声调里充满了醋意。

"不，不，你明知道不是。"她说，头又垂下去了。

"那么，为什么呢？""因为……因为……"她的声音好轻好轻，俯着头，她避免和他的眼光接触，她的手无意识地抚弄着毛毯的角，"因为你并不爱我，你只是可怜我，同情我。你在一时冲动下向我求婚，如果我答应了你，将来你会后悔，你会怪我，你会恨我！原谅我，我不能答应你。但是，我深深地感激你这一片好心。"尧康凝视着那个低俯的、黑发的头。有好长一段时间，他说不出话来，只是默默地望着她，他对她几个月来的认识，没有在这一刹那间来得更清楚、更深刻。就在这段凝视中，一种奇异的、酸楚的、温柔的，而又是甜蜜的情绪注入了他的血管里，使他浑身都激动而发热了。这就是早上他向狄君璞说他所缺少的东西，他再也料不到，它竟来临得这样快、这样突然。"但是，"他喉咙暗哑地说，"回答我一个问题，你有没有一些爱我呢？"她抬起睫毛，很快地看了他一眼，她的眼睛里有一抹哀求而恳切的光芒。"你知道的。"她低低地说。"我不知道。"他屏着气息。

"呵，尧康！"她把头转向一边，双颊绯红了，"我还有资格爱吗？""雅棠！"他低呼，抓住了她的双手，"在我心目中，你比任何女孩都更纯洁，你的心地比谁都善良，你敢爱也敢恨。为什么你要如此自卑呢？"她默然不语。"我再问一次，"他说，握紧她，"相信我不是同情，也不是怜悯，在今天以前，可能我对你的感情里混合着同情与怜悯，但现在，我是真挚的，我爱你，雅棠。"

她震动了一下。他接下去说："你愿意嫁我吗？"

"或者，你并不真正了解你自己的感情。"她低语。

"我了解！""我不知道，"她有些昏乱地说，"我不知道该怎样回答你。尧康，我现在心乱得很，我想……我想……"

他紧握了她一下。"不必马上回答，我给你两星期思考的时间。两星期之后，你答复我，好吗？""假若……假若……"她嗫嚅地说，眼里泪光盈然，"假若……你真是这样迫切，这样真心，我又何必要等到两星期以后呢？"他震动了！心内立即涌上了一股那样激烈的狂欢，他抓紧了她的手，想吻她，想拥抱她。但他什么都没做，只是痴痴地、深深地、切切地望着她。她也迎视着他，眼底一片光明。然后，小蕾发出了一声大大的惊呼："哎呀！尧叔叔，你们的鱼竿被水冲走了！"

他们慌忙看过去，那鱼竿早已被激流冲得老远老远了。心霞在拊掌大笑，高叫着钓鱼王呀钓鱼王！狄君璞望望心虹，笑着说："我刚刚看到一个光着身子的小孩儿，把他们的竿子推到水里去了。""光着身子的小孩儿？"心虹愕然地问。

"是的，光着身子，长着一对翅膀，手里拿着小弓小箭的小孩儿。"

心虹哑然失笑了。

阳光一片灿烂，溪流里反射着万道光华。春风，正喜悦地在大地上回旋穿梭着。

第二十七章

但是，春日的蓝天里也会有阴云飘过，也会响起春雷，也会落下骤雨，表面的宁静，到底能够维持多久？何况，他们的安静，一向就没有稳定的基础，像孩子们在海滩上用沙堆积的堡垒，禁不起风雨，禁不起浪潮。该来的风暴是逃不掉的，那狂风骤雨终于是来临了！

问题发生在尧康身上，这一向，尧康出入于梁家，经常把心虹姐妹带出去，已给梁氏夫妇一个印象，以为他不是在追求心虹，就是在追求心霞。但是，自从尧康和雅棠恋爱以后，他到梁家的次数越来越少，而心虹外出如故，梁逸舟开始觉得情况不妙了。他盘问老高和高妈心虹每日的去向，老高夫妇二人守口如瓶，一问三不知，梁逸舟更加怀疑了。想到数月以来，开舞会，邀请年轻人，操心、劳碌、奔走、安排……可能完全白费，难道心虹竟利用尧康来做烟幕？那岂不太可恶了？心虹天真幼稚，这主意准是狄君璞想出来的！梁逸舟恨之入骨，却又拿狄君璞无可奈何。而另一方面，心霞的改变也是显著的，她常和姐姐一起出去，整天家中见不着两个女儿的影子，难道心霞也在受狄君璞的影响，还是在和尧康约会？

人，一旦对某件事物偏见起来，就是可怕而任性的，尤其梁逸舟，他的个性就属于容易感情用事的一类。现在，狄君璞在他心目中，已比当日卢云飞更坏、更可恶。卢云飞毕竟还年轻，狄君璞却是个老奸巨猾！他当日既能全力对付卢云飞，他现在也准备要用全力来对付狄君璞了！

于是，那风暴终于来临了！

这天黄昏，尧康到了霜园。他是因为雅棠高兴，在家包了饺子，要尧康来约心虹姐妹和狄君璞、云扬一起去吃饺子。尧康已先请到了狄君璞和云扬，再到霜园来找心虹姐妹。谁知在客厅内，他劈头就碰到了梁逸舟。他刚说要请心虹姐妹出去，梁逸舟就说："正好，尧康，你坐下来，我正有话要找你谈！"

尧康已猜到事情不妙，他对那倒茶出来的高妈暗暗地使了一个眼色，示意她去通知心虹和心霞下楼来。就无可奈何地坐进沙发里，望着梁逸舟。

"什么事，董事长？"他问，他仍然用公司中的称呼喊梁逸舟。"尧康，你最近不常来了。"梁逸舟燃起了一支烟，深吸了一口。"我忙。"尧康不安地说。

梁逸舟注视着他，眼光是锐利的。到底这年轻人在搞什么鬼呢？他爱的是心虹还是心霞？

"你常来找我女儿，"他冷静地说，"并不是我老古董，要过问你们年轻人的事，但是，我毕竟也是个做父亲的，不能完全不闻不问。你是不是应该向我交代一下？"

"交代？"尧康结舌地说，"董事长，您的意思是……"

"我的意思是，你在和我的女儿恋爱吗？"梁逸舟单刀直入地
问，语气是强而有力的。

"哦！董事长！"尧康吃了一惊。

"你也不必紧张，"梁逸舟从容不迫地说，审视着尧康，他还
抱着一线希望，就是尧康是在和心虹恋爱，心霞还太小，物色对
象有的是时间呢！

"我并不是反对你，你很有才气，在公司中表现也好，假若
你和心虹恋爱，我没什么话说，只是心虹年纪也不小了，既然你
们相爱，我就希望择个日子，让你们订了婚，也解决了我一件
心事。"

"噢！董事长！你完全误会了！"尧康烦躁地叫，他沉不住气
了，"心虹的爱人可不是我！"

"那么，是谁？"梁逸舟锐利地问。

"狄君璞！"一个声音从楼梯上响起，清晰而有力地回答了。
他们抬起头来，心虹和心霞都站在楼梯上，她们是得到高妈的讯
息，走下楼来，刚好听到梁逸舟和尧康这段对话，心虹再也忍不
住，心想，早晚要有这一天的，要来的就让它来吧，立即用力地
回答了，一面走下楼来。

梁逸舟瞪视着心虹，几百种怒火在他心头燃烧着，你这个专
门制造问题、不识好歹的东西！你给我的麻烦还不够吗？为什
么连帮你的忙都帮不上？站在这儿，你恬不知耻地报上你爱人的
名字，你以为爱上一个离过婚、闹过桃色纠纷的中年人是你的光

荣吗？他沉重地呼吸着，气得想抽她两个耳光，如果不是忌讳着她有病的话！有病！她又是什么病呢？还不是自己找来的病！他越想越有气，就想越不能平静，狠狠地盯着心虹，他恼怒地说："胡闹！"心虹的背脊挺直了，她抗议地喊："爸爸！""多少合适的人你不爱，你偏偏要去爱一个狄君璞！"梁逸舟吼叫了起来，"为你开舞会，为你找朋友，我请来成群的人，那么多年轻人，个个比狄君璞强……"

"爸爸！"心虹的脸色苍白了，眼睛睁得好大好大，"我没有要你为我找丈夫呵，我已经二十四岁，我自己有能力选择……""你有能力！你有能力！"梁逸舟怒不可遏，简直不能控制自己，他再也顾虑不了心虹的神经，冲口而出地喊："云飞也是你自己选择的！多好的对象！一万个人里也挑不出一个！"

吟芳从楼上冲了下来，听到吼叫，她已大吃一惊，下楼一看这局面，她就更慌了，抓着梁逸舟的手臂，她焦灼地摇撼着，一迭连声地喊："逸舟！逸舟！有话好好说呀，别发脾气呀！"

"别发脾气！我怎能不发脾气！"梁逸舟叫得更响了，"从她出世，就给我找麻烦！"

"爸爸，"心虹的脸更白了，"你不想我出世，当初就不该生我呵！"

"逸舟！你昏了！"吟芳叫着说，脸色也变了。

"爸爸，"站在一边的心霞，忍不住插口说，"你们就让姐姐自己做主吧！那个狄君璞又不是坏人！"

"云飞也不是坏人吗？"梁逸舟直问到心霞的脸上去，"你少管闲事！你懂什么？那个狄君璞，是个闹过婚变的老色狼！他的爱情能维持几天？他的第一个太太呢？他根本就不是个正派人……""爸爸，"心虹的嘴唇抖动着，眼里蓄满了泪，侮辱狄君璞是比骂她更使她受刺激的，她的情绪激动了，她的血液翻腾着，她大声地叫，"不要这样侮辱人，好像你自己是个从不出错的圣人君子！你又何尝是个感情专一的人？你们逼死了我的母亲，以为我不知道吗？"

"心虹！"吟芳大叫，眼泪夺眶而出，她扑向梁逸舟，尖声喊，"停止了吧！停止了吧！你们不要吵了吧！"

梁逸舟的眼睛红了，眉毛可怕地竖着，他的脸向心虹逼近，他的声音从齿缝里压抑地迸了出来："你这个没良心的混蛋！白养了你这一辈子，你早就该给我死掉算了！"举起手来，他想给心虹一耳光，但是，吟芳尖叫着扑过去，哭着抱住了梁逸舟的手，一面哭一面直着喉咙喊："要打她就打我吧！要打她就打我吧！"

梁逸舟颓然地垂下手来。心虹已哭泣着，瑟缩地缩到墙边，紧靠着墙壁无声地啜泣。心霞跑过去抱住了她，也哭了。心虹只是不出声地流泪，这比号啕痛哭更让人难受。心霞抱着她不住口地喊："姐姐！姐姐！姐姐！"

尧康再也看不过去了，这一幕使他又吃惊又震动，他跳了起来，用力地说："你们怎么了？狄君璞又不是妖怪，董事长，你又何必反对成这个样子，这真是何苦呢！""住口！尧康！"梁逸舟的火气移到了尧康的身上，他用手指着他的鼻子，咆哮着，"这儿没有你说话的余地！你如果再多嘴的话，我就连你也一起反对！"

"哼！"尧康怫然地说，"幸好我没有娶你女儿的念头，否则也倒了霉了！""你没有娶我女儿的念头！"梁逸舟的注意力转了一个方向，更加有气了，没想到他看中的尧康，竟也是个大混蛋！他怒吼着说："你没有娶我女儿的念头，那你和心霞鬼混些什么？""我和心霞鬼混？"尧康扬起了眉毛，"我什么时候和心霞鬼混来着？董事长，你别弄错了！我和你女儿只是普通朋友，心霞的爱人是卢云扬！""是什么？卢云扬？"梁逸舟直跳了起来，再盯向心霞，大声问，"是吗，心霞？"心霞惊悸地看着父亲，眼睛恐慌得瞪大了，一语不发。

这等于是默认了。梁逸舟跌坐在沙发中，用手捧着头，不再说话，室内忽然安静了，只有大家那沉重的呼吸声。梁逸舟像一个泄了气的皮球，瘫痪在椅子中动也不动，呼吸急促地鼓动着他的胸腔，他的神情却像个斗败了的公鸡，再也没有余力来作最后一击了。他不说话，有很长久的一段时间，他一直都不说话，他的面容骤然地憔悴而苍老了起来。一层疲倦的、萧索的、落寞的而又绝望的表情浮上了他的脸庞。这震动了心虹姐妹，比他刚刚的吼叫更让姐妹二人惊惧，心霞怯怯地叫了一声："爸爸！"

梁逸舟不应，好像根本没有听见。吟芳蹲在他面前，握住他的双手，含泪喊："逸舟！"梁逸舟抽出手来，摸索着吟芳的头发，这时，才喃喃地、低声地说："儿孙自有儿孙福，莫为儿孙做马牛。咳，吟芳，我们是为谁辛苦为谁忙呢？"吟芳仰头哀恳地看着梁逸舟，在后者这种震怒和萧索之中，她知道自己是什么话都说不进去的。她默然不语，梁逸舟也不再说话，室内好静，这种沉静是带着压迫性的，是令人窒息的，像暴风雨前那一刹那的宁静。心虹姐妹二人仍然瑟缩在墙边，像一对小可怜虫。尧康坐在椅子里，看看这个又看看那个，不知该走好还是留好，该说话好还是该沉默好，在那儿不安地蠕动着身子，如坐针毡。就这样，时间沉重而缓慢地滑过去，每一分钟都像是好几千几百个世纪。最后，梁逸舟终于抬起头来说话了，他的声音里的火药味已经消除，却另有一种苍凉、疲倦和无奈的意味。这种语气是心虹姐妹所陌生的，她们是更加惊惧了。

"心虹、心霞，"他说，"你们过来，坐下。"

心虹和心霞狐疑地、畏缩地看了看父亲，顺从地走过来，坐下了。心虹低垂着头，捏弄着手里的一条小手帕，心霞挺着背脊，窥探地看着父母。梁逸舟转向了尧康。

"尧康，"他望着他，声音是不高不低的，"你能告诉我，你在这幕戏中，是扮演什么角色吗？"

"我？"尧康愣住了，"我只是和心虹心霞做朋友而已，我们很玩得来，我并没有料到，您把'朋友'的定义下得那样狭窄，好像男女之间根本没有友谊存在似的。"

"一个好朋友！"梁逸舟点了点头，冷冷地说，"你把我引入歧途了！你是我带进霜园来的，却成为她们姐妹二人的掩护色，我还有什么话好说呢？我是落进自己的陷阱里了！"

他自嘲地轻笑了一下，脸色一变。"好了！"他严厉地说，"现在，尧康，这儿没有你的事了，你走吧！"

尧康巴不得有这一句话，他已急于要去通知狄君璞和云扬了。看这情形，心虹姐妹二人一定应付不了梁逸舟，不如大家商量商量看怎么办。他站起身来，匆匆告辞。梁逸舟不动也不送，还是吟芳送到门口来。尧康一走，梁逸舟就对心虹姐妹说："孩子们，我知道你们大了！"

这句话说得凄凉，言外之意，是"我已经失去你们了"！心虹的头垂得更低了，她懊恼刚刚在激怒时对父亲说的话，但是，现在却已收不回来了！心霞咬紧了嘴唇，她的面色是苦恼而痛楚的。"我不知该对你们两个说些什么，"梁逸舟继续说，语气沉痛，"男大当婚，女大当嫁。你们大了，你们要恋爱，你们想飞，这都是自然现象，我无法责备你们。可是，你们那样年轻，那样稚嫩，你们对这个世界，对阅人处世，到底知道多少？万一选错了对象，你们将终身痛苦，父母并不是你们的敌人，千方百计，用尽心机，我们是要帮助你们，不是要陷害你们。为什么你们竟拒父母于千里之外？"

"爸爸，"心霞开口了，"我们并不是要瞒住你们，只是，天下的父母，都成见太深呀！"

"不是天下的父母成见太深，是天下的子女，对父母成见太深了！"梁逸舟说，"别忘了，父母到底比你们多了几十年的人生经验。""这也是父母总忘不了的一件事。"心虹轻声地、自语似的说。"你说什么，心虹？"梁逸舟没听清楚。

"我说……"心虹抬起眼睛来，大胆地看着父亲，她的睫毛上，泪珠仍然在闪烁着。

"几十年的人生经验，有时也会有错误，并不是所有的老人都不犯错了！"

"当然，可能我们是错了，"梁逸舟按捺着自己，尽量使语气平和，"但是，回答我一个问题，心虹。我知道你的记忆已经几乎完全恢复，那么，我对云飞的看法是对呢，还是错呢？"心虹沉默了片刻。"你是对的，爸爸。"她终于坦白地说。

"你还记得你当初为云飞和我争执的时候吗？"

"记得。"她勉强地回答。

"那时你和今天一样地强烈。"

"但是，狄君璞和云飞不同……"

"是不同，没有两个人是相同的。"梁逸舟沉吟了一下，"知道他和他太太的故事吗？"

"我没问过，但我看过《两粒细沙》。"

"作者都会把自己写成最值得同情的人物，都是含冤负屈的英雄。事实上，他那个妻子等于是个高级交际花，他娶了她，又放纵她，最后弄得秽闻百出。心虹，你以为作家都是很高尚的吗？碰到文人无行的时候，是比没受过教育的人更糟糕呢！""他是你带来的，爸爸，"心虹闷闷地说，"那时你对他的评语可不是这样的！""那时候我还没料到他会转你的念头！"梁逸舟又有些冒火了，"那时候是我瞎了眼睛认错了人，所以，我现在必定要挽回我的错误！"他吸了口气，抑制了自己，他的声音又放柔和了，"总之，心虹，我告诉你，狄君璞决不是你的婚姻物件，即使不讨论他的人品，以他的年龄和目前情况来论，也有诸多不适当之处。你想，你怎能胜任地当一个六岁孩子的后母！"

"妈妈也胜任于当一个四岁孩子的后母呵！"心虹冲口而出地说。吟芳猛地一震，她的脸痛苦地歪曲了。梁逸舟的话被堵住了，呼吸沉重地鼓动着他的胸腔，他的眼睛直直地瞪着心虹，有好几分钟说不出话来。然后，他重重地说："心虹，你真认为吟芳是个成功的后母吗？我们一直避免谈这个问题，现在就公开谈吧！吟芳对你，还有话说吗？她爱你非但丝毫不差于心霞，恐怕还更过于爱心霞，这并非是为了表现，而是真情。但是你呢？你为什么还心心念念记着你那死去的母亲？为什么？为什么？"

"那毕竟是我的亲生母亲呵！"心虹挣扎着回答。

"对了！就是这观念！我和吟芳用了一生的时间要你把吟芳当生母，却除不掉根深蒂固隐埋在你脑中的观念，你又怎能除去小蕾对她生母的观念呢！"

"她对她的生母根本没有观念。"

"你呢？你对你那个母亲还记得多少？为什么你竟一直无法把吟芳当生母？何况，吟芳还根本就是你的生母！"

"逸舟！"吟芳惊叫。

"什么？"心虹一震，莫名其妙地看着梁逸舟。

"好吧！大家把一切都说穿吧！二十几年来，这一直是个家庭的秘密。心虹，你以为吟芳是你的后母，现在，我告诉你，吟芳是你百分之百的亲生母亲！你和心霞是完完全全同一血统的亲生姐妹！"心虹怔怔地看着父亲，完全惊呆了。心霞也呆住了，不住地看看父亲，又看看母亲，再看看心虹，一脸的惊愕与大惑不解。吟芳用手蒙住脸，再也控制不住自己，她开始哭泣起来。"那时在东北，"梁逸舟说了，不顾一切地抖出了二十几年前的秘密，"我是个豪富之家里的独子，很早就由父母之命结了婚，婚后夫妻感情也还不错，但我那妻子体弱多病，医生诊断认为不能生育。就在这时，我认识了吟芳，很难解释当时的感情，我与妻子早已是挂名夫妻，认识吟芳后我才真正恋爱了。一年之后，吟芳生下了你，心虹。"他注视着心虹，"我们怎么办呢？我那多病的妻子知道了，坚持要把孩子抱回来，当作她生的一样抚养，我与吟芳也认为这样对你比较有利，否则，你只是个没有名义的私生子。于是，我把你抱回来，我那妻子也真的爱你如命，为了怕别人知道你不是她生的，她甚至解雇所有知情的奴仆，改用新人。这样，过了两三年，她又担心我和吟芳藕断丝连，竟坚持要生一个孩子，她求我，她甘愿冒生命的危险，要一个自己的儿子，我屈服了。她怀了孕，却死于难产，孩子也胎死腹中。一切像命中注定，我娶了吟芳，而你，心虹，竟把生母永远当作后母了。"

心虹瞪视着梁逸舟，像听到了一个神话一般，眼睛睁得那样大，那样充满了惊奇与疑惑。梁逸舟又说了下去："这些年来，我们一直不敢说穿真相，因为年轻时的荒唐必须暴露，而又怕伤到你的自尊，怕影响你和心霞对父母的看法，我们隐瞒着，足足隐瞒了二十四年！现在，心虹，你知道一个后母有多难当了，以一个亲生母亲的感情与血缘关系，吟芳仍然是个失败的后母！"

心虹的眼光转向了吟芳，这一番话已大大地震动了心虹，她想起了许许多多的事，想起了自己常做的噩梦，想起那梦里的长廊、圆柱，想起每次哭母亲哭醒过来。而自己的生母却始终都在身边！她怀着一个无母的心病，病了这么许多年！母亲，母亲，你在哪儿？母亲，母亲，你竟在这儿！她眼里逐渐涌上了一片泪光，泪水在眼眶中汹涌、泛滥……她凝视着吟芳，吟芳也用带泪的眸子，恳切而求恕似的看着她。她低问："这是真的吗？"

"这是真的！"吟芳轻声回答。

心虹眼里的泪水夺眶而出，她大喊了一声："妈呀！你们为什么不早说！你们为什么不早说！"

　　就对吟芳冲了过去，这是二十几年来，她第一次由衷地喊出了一声"妈"，母女二人拥抱在一起了。梁逸舟也觉得鼻子里有些酸酸的，竟懊悔为什么不早就揭穿一切。心霞在一边，又是笑，又是泪，又是惊奇。这一个意外的插曲，把原来那种剑拔弩张的气氛都冲淡了，大家似乎都已忘记了最初争执讨论的原因，只是兴奋地、激动地忘情于这母女相认的感情里。就在这时，一阵急促的门铃声惊动了他们。

第
二
十
八
章

来的人是狄君璞和卢云扬。

狄君璞和云扬本来都在雅棠家里，等着心虹姐妹来吃饺子，结果，心虹姐妹没有来，尧康却带来了那惊人而意外的消息。立即，狄君璞和云扬都做了一个决定，就是到霜园来，干脆和梁逸舟谈个一清二楚。虽然尧康并不太赞成他们马上去霜园，他认为在梁逸舟目前的暴怒之下，他们去谈根本不会有好结果。可是，他们还是去了。

当他们走进霜园的客厅时，他们看到的是相拥在一起的心虹母女、在一边默默拭泪的心霞和满面沉重的梁逸舟。梁逸舟一见到他们，猛吃了一惊，脸色就变得难看了，他瞪视着他们，好半天，才愤愤然地说："好好，你们公然升堂入室了！你们来做什么？倒给我说个明白！""梁先生，"狄君璞说，不安地看了心虹一眼，你们怎么欺侮她了？让她哭成了一个泪人？"我们能不能大家不动火，好好地谈一谈？""我和你这种人没有什么好谈的！"

梁逸舟大声说，"我记得我告诉过你，请你永远别走进霜园来！君子自重呵，你难道连自尊心都没有了吗？"

"爸爸！"心虹惊愕地喊，离开了吟芳的怀抱，她那带泪的眸子不可置信似的看着父亲。

"爸爸！你怎能……怎能用这种态度和君璞说话？""我怎能？我怎能？"梁逸舟的火气更大了，他瞪着心虹说，"难道我还该对他三跪九叩吗？感谢他引诱了我那个不成材的女儿吗？""爸爸！"心虹悲愤地大喊了一声，用手捂住脸，又哭了。这整个晚上的事已使她脆弱的神经如拉紧的弦，她紧张，她痛苦，她惊惶，她又悲愤，再加上认母后的辛酸及意外，她简直不知该如何自处了。吟芳迈前了一步，她看出目前的情况危机重重，又惊又惧，拉住梁逸舟，她急急地说："逸舟，逸舟，冷静一点，好不好？求求你，逸舟！冷静一点！""我怎能冷静？"梁逸舟暴跳如雷，"我眼看着这两个豺狼在勾引我的女儿，我要保护她们，她们反而跟我对抗，认定了要往火坑里跳！""梁先生！"云扬大声地叫了一声，他的声音是有力的。他仍然有年轻人的那份鲁莽和血气，"请你不要侮辱人，行吗？"

"呵！你有什么资格在我面前吼？"梁逸舟紧盯着云扬，"你哥哥在我家弄神弄鬼失败了，现在轮到你了，是吗？你们兄弟真是一个娘胎养出来的宝贝！是不是不弄到梁家的财产，你们就不会放手？"

云扬的脸变青了："梁先生！我请你说话小心！我想你生来不懂得人类的感情，只认得金钱！我现在对你说，我要娶心霞，你答应，我要她；你不答应，我也要她！我要她要定了！至于你的钱，你尽可以留着将来自用，你送我我也不会要！我对你说话算客气，因为你是心霞的父亲！假若你要再继续侮辱我，我也不怕和你撕破脸！""云扬！"心霞喊着，吃惊地走到他身边去，拉拉他的胳膊摇撼着，焦灼地嚷，"你就少说几句吧！"

"好呀！这还算话吗?"梁逸舟气得浑身发抖，"你们俩勾引了我的女儿，还跑到我家里来耍流氓！这时代还有天理没有？养儿女到底有什么好处？"他指着狄君璞和云扬，"我告诉你们！你们马上给我滚出去！这儿还是我的家，不容许你们在这儿撒野！"

"走就走！"

云扬甩开了心霞，掉头欲去。狄君璞止住了他。"等一等，云扬！"他说，走上前去，他站在梁逸舟的面前，一个字一个字清清楚楚地说："梁先生，我们会离去，不用你赶。但是，在离开以前，我有几句话必须说清楚。爱，不是过失，你也是人，你也爱过，你该懂得这份感情的强烈。你今天可以逞一时之快，把我们骂得体无完肤，赶出你的家。但是，受苦的不只我们，还有你的两个女儿！看看她们！梁先生，你把她们置于怎样痛苦的境地！如果你能放弃对我们的成见，这会是一团喜气，你不能放弃成见，那么，未来会发生怎样的悲剧，就非你我可以预料的了！你不妨想想看。何苦呢？以前的悲剧结束，新的喜剧开始，原是多理想的局面！云扬能和梁家化干戈为玉帛，再缔姻缘，你该庆幸呵！至于我，虽然千般不好，万般不对，但是，我这份感情是真挚的，我对心虹，并不是要占有，而是要奉献呵！"

他的这番话，说得相当地诚恳，相当地漂亮，也相当地有力。吟芳为之动容，不能不用另一种新的眼光去衡量他。心虹的手从脸上放了下来，她默默地看着他，眼里带着泪，带着哀愁，带着痛苦，也带着挚爱与崇拜。梁逸舟也怔住了，一时，竟被他的气魄和言语给堵得无话可说，但是，片刻以后，他回过味来，觉得自己竟被他几句话给打倒，真是件太没面子的事，更由于他句句有理而使他恼羞成怒了。于是，他猛地一拍桌子，怒声喊："你少在我面前卖弄口才，我告诉你，我打心眼里看不起你，我根本不会把女儿嫁给你，你听明白了吗？现在，请吧！立刻离开我的屋子！"心虹迅速地奔向狄君璞，她在半昏乱中，自己也不知道在做些什么，她脸上有种不顾一切的倔强，望着狄君璞的眼光是激烈而狂热的。"君璞！我跟你一起走！"她说，掉过头来看着父亲，"你这样赶他走，我也不留下来！"

梁逸舟又惊又气，他大踏步地跨上前去，一把扣住心虹的手腕，厉声说："你敢？你给我待在家里，不许走出大门！难道你跟一个男人私奔了还不够？还要跟第二个？"

这几句话对心虹如一个轰雷，她不由自主地全身一震，顿时脸色惨变，喘息着喊："你说什么？我和男人私奔？我和谁私奔过？""你是真不知道还是装不知道……"梁逸舟愤愤地喊，"你给我找的麻烦实在够多了！你能不能安安静静在家里做个大家闺秀？""逸舟！"吟芳惊喊着，扑过来，"你就别说了吧，求求你！"转头看着狄君璞和云扬，她祈求地说："请你们先回去吧！我一定会给你们一个满意的答复，你们先回去好吗？"

狄君璞看看心虹，心虹是更加昏乱了，她又缩在墙边，呆滞地瞪大了眼睛，茫然看着室内的人，面色如死，眼神凌乱，她在和自己的记忆挣扎，也在和自己的意识挣扎。然后，她忽然爆发般地大喊了一声："妈呀！你们把一切都告诉我吧！我和谁私奔过？是怎么一回事？妈妈，你既是我的亲妈妈，告诉我吧！我做过些什么？我做过些什么？""心虹，你没做过什么！"吟芳急急地拥住了心虹。她知道揭穿这件事对心虹是多么残忍的事情，她一向都自认是个纯洁的好女孩呵！"那些过去的事再也别提了，你上楼去休息一下吧！心虹，我陪你上楼去，别再去想了！"

"但是，我和云飞私奔过吗？"她固执地问，"我现在一定要知道这一点！是吗？心霞，你告诉我，是吗？"

心霞一愣，面对着心虹那迫切而哀求的眸子，她咽了一口口水。"是的。"她低声说，痛苦地看看心虹，又看看云扬，再看看父母，把头垂了下去。

"啊！"心虹啜泣着，把脸转向墙壁，"我比我想象中更坏，我是怎样一个坏女孩啊！"转回头来，她直视着狄君璞，昏乱的眸子里，竟闪着一抹狂野的光，"那么，狄君璞，你可知道这件事？你知不知道我和云飞私奔过？"

狄君璞痛楚地蹙紧了眉毛，点了点头。

"那么，"她的眼神更狂野了，她的语气是强烈的，"你还要我吗？""我要。"狄君璞说，喉咙是沙哑的，"记住，我并不比你清白多少。而你所做的，不能怪你，在那种热情冲击下，你什么事都可能做出来，那无损于你的清白，只证明你的热情而已，心虹，相信我，在我心目中，你是完美无缺的！"

"哈，好一篇爱的告白！"梁逸舟接了口，声音是苛刻而讽刺的。他听出这几句话对心虹必然会有影响力，他必须阻止他，用一切力量来阻止他！"你不如把这些句子写到小说里去，还可以骗点稿费，在这儿说，简直是一种浪费！你还站在这儿干吗？为什么还不走？"

"梁先生！"狄君璞动怒了，他愤然地盯住了他，"你是个没有人心的人，你是个禽兽！"

"好，"梁逸舟重重地喘着气，"你骂我是禽兽！你这个不要脸的东西！"扬着声音，他大声叫："老高！老高！老高！给我把这两个流氓赶出去！"

"不用你赶，我自己走！"狄君璞怫然说，转过身子，向大门走去。心虹尖锐地叫了一声，冲向狄君璞，狂热地喊着："要走，你带我走！""心虹，站住！如果你跟他走，我会把你关到疯人院里去！"梁逸舟说。"我没有疯，我知道自己在做什么，我选择一条最正确的路——这男人，他尊敬我，他爱护我。而你，爸爸！你把我看成一个贱妇！""你本就是个贱妇！"梁逸舟是真火了，急切中口不择言，他根本不知道自己在说些什么。

"可是……"心虹浑身抖颤，也不知道自己在说些什么，"谁叫我是个私生女呢？我出身就不高贵呵！如果你骂我下贱，那也是家学渊源呵！""啪！"的一声，梁逸舟扬手给了心虹一个耳光，这个耳光打得很重，心虹跄跄了一下，几乎跌倒，她眼前金星乱迸，头里嗡嗡作响，脸上立即呈现出五条手指印。梁逸舟气得咬牙切齿，他苍白着脸说："生这样的女儿，是为了什么？白疼你一辈子，白爱你一辈子！给我制造了多少问题，找了多少麻烦，你杀了人，我帮你遮掩。早知道如此，就该把你送进监狱去！"

这又是一个新的、致命的一击！心虹瞪大了眼睛，身子摇摇欲坠。"我……杀了人？我……杀了人？"她喃喃地问。

"是的！你杀了卢云飞！你把他推落了悬崖！"梁逸舟大吼。愤怒已经使他丧失了理性，他只想找一样武器，把这个大逆不道的女儿给打倒。心虹呆站在那儿，那根绷紧的弦越拉越紧，终于断裂了！她一声不响地往后仰倒，昏了过去。吟芳大叫，伸手想抱住她，但没抱到，她倒在地毯上，带翻了身边的小茶几，几上的茶杯花瓶一起翻落在地下，发出好大的一阵响声。狄君璞不由自主地冲了过去，跪下来，抱住心虹的头。她躺在那儿，面如白纸，呼吸细微如丝，看来似乎了无生气。狄君璞仰起头来，直视着梁逸舟，他的眼睛发红了，呼吸急促了，对着梁逸舟，他忘形地大叫："你为什么要这样？你不知道她根本没有杀任何人吗？你怎能对自己的女儿这样做？你还有人性吗？你对她了解多少？你竟指她为凶手？事实上，她连一只蚂蚁都不会伤害！"

眼看心虹昏倒，梁逸舟也知道自己说错了话，不论是在怎样的震怒中，他也不该说那句话的。可是，让狄君璞来指责他，他却受不了。又心疼心虹，又懊恼失言，他把所有的怒气都倾倒在狄君璞的身上。

"都是你！"他嚷着，"这一切都是你引出来的！你有什么资格对我吼叫，如果没有你，我们一家过得和和气气、幸幸福福的。所有的问题都是你引出来，你反而在这儿大吼大叫！现在，你滚吧！马上滚！我会照顾我的女儿，不要你来管！"奔过去，他也俯身看着心虹。

心霞和吟芳正用冷毛巾敷在心虹额上，高妈也来了，又喂水，又解开衣领，又扇扇。但心虹始终不省人事，狄君璞把她抱起来，放在沙发上。梁逸舟仍然在咆哮着叫狄君璞滚，狄君璞抬起头来，看着他，一字一字地说："在心虹醒来以前，我不会走！你就是抬了大炮来轰我，我也不走！所以，你还是不要叫喊吧！"

"君璞，"吟芳哀求地看着他，"你去吧！求你！我保证让高妈来告诉你一切，你先去吧！"

"不！"狄君璞坚持地说，看着心虹。

心虹呻吟了一声，头转侧着，不安地欠动着身子，大家都紧张地看着她，室内忽然安静了。心虹又大大地呻吟了一声，痛苦地睁开眼睛来，恍恍惚惚地看着室内的人群。然后，她蹙眉，扭动着身子，叹息，又呻吟。吟芳紧握着她的手，焦灼地呼唤："心虹！心虹！你怎样？好些吗？"

心虹睁大了眼睛，凝视着吟芳，好半天好半天，大粒的泪珠开始从她眼角中滑落下来，迅速地奔流到耳边，她啜泣着说："妈，我但愿我从来没有存在过！"

只说了这一句话，她就把头转向沙发里边，面对着沙发，只是无声地流泪，什么话都不再说了。狄君璞扳着她的肩，呼唤她，她也不肯回头，狄君璞急了，说："心虹！那是个误会，你知道吗？你父亲只是在气愤中口不择言而已，事实上，你绝没有做任何不利于云飞的事，那完全是个意外罢了！""真的，心虹。"这次，梁逸舟也附和起狄君璞来了，他迅速地接了口，心虹那份绝望把他给打倒了，"没有人怀疑过你，刚刚我们都在气头上，谁都说了些不负责任的话。好了，别伤心了！"心虹摇了摇头，仍然把脸埋在沙发里，她的声音是疲倦的、绝望的，而又毫无生气的。

"君璞，"她说，"你去吧！离开我吧，你会找到比我好的女孩，我配不上你！"狄君璞惊跳了一下，心中一阵惨痛。在心虹这句话中，最使他心惊胆战的，是那股诀别的意味。

"心虹！"他战栗地说，"你抛不开我了，你知道的。我不会离开你，你就是世上最好的女孩！"

"我不是。"她幽幽地说，声音平静得惊人，比她的哭泣更让人胆寒，"我欺骗了你，欺骗了所有的人，也欺骗了我自己。我坏，我淫贱，我凶恶，我做了许多自己都不知道的坏事。我现在都明白了，你们一直在包庇我，事实上，我根本不值得你们宠爱。君璞，你去吧！我对不起你！对不起云扬，对不起爸爸妈妈，对不起你们所有的人！去吧，君璞，我现在不想见你，我要到楼上去，我要一个人待在房间里。"

她从沙发上爬起来，摇摇晃晃地站着。狄君璞惶然地再喊了一声："心虹！"她根本不回过头来，而用背对着他们。像一个美女，忽然发现自己被毁了容，成为一张丑陋而可怕的脸。于是，她再也不愿爱她的人看到这张脸，宁愿把自己深藏起来。她似乎就在这种情况中，摇摇晃晃地，迈着不稳的步子，向楼梯那儿走去。吟芳追过去扶住她，说："我送你回房间。我陪你。"

"不，妈妈。请让我一个人。"

吟芳不知所措地回过头来，狄君璞对她迫切地使了一个眼色，示意她追上去。于是，吟芳也跟着到楼上去了。

客厅中有一刹那的沉静，那样令人窒息的沉静。然后，狄君璞知道，继续留下去，也没有意义了。他望向梁逸舟，后者的脸上，刚才那种倔强与盛气凌人已经消失了。现在，他反而显出一种孤独无助和嗒然若丧的神情来。狄君璞知道，他也在深切地懊悔与自责里。他看着他，有许多话想对他说，却不知从何说起。最后，却只说了句："请照顾她，梁先生。"

梁逸舟震动了一下，心底掠过一阵痛楚的痉挛，他看着狄君璞。在这一刹那，他们两个人所担忧的事情是相同的，他们都看出来了那危机，心虹，她已经把自己完全封锁了，在那份强烈的自惭形秽中，只怕他们都将失去她。而她呢，她会走向一个无法预料的地狱里。

"如果你肯随时给我一点消息，"狄君璞又说，"我会非常感激你。"他咽了一口口水，心里酸涩无比，而且撕裂般地痛楚着，"别和我敌对吧，无论如何，我只是爱她呵！"

"我也只是爱她呵！"梁逸舟像是只需要辩护似的说，他是更显沮丧了。

"可是我们对她做了些什么？我们把她逼进绝境了！我们这两种不同的爱毁掉了她！梁先生。"狄君璞语重心长地说，"请助她吧！"他迅速地回转头，向房门口走去，因为，他觉得一股热浪直往鼻子里冲，他怕会控制不住自己的眼泪。梁逸舟仍然呆站在客厅中，像一个塑像般一动也不动。

他走向门口，云扬也跟着他走过去。心霞身不由己地跟上来，站在大门口，她含泪看着他们。狄君璞再一次对心霞说："请照顾她！心霞。"

"你放心。"她颤声说，"我会随时给你消息。"

"要小心，"他说，眉头紧蹙，"防备她！"

"我懂得。"

"再见，心霞，"云扬说，"我也等你的消息。"

“再见。”心霞轻声说。

他们走出了霜园，两人心里都充塞着难言的苦涩。尤其是狄君璞，他已隐隐地看到眼前一片迷雾，谁知道未来有些什么可怕的东西在等待着他们？霜园外面，黑夜早就无声无息地来临了，暗夜的原野，是一片黑暗与混沌。

前面有着幢幢人影，一个急促的声音惊动了他们：“云扬，乔风！是你们吗？”

“是谁？尧康？”云扬惊奇地站住了。

是的，那是尧康。不只尧康，还有雅棠，带着卢家的女佣阿英！雅棠跑过来，一面喘息，一面上气不接下气地报告了一项惊人的消息：“云扬，糟了！你母亲发了病，她打了阿英，一个人跑掉了！她说要去杀人，现在不知跑到何处去了！”

这就是霜园门外迎接着他们的第一件事。

第二十九章

夜好深，夜好沉，夜好静谧。

心虹静悄悄地躺着，倾听着周遭的一切，她已经这样一动也不动地躺了好几小时。她知道，全屋子里的人都在注意她，都在窥视她，现在，夜已经很深很深了，她料想，家里的人应该都已睡熟了吧？这是多么漫长而难熬的一个晚上！她的世界竟被几句话碾成了粉碎。首先，是有关"母亲"的那个大秘密，一个被她认为是后母的女人，在二十年漫长的光阴之后，竟一变而为生母！她曾迷失地找寻过母亲，她也曾把梦儿访遍，她曾夜夜呼唤，也曾日日凝伫！她虚拟了母亲的形象，也在脑中勾画了几百种母亲的轮廓，却原来，母亲始终在她身边！二十年来，朝朝暮暮，母亲竟没有离开过她！这可能吗？这可能吗？她，心虹，她是多么愚昧无知而又盲目呵！

这动摇了她对人生的一种基本的看法，摧残了她的自信。母女相认，给予她的温暖却远没有给予她的痛楚多。而紧接着，她还来不及从这份痛楚里苏醒，一个大打击就又当头落下，这一年多来，她始终自认是个纯洁的少女，也因此，她敢于奉献给狄君璞她那颗真挚的心，却原来，自己早已和人私奔，再也谈不上纯洁和璞真！不但如此，更可怕的是，她竟杀了那个男人！她，心虹，她到底是个怎样可怕的女人？

她不怀疑父亲是说谎，不怀疑这件事的真实性。因为，她了解自己那份热烈如火的情感，爱之深，恨之切！怪不得，她不是在各处都留下过杀人的蛛丝马迹吗？从床上坐起来，她一把抢过床头柜上的一本词选，打开来，她找着了自己的笔迹：

> 利用感情为工具，达到某种目的的人，该杀！
>
> 玩弄感情的人，该杀！
>
> 轻视感情的人，该杀！
>
> 无情而装有情的人，更该杀！

她迅速地合起了书，把它抛在床边。是了！她是个凶手！她早就决心要杀他了！这就是证据！她一定约好他在那悬崖顶上见面，然后乘他不备把他推落悬崖！啊！一个失去记忆的人，茫然地找寻着自己，最后找到的自己竟是个杀人凶手，她该怎么办？啊，怪不得全家谁都不愿她恢复记忆，怪不得镇上的人见了她就窃窃私议，怪不得卢老太太要向她索命……怪不得！怪不得！怪不得！

她心惊肉跳，额上冷汗涔涔。想想看，自己的手上染满了鲜血，自己的身上，带满了污秽，自己的心灵，充满了罪恶，而今而后，该当若何？她推开了棉被，赤着足走下床来，轻轻悄悄地，她无声无息地走到窗前，站在那儿，她望着外面那黑暗的原野和广漠的穹苍。

天际，星河璀璨，月光迷离。星河！她想起狄君璞的小诗，她摸索着自己脖子上挂的那颗星星！呵，君璞，君璞，我不是你心目中那颗小星星，我只是一块污泥，刻成了星形，镀上了白金，我是个虚伪的冒充者，混淆了你的视线，欺骗了你的感觉。呵，君璞，君璞，善良如你，天当佑你！罪恶如我，天当罚我！她打了个寒噤，夜凉如水。她极目而视，暗夜中，山也模糊，树也模糊。星也迷离，月也迷离。四周好静，听不到虫鸣，听不到鸟语。

只有低幽的风，在原野里徘徊呜咽，穿过树梢，穿过山谷，发出那如泣如诉的声音。她侧耳倾听，忽然间，她听到在那风声中，夹杂着什么其他的声音，低低地、沉沉地、哑哑地，在呼唤着："心虹！跟我走！心虹！跟我走！"

她战栗，她发冷，她又听到这呼唤了！她更专注地倾听那声音，那在一年多以来，经常出现在她耳边的声音："心虹！跟我走！心虹！跟我走！"

夜风里，那声音喊得悲凉。是了！她脑中如电光一闪，整个身子都僵硬地挺直了起来。

这是云飞的声音！那坠崖的孤魂正游荡在山野间，那无法安息的幽魂正在做不甘愿的呼唤！

"心虹！跟我走！心虹！跟我走！"

他在索命呵！"心虹！跟我走！心虹！跟我走！"

那呼唤声更加迫切了，更加悲凉了，更加凄厉了！她的背脊挺直，眼光直直地瞪着窗外。

"心虹！跟我走！心虹！跟我走！""我来了！"她对窗外低低地说。是的，血债必须由血来还！我来了！她转过身子，像被催眠了一般，她轻悄地走到门边，轻轻地、轻轻地、轻轻地扭动着门柄，打开了房门，她没有惊动任何人。赤着脚，她走出房间，她甚至没有披一件衣服，只穿着那件白绸的睡袍。没有鞋，没有袜，她下了楼，走进客厅。避免去开客厅那厚重的拉门，她穿进厨房，开了后门，走进花园里。几分钟之后，她已经置身在山野里了，披散着一头美好的黑发，穿着件白绸的睡袍，赤着脚，轻悄地走在那荒野的小径上。她像个受了诅咒的幽灵。她耳边，那呼唤的声音仍然在继续不断地响着："心虹！跟我走！心虹！跟我走！"

"我来了！我来了！我来了！"

她低呼着，加速了脚步。她赤着的脚踩在枯枝上，踩在尖锐的石子上，踩在荆棘上，细嫩的皮肤上留下了一条条的血痕，她不觉得痛。寒风侵袭着她，那薄薄的衣服紧贴着身子，她也不觉得寒冷，她耳边只听到那越来越急促、越来越凄厉的呼唤："心虹！跟我走！心虹！跟我走！"

"我来了！我来了！我来了！"

她喊着，几乎是在奔跑了。沿着那小径，她奔进了雾谷，穿过那岩石地带，她往农庄的方向奔去。可是，忽然间，在黑暗之中窜出了一个人影，一把抱住了她。

"我捉住了你！哈！我捉住了你！"那人影叫着，怪声地发笑，声如夜枭凄鸣，"你还我儿子来！你还我！你还我！哈，我捉住了你！"心虹站住，夜色里，卢老太太那张扭曲的脸像个凶神恶煞，那怪异的眼神，那凌乱的白发，那尖锐而凄厉的声音，划破了夜空，打碎了宁静。奇怪的是，心虹丝毫也没有惊惧，更没有感到意外，她反而安详而快乐地说："哦，是你，你来得好！"

"你杀了我儿子！你要偿命！"那疯妇嚷着。

"是的，是的，我要偿命！"心虹说着，侧耳倾听，"听到吗？他在叫我。"

"什么？什么？"老妇问。

"他在叫我，云飞在叫我。"她像做梦般说，"我要去了，你也来吗？你应该送我去！我们走吧！"

老妇扭着她。"我不放你！"她狡黠地说，"你要逃跑！"

"我不逃。"心虹安静地说，"我要到那悬崖顶上去，我要从那悬崖上跳下来！你听，他在叫我！你听！"

老妇真的侧耳倾听，她的眼睛怪异地盯着她。

"你要从悬崖上跳下来！"她说。

"是的。"心虹说。

"如果你不跳，我要把你推下去。"她说。

"那更好了，来吧！我们快去！听，他在叫我！"

夜色里，那声音仍在她耳边急促地响着："心虹！跟我走！心虹！跟我走！"

"我来了！我来了！我来了！"心虹应着，挣扎着往山上跑去。老妇也踉踉地跟了上去，她的手仍然紧攘着心虹的衣服。她们跑出了雾谷，跑上了山，直奔那农庄后的悬崖。这时，山谷中真的传来了一片呼叫："心虹！心虹！你在哪儿？"

"心虹！回来！心虹！"

"姐姐！姐姐呀！姐姐！"

同时，谷里到处都亮起了手电筒的光芒。心虹站住了，怔了怔，说："他们来找我了！我们快些去吧！要不然，他们不会放我走了！""快些去！快些去！"老妇尖锐地说，怪笑着，兴奋着，"快些去！哈！快些去！"心虹跑进了枫林，老妇也跟了过来，谷里的手电筒更明显了，闪亮着像一盏盏小灯，心霞他们一定在发疯般地搜寻着。一切要快了，快些结束吧！云飞，你不要再叫了。血债必须用血来偿。你不要再叫了，我来了！我来了！我来了！

她一步步地走向那栏杆。狄君璞在卧室中，忽然没来由地惊跳了起来，一头一身的冷汗。暗夜里有着什么，他的心跳得那么猛烈。事实上，他根本没睡，只是靠在床上休息。整晚，他都和云扬、尧康等在山谷中和荒野里四处搜寻卢老太太，却连一点踪迹都没有找到，后来镇上一个妇人说，看到卢老太太在公路局车站，于是，大家推断卢老太太一定糊里糊涂地搭上车子去了台北。于是云扬到台北去报了警，徒劳的搜寻无补于事，大家只好回家去等着。好在霜园门禁森严，大家都料定不会发生什么事情。夜深难觅，不如等天亮再说。就这样，狄君璞回到家里就已经快十二点了。带着那样凌乱的心情，那样烧灼着的情感和忧愁，他根本不能睡觉，靠在床上，他一直在那份沉重的思绪里折腾着。而现在，他忽然惊跳了起来。

夜色里，确实有什么声音惊动了他，使他发冷而心跳。他下了床，披上衣服，向窗外看去，看不出什么所以然来。但他的心跳得更猛，呼吸急促而紧张。然后，他听到一声低喊，一声女性的低喊，依稀在说着："我来了！我来了！我来了！"

他不再犹豫，开了房门，他直奔出去，刚来到农庄前的空地上，他就看到那条通往枫林的小径边，草丛里有个亮晶晶的东西在闪烁着，他奔过去，弯腰拾了起来，心脏猛地一跳：那是心虹戴在胸前的那颗星星，那颗从星河中坠落的星星！他一把握紧了那颗星，紧得手心中都刺痛起来。然后，出于一种直觉，他狂奔着跑进了枫林。

一跑进枫林，他就看到了一幅使他心惊胆裂的场面。

心虹，披着长发，穿着睡袍，赤着脚，已经越过了悬崖边的栏杆，站在栏杆外凸出的悬崖边缘上，一只手抓着栏杆，一只手按着她那随风飘飞的睡袍下摆，眼睛迷迷蒙蒙地望着下面的山谷，似乎随时准备要往下跳。而在一边，卢老太太白发飞扬，眼神怪异，却在拍着掌、跳着脚喊："跳！跳！跳下去！跳下去！"

狄君璞心魂俱裂，满身冷汗，他想扑过去，但是他不敢，怕他一扑过去，心虹就会往下跳。因为，她现在显然在一种被催眠似的心神恍惚中。站在那儿，他一时觉得像掉进了冰窖，浑身都像冰一般地冷了。

他立即恢复了神志，喘息着，他开始向心虹那儿慢慢地移近，一步一步、一寸一寸地挨过去，同时，他轻声地、沙哑地低唤着："心虹！心虹！心虹！"

心虹一震，她茫然回顾，似乎在找寻着什么，她的眼光和狄君璞的接触了，她又一震，狄君璞立即喊："心虹！别松手！""他叫我，我要去了！"心虹望着狄君璞，像解释一件很普通的事情一般说着。"谁叫你？"狄君璞问，故意和她拖延时间，他又向她迈近了一步。"云飞。"她说。"云飞是谁？"他问，再迈近一步。

这时，一片呼唤心虹的声音已经到了农庄这儿，心虹有些心神不定，她侧耳倾听，又看看身下的悬崖。狄君璞魂飞魄散，他很快地说："你还没告诉我，云飞是谁？"

"你知道的，我要去了。"

"我不知道。"他再迈近了一步。

"就是我杀掉的那个人，我现在要偿还这笔债。"

"你没有杀任何人，你知道。"他停在栏杆边上。

"我杀了，我推他掉下悬崖。"

那片唤心虹的声音更近了。然后，梁逸舟夫妇和心霞带着老高与高妈，都冲进了枫林，一看这局面，吟芳首先就尖叫了起来。心虹一惊，转身就要往下跳。狄君璞已接近她，这时立即一个箭步蹿过去，一把就抓住了心虹握着栏杆的那只手，心虹的身子已经一半都滑到了悬崖外面，狄君璞用力拉紧了她，扑过去，他翻到栏杆外面，冒险地用手抓着栏杆，把心虹拉了上来，然后，他抱住了她，连栏杆带她的身子一起抱得紧紧的。心虹挣扎着，大声地叫着："放开我！放开我！放开我！让我去！让我去！让我去！"她哭泣着，奋力挣扎，然后一口咬在狄君璞的手上，狠狠地咬下去，狄君璞仍然紧抱不放，抓紧了栏杆，他们在悬崖边上惊险万状地挣扎着。同时，狄君璞用那样迫切的声音，一迭连声地呼唤："心虹！心虹！心虹！你不能这样去的！你昏了头了！你醒醒吧！"老高冲过来了，抓住了心虹的衣领，他们合力把心虹抱了起来，抱过栏杆，狄君璞也翻了过来，那在一边看的梁逸舟夫妇和心霞，早惊吓得一身冷汗了。心虹依旧在奋力挣扎，又哭又喊又叫。那在旁边拍手的老妇这时陡地跳了过来，大声嚷："跳下去呀！跳下去呀！跳下去呀！"

"老高，你去捉住她，"狄君璞喘息着说，"心虹交给我！现在已经没关系了。"他抱紧了心虹，经过了这一番惊险之后，他余悸犹存，心脏仍在擂鼓似的敲动着。

老高放掉了心虹，跑过去抓那个老妇，但是，那老妇人灵活地摆脱了老高，一冲就冲到栏杆边，她抓住栏杆，忽然破声尖叫起来："血！血！血！都是血！看呀，这栏杆上都是血！都是红的血呀！云飞的血呀！我儿子的血呀！"她用手触摸那栏杆，好像那栏杆上真有血一般。接着，她却号哭了起来，一面哭，一面哀伤地诉说着："云飞，我没有要把你推下去，我只是要阻止你离开我呀，你怎能抛开你的母亲？云飞，回来吧！你回来呀！你不能跟那个女人走！云飞，我没有要你摔下去！我没有要你摔下去！都是那个女人……都是那个女人……"

心虹一直在狄君璞怀中挣扎哭泣叫喊，但是，这时却突然安静了，她惊奇地看着那个疯狂的老妇，呆住了。狄君璞也愣住了，只因为这老妇人说的话太过于稀奇。老高还要过去抓那个老妇人，狄君璞喊了一声："不要去碰她！听她说什么？"

事实上，呆住的岂止是狄君璞和心虹，连梁逸舟夫妇和心霞也惊愕得说不出话来了。而那老妇还在那儿哭号不休。

"云飞，不要离开我！云飞，回来吧！不要带那个女人逃走！我们过苦日子，我不要钱，只要大家在一块儿！云飞，回来！求你回来！求你！求你！求你！我的儿子呀！你怎能离开我，我把你从那么一点点抱大！啊！云飞，我没有要杀你，我没有要杀你呀！你回来吧！……"

心虹浑身震动了一下，然后，像从一段长长的噩梦中醒来，她愕然地回头，瞪视着狄君璞，她的眼光已恢复了意识，她的脸色苍白而焕发着光彩，她的声音清新如早晨初啼的黄莺："嗨，君璞，我记起来了，我记起一切的事情了！"

"什么？"狄君璞一时间不知她所指何事，困惑地问。他的眼睛紧盯着她那又苍白又美丽的脸庞，那衣衫单薄的、小小的身子在他怀中微颤。他又惊又喜又战栗。哦，心虹！他几乎失去了的心虹！在她那眼光中，他知道，她又是他的了！他狂喜，他震动，他感恩，几乎无力再去弄清楚她句子的意义了！心虹仍然看着他，她的眼睛光明如星！

"我都记起来了！君璞，你不懂吗？忽然间，我所有的记忆都回来了！"她说，声音朗朗。

"真的？"狄君璞猛然间弄明白了，他大声问，"真的？"

"真的。"她静静地说，"我全记起来了，那晚的事和那晚以前的事，我全记起来了！"她叹息，忽然觉得疲倦而乏力，一层温温软软的感觉像浪潮般包住了她，她偎进了他的怀里，把头紧紧地依靠在他那宽阔的肩膀上。

第三十章

半小时后，心虹已经温暖地裹着一条大毛毯，靠在狄君璞书房里的躺椅上了。那毛毯把她包得那样严密，连她那可怜的、受伤的小脚也包了起来。那小脚！当狄君璞看到那脚上的血痕、裂口和青肿的痕迹时，他是多么地心痛和怜惜呵！赤着脚走过这一段荒野，她经过了多么漫长的一段跋涉！真的，在她的生命中，这段跋涉也是多么艰巨和痛苦，她终于走过了那段遍是岩石与荆棘的地带了。

室内弥漫着咖啡的香味，狄君璞正在用电咖啡壶煮着咖啡。梁逸舟夫妇和心霞都坐在一边的椅子中。老高和高妈已护送那老太太去卢家了。那老太太，在经过一番翻天覆地的哭号和悲啼以后，就像个泄了气的皮球般瘫软在栏杆边的泥地上，只是不停地抱头哭泣，身子抽搐得像一个虾子，当大家去扶她起来的时候，她已不再挣扎，也不叫闹，她顺从地站起来，就像个听话而无助的小婴儿。看着周边的人群，她瑟缩地、昏乱地呢喃着："我的儿子，云飞，他掉到那悬崖下去了，你们快去救他呀！""是的，是的，我们会去救他！"高妈安慰着，和老高扶持着她，"你先回去吧！""那……那栏杆断掉了！"她说，固执地、解释地，"我儿子，他……他……掉下去了！"

"是的，是的！"高妈说着，他们搀扶她走出了枫林。在这一片喧闹中，老姑妈和阿莲都被惊醒了，也跑出来，惊愕地看着这一群夜半的访客。狄君璞吩咐老高夫妇及时把卢老太太送回家，并要高妈当面告知云扬一切的经过。然后，看到心虹那赤裸的小脚，他就把心虹横着抱了起来，向屋中走去，一面对梁逸舟夫妇说："大家都进来坐坐吧！我想，我们都急于要听心虹的故事。"就这样，大家都来到了狄君璞的书房里。老姑妈一看到心虹的脚——那脚正流着血，就惊呼了一声，跑到厨房去烧了热水，他们给心虹洗净了伤口，上了药。又让心虹洗净了手脸，因为她脸上又是泪又是脏又是汗。再用大毛毯把她包起来。这样一忙，足足忙了半个多小时，心虹才安适地躺在那躺椅上了，那冰冷的手和脚也才恢复了一些暖气，苍白的面颊也有了颜色。狄君璞望着她说："你要先睡一下吗？""不不，"心虹急促地说，不能自已地兴奋着，"我要把一切都告诉你们。"梁逸舟坐下了，在经过了今天晚上这惊心动魄的一幕之后，他的心情已大大地改变了。当他今晚第一眼看到心虹站在那悬崖边上时，他就以为自己这一生再也见不着活着的心虹了。可是，现在，心虹仍然活生生地躺着，有生命，有呼吸，有感情……他说不出自己的感觉，却深深明白了一件事，这条生命是狄君璞冒险挽救下来的。他没有资格再说任何的话，他没有资格再反对，她，心虹，属于狄君璞的了。

吟芳和心霞都坐在心虹的身边，她们照顾她，宠她，抚摩她，吻她，不知怎样来表示她们那种度过危机后的惊喜与安慰。狄君璞递给每人一杯咖啡，要阿莲和老姑妈去睡觉，室内剩下了他们，狄君璞望着心虹说："讲吧！心虹。"心虹捧着一杯热气腾腾的咖啡，轻轻地啜了一口，她眼里有着朦胧的雾气，身子轻颤了一下，似乎余悸犹存。她再啜了一口咖啡，正要开始述说，有人打门，云扬赶来了。

云扬已经从高妈口中得知了悬崖顶上的一幕，老太太自回家后就安静而顺从，他安排她上床，她几乎立即就熟睡了。听到高妈的叙述，云扬又惊奇又困惑，再也按捺不了他自己对这事的关怀，他吩咐阿英守着老太太，就赶到农庄来了。

坐定了，狄君璞递给他一杯咖啡。心虹开始了她的叙述，那段充满了痛楚辛酸与惊涛骇浪的叙述。

"我不知道该从哪儿说起，"她慢慢地说，注视着咖啡杯里褐色的液体，"我想，我私奔之前的事，你们也都知道了，我就从私奔之后说吧。那天我从家里逃出去之后，云飞带我到了台北，他租了一间简陋的房子，我们就同居了。在那间房子里，我和他共度了十天的日子。"她蹙紧了眉头，闭了闭眼睛，这是怎样一段回忆呀，她的面容重新被痛苦所扭曲了。

再睁开眼睛来，她用一对苦恼的、求恕的眸子望着室内的人："原谅我，我想尽量简单地说一说。"

"你就告诉我们悬崖顶上发生的事吧！"云扬说，对于他哥哥的劣迹，他已不想再知道更多了。

"要说明悬崖上的事，必须先说明那十天。"心虹说，深吸了一口气，下定决心来说了，"那十天对我真比十年还漫长，那十天是地狱中的生活。我在那十天里，发现了云飞整个的劣迹，证明了我的幼稚无知，爸爸是对的，云飞是个恶魔！"她看看云扬，"对不起，我必须这样说！"

"没关系！你说吧！"云扬皱着眉，摇了摇头。

"一旦得到了我，他马上露出了他的真面目，他问我要身份证，说是有了身份证，才能正式结婚，我走得仓促，根本忘了这回事，他竟愤怒地打了我，骂我是傻瓜，是笨蛋，然后他问我带了多少珠宝出来，我告诉他一无所有，他气得暴跳如雷。于是，我明白了，他之所以要正式和我结婚，并不是为了爱我，而是要借此机会，造成既成事实，以谋得梁家的财产。爸爸的分析完全对了！接着，我发现他还和一个舞女同居着，我曾恳求他回到我身边来，那时我想既已失身于他，除了跟着他之外，还有什么办法呢？我还抱着一线希望，就是凭我的爱心，能使他走上正路。谁知他对我嗤之以鼻，他说，他任何一个女友都比我漂亮，要我，只是奠定他的社会基础而已，如果我要干涉他的私生活，那他就要给我好看！至此，我完全绝望了！我所有的梦都醒了，都碎了，我除了遍体鳞伤之外，一无所有了！"她顿了顿，眼里漾着泪光，再啜了一口咖啡，她的神情萧索而困顿。

"我知道了，"吟芳插口，"于是，你就逃回家里来了。"

"不不，我不是逃回来的，是他叫我回来的。"心虹很快地说，"总之，我要告诉你们，那十天我受尽了身心双方面的折磨，粉碎了一个少女对爱情的憧憬，忍受了任何一个女人都忍受不了的屈辱。他很了解我，知道我对贞操的看法，他认为我再也逃不出他的掌心了，何况，他一向对女人得心应手，这加强了他的自信。他对我竟丝毫也不掩饰他自己。那十天内，他凌辱过我，骂过我，打过我，也像待小狗似的爱一阵宠一阵。然后，他叫我回家，要我扮着迷途知返的模样，使家里不防备我，让我偷出身份证和珠宝。他知道，不和我正式结婚，是怎样也无法取得公司中的地位的。他计划，和我结婚以后，就带着我跑到香港，凭我偷到的金钱珠宝，混个一年半载，再回来。那时，爸爸的气一定也消了不少，他再来扮演贤婿的角色，一步一步夺得公司、金钱和社会地位。于是，十天后，我回来了。"

她再度停止，室内好静，大家都注视着她。她深吸了一口气，低低叹息。"我回来之前，已经跟他约好，三天后的晚上在农庄中相会。他已先去登记了公证结婚，又安排了船只，按他的计划，我晚上携带大笔款项、珠宝和身份证到农庄，当晚潜往台北，第二天早上就在法院公证结婚，下午到高雄，晚上就上了船，在赴港途中了。我依计而行，老实说，那时我是准备一切照他安排的做，因为我认为除了跟随他之外，再也无路可走了！可是，一回到家里，看到妈妈爸爸，我就完全崩溃了！没有言语能形容我那时的心情，我问爸爸还要不要我，当爸爸说他永远要我时，我知道，我再也不会跟云飞走了！再也不会了！我是真的回来了！回家来了！不只我的人，还有我那颗创痕累累的心。"她坐了起来，垂着头，泪珠静悄悄地从面颊上滑落。吟芳用手帕拭去了她的泪，轻声说："可怜的、可怜的孩子！"她自己也热泪盈眶了。

"三天中，我前思后想，决定从此摆脱云飞，一切从头开始。

这三天里，父母和心霞待我那样好，没有责备，没有嘲笑，没有一句重话。所有的只是疼爱与关怀，这时，我想，哪怕是杀掉云飞，我也不跟他走。然后，那约定会面的时间到了，我悄悄地告诉高妈，我要去见云飞最后一面，两小时之内一定回来，就溜出了霜园，到农庄去赴约。我没有带身份证，没有带珠宝，没有带钱，我预备向他告别，从此离开他。

"溜出霜园后，我就被萧雅棠抓住了，她已知道云飞一部分的计划，她在那儿等着我。

"她激怒而冲动，告诉我她已怀着云飞的孩子，告诉我云飞欺骗她的全部经过。我再也没有料到，他不只害了我，还坑了萧雅棠！我又愤怒又悲痛，我告诉她，我不会跟他走，哪怕杀了他我也不跟他走！这样，我就到了农庄。"她已叙述到高潮的阶段，她停下了，怔怔地看着手里的咖啡杯。她的思想正痛苦地深陷在那最后一夜的雨雾里。狄君璞用一杯热的咖啡换走了她手中的冷咖啡，他的眼光始终怜惜而热烈地停驻在她的脸上。

"那天正下着小雨，"她继续说，"我比预定的时间晚到了一小时，他已经很不耐烦了。我在枫林的悬崖边找到了他，他正站在栏杆前面，望着我从山谷中走上来。一见到我，他劈头的第一句话就是：'你弄到了多少钱？'我告诉他没有钱，没有珠宝，没有一切，因为我不跟他走了！如果你们当时见到了他，就会知道他那时变得多么可怕。他打了我，抓住我，他又撕又打又骂又诅咒，我挣扎着，弄破了衣服，跌在泥泞里，又弄了一身的泥。那时，他完全丧失了理智，像一个发疯的野兽，我想，他会打死我。于是，我奔跑，但他把我捉了回来，叫嚣着说，他依然要带我走，即使没有身份证及金钱，他依然有办法利用我让爸爸屈服。他挟持着我，就在这时候，一件意外发生了，卢老太太忽然气急败坏地出现了！"

她再度停止，抬眼看了云扬一眼。

"那晚不只我一个人在悬崖上，还有你母亲，她是来阻止这整个计划的，我想，是云飞告诉了她。"

云扬点了点头，他的眼底一片痛楚之色。

"请说下去！"他沙哑地说。

"卢伯母一出现就直奔我们，她是奔跑着赶来的。她抓住了云飞的手臂，开始恳求他不要离开她，又恳求我不要让云飞离开她，她说她半生守寡，就带大了这两个儿子，云飞一走，她的世界也完了！我那时正在和云飞挣扎，卢伯母这一来，使云飞分散了注意力，我挣脱了云飞要跑，他扑过来，又抓住了我，他打我，猛烈地打我，又撕扯我的头发，强迫我跟他走。卢伯母再扑过来，她嚷着，叫我回家，叫我不要诱惑她儿子，我哭泣着解释，我并不要跟她的儿子走，我也不要诱惑她的儿子，但她不听我，只是唠唠叨叨地述说着，拉扯着云飞的手不放。云飞气了，他用力地推了她一下，老太太站不住，摔倒在泥泞里。于是，卢伯母气极了，开始大哭了起来，说生了儿子不中用，有了女人就不要娘。云飞不理她，拉着我就要走，就在这时，卢伯母突然直撞了过来，嘴里嚷着说：'你既然不要娘了，我就撞死了算了！'云飞没有料到她这一撞，他拉着我的手松开了，他自己的身子就趔趄着直往后退，然后，那个悲剧就发生了，我听到栏杆折断的声音，我听到云飞落崖时的惨号。我当时还想，我一直想杀他，现在是真的杀了他了！于是，我就昏倒了过去，什么都不知道了。"故事完了。这悬了一年多的疑案，终于揭晓。一时间，室内安静极了，谁都没有说话，空气是沉重而凝冻的。然后，梁逸舟振作了一下，看着心虹，说："你还记得我赶到的时候，你对我说的话吗？"

"我说过什么吗？"心虹困惑地问，"我不知道，我只记得昏倒之前，我一直在喃喃地叫着：'我终于杀了他了！我终于杀了他了！'因为，如果不是为了我的原因，他是不会坠崖的。"

梁逸舟深深地叹了一口气。

"可是，就为了这一句话，我们竟误会了一年半之久！"他转过头来，望着云扬，"你竟然不知道你母亲来过这儿吗？你可信任心虹所说的？""我信任。"云扬低低地说，他的喉咙是紧逼而痛楚的。他的脸色苍白，眼睛却闪烁着坦白而正直的光芒，"我现在想起来了，那天，当我得知云飞坠崖的消息之后，我只想先瞒住母亲，我根本没去看她在不在屋子里，就一直赶往现场，那是黎明的时候，等我回家，已经是中午。妈坐在屋里，疯了，痴痴呆呆地诉说着云飞死了！我只当是镇上那些好事之徒告诉她的，现在想来，她一开始就知道了！在她潜意识中，一定不愿想到是她撞到云飞，云飞才会坠崖，所以，她把这罪名给了心虹。以后，她好的时候就说云飞没死，病发就说是心虹杀了他了！现在，这些环节都一个个地套了起来，我全明白了。"他垂下头，一脸的沮丧、感伤和痛楚，"获得了真相，我想，我可以好好地治疗一下母亲了。"

狄君璞喝干了手里的咖啡，把杯子放到桌上。他走过来，用手紧按了一下云扬的肩膀，他的声音沉着而有力。

"云扬，振作一下！"他说，"这一年半以来，大家都在研究杀死云飞的凶手是谁，你知道吗？他确实不是死于意外。但是，杀他的凶手不是心虹，也不是你母亲，而是他自己。我们能责备谁呢？除了云飞自己以外。"

云扬默然不语。梁逸舟不能不用欣赏的眼光，深深地看了狄君璞一眼。他忽然想起狄君璞对他说过的话，他曾责问他了解心虹多少，狄君璞是自始至终都深信心虹不是凶手的唯一一个人！是的，他了解心虹，远胜过他这个做父亲的人！看样子，在这世界上，对人生、对人类，他需要学习的地方还太多了。他把眼光从狄君璞身上移到云扬身上，这时，这大男孩子正大踏步地走向心虹，用一对坦白而求恕的眸子望着她，诚挚地说："心虹，请接受我最诚挚的道歉，这么久以来，我一直误会了你！"这话，似乎也该由他这个做父亲的来说，而云扬却先说了！那年轻人，他有怎样一个勇于认错的个性，有怎样一张坦白而真挚的脸！他似乎相形见绌而渺小了。

心虹瑟缩了一下，她带泪的眸子清亮而动人地瞅着他。

"别道歉，云扬。"她的声音好轻，好温柔，好恳切，"只是，答应我，永远不要玩弄感情，永远尊重你所爱的人，保护她，怜惜她，别让我妹妹再忍受我当年的痛苦。"

"你放心，心虹。"云扬低沉地说，很快地抬起头来，看了心霞一眼，后者也正怔怔地、温柔地望着他，两人的目光一接触，就再也分不开来了。

心虹转向了狄君璞。她的面容上有哀伤，有挚情，有祈求，有惭愧。她的声音低而清晰。

"君璞，你现在知道了我全部的故事、最坏的一段历史及最见不得人的一面，你还要我吗？"

狄君璞一瞬不瞬地注视着心虹，用不着言语，他的眼睛已经把他要说的话全说了。那是怎样一种专注而热烈的眼光呵！梁逸舟默默地看着这一切，在几小时之内，他经历了几百种人生了。这一刻，面对着这样两对痴情一片的人儿，他分不出自己心里是怎样的滋味，是酸？是甜？是苦？是辣？终于，他站起身来走过去，他拍了拍吟芳的肩膀，用一种易感的、喑哑的声调说："我们该走了，吟芳。你看，窗子发白了，天已经快亮了！"

吟芳惊奇地看了他一眼。

"但是心虹怎么办呢？她还没有鞋呢！"

梁逸舟看着狄君璞，后者也掉过头来，静静地看着他，两人这样相对注视了一段很长很长的时间，然后，梁逸舟对吟芳微笑了一下，说："你不觉得，心虹一时还不能走动吗？她得在这儿休息一下，至于鞋子和衣服，等天亮，让高妈给送来吧！"

吟芳愕然地看着梁逸舟。接着，她的眼睛发亮，她的神采飞扬，她的心像鼓满了风的帆，涌涨着喜悦与感动。她顺从地站起身来了，她知道这意味着什么，一切的风暴都过去了！新来的黎明该是晴朗的好天气！她喜悦地看了看心虹，又看了看狄君璞，这一对情侣的眼睛闪亮，满面孔都燃烧着光彩。这是人生最美丽的一刻呵！她禁不住轻轻地说了："好好地珍惜你们所有的东西呵！"

于是，她跟梁逸舟走向了门口，云扬惊觉地也站起身来说："我也该走了。"

梁逸舟站住了，看着云扬："或者你愿意在这样的黎明中，带心霞去山野中散散步，呼吸一点新鲜空气。"

"爸爸！"心霞惊喜交集地喊，几乎不能相信自己的耳朵。

梁逸舟不再说话了！揽着吟芳，他们走出了农庄，人，常常活了一辈子都没有成熟，而会在一刹那间成熟了！梁逸舟忽然觉得有一份说不出来的平静，心底充塞着的是一片酸楚、甜蜜、充实而又恬然的情绪，所有困扰着他的问题和烦恼都一扫而空了。他望着原野里的天空，黎明正慢慢地从山谷中升起。天上还挂着最后的几颗晓星，晨雾迷迷蒙蒙地笼罩在原野上，远山近树，一片模糊。

"我似乎记得孩子们常在唱一支歌，有关于星河什么的，其中好像有句子说：'我们静静伫立，看星河在黎明中隐没。'吟芳，你可愿意和我一起看星河在黎明中隐没吗？"梁逸舟说。

"永远，永远，我愿和你并肩看星河。"吟芳紧紧地偎倚着梁逸舟，在这一刻，她爱他比几十年来加起来更多！更深！更切！事实上，这时候，在并肩看着星河的又岂止他们一对？在农庄的窗前，在枫林的小径，正有其他两对恋人，也正静静伫立，看星河在黎明中隐没！或者，还有更多更多的情侣，像尧康和雅棠，像世界上许许多多其他的恋人，也都在世界各个不同的角落里，并肩看着星河。这世界何其美丽，因为有你有我！黎明来临了，真正地来临了！彩霞正从山谷中向上扩散，染红了天，染红了地，染红了山树和原野。那最后的几颗晓星也逐渐地隐藏无踪。天亮了。

——全书完——

（京权）图字：01-2025-0195

图书在版编目（CIP）数据

星河 / 琼瑶著 . -- 北京：作家出版社，2025.1.

（琼瑶作品大全集）. -- ISBN 978-7-5212-3236-3

Ⅰ. I247.5

中国国家版本馆 CIP 数据核字第 2025J2B337 号

星河（琼瑶作品大全集）

作　　者：琼　瑶
责任编辑：赵文文
装帧设计：棱角视觉　纸方程·于文妍
责任印制：李大庆　金志宏
出版发行：作家出版社有限公司
社　　址：北京农展馆南里 10 号　　　邮　　编：100125
电话传真：86-10-65067186（发行中心）
　　　　　86-10-65004079（总编室）
E-mail: zuojia@zuojia.net.cn
http://www.zuojiachubanshe.com
印　　刷：河北京平诚乾印刷有限公司
成品尺寸：142×210
字　　数：200 千
印　　张：9.375
版　　次：2025 年 1 月第 1 版
印　　次：2025 年 1 月第 1 次印刷
ISBN 978-7-5212-3236-3
定　　价：2754.00 元（全 71 册）

品 琼 瑶 经 典

忆 匆 匆 那 年

琼瑶作品大全集